THE SHADOW MAN
L'ORO È L'ESCA DEL DIAVOLO
Gordon Wallis

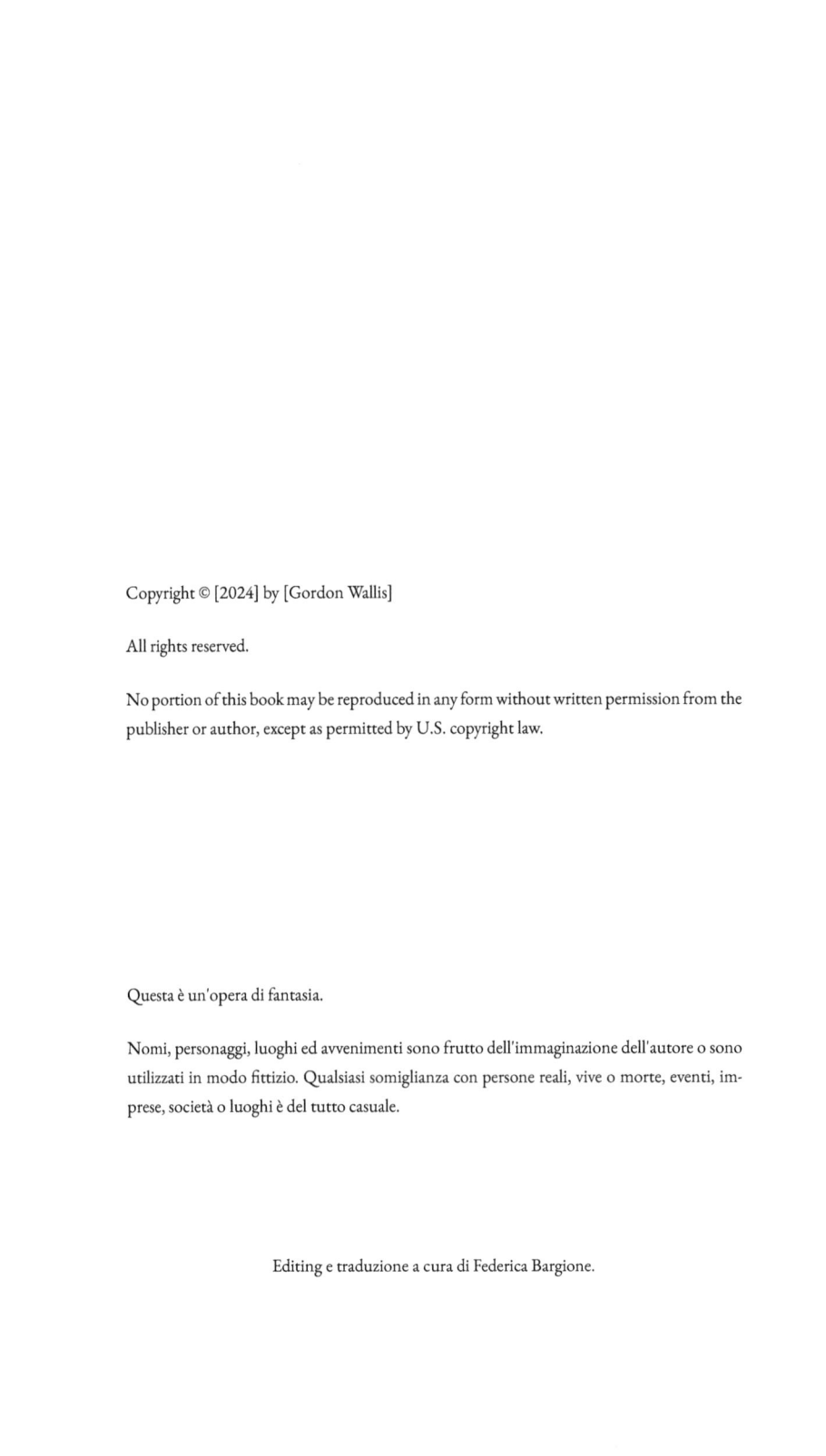

Copyright © [2024] by [Gordon Wallis]

All rights reserved.

No portion of this book may be reproduced in any form without written permission from the publisher or author, except as permitted by U.S. copyright law.

Questa è un'opera di fantasia.

Nomi, personaggi, luoghi ed avvenimenti sono frutto dell'immaginazione dell'autore o sono utilizzati in modo fittizio. Qualsiasi somiglianza con persone reali, vive o morte, eventi, imprese, società o luoghi è del tutto casuale.

Editing e traduzione a cura di Federica Bargione.

Indice

Prologo. — 1

Capitolo Uno. — 9

Capitolo Due. — 19

Capitolo Tre. — 27

Capitolo Quattro. — 31

Capitolo Cinque. — 37

Capitolo Sei. — 41

Capitolo Sette. — 45

Capitolo Otto. — 47

Capitolo Nove. — 51

Capitolo Dieci. — 53

Capitolo Undici. — 57

Capitolo Dodici. — 60

Capitolo Tredici. — 64

Capitolo Quattordici. — 67

Capitolo Quindici.	70
Capitolo Sedici.	73
Capitolo Diciassette.	79
Capitolo Diciotto.	83
Capitolo Diciannove.	85
Capitolo Venti.	89
Capitolo Ventuno.	92
Capitolo Ventidue.	94
Capitolo Ventitre.	96
Capitolo Ventiquattro.	99
Capitolo Venticinque.	102
Capitolo Ventisei.	106
Capitolo Ventisette.	109
Capitolo Ventotto.	115
Capitolo Ventinove.	119
Capitolo Trenta.	122
Capitolo Trentuno.	127
Capitolo Trentadue.	132
Capitolo Trentatre.	138
Capitolo Trentaquattro.	142

Capitolo Trentacinque.	**145**
Capitolo Trentasei.	**148**
Capitolo Trentasette.	**155**
Capitolo Trentotto.	**159**
Capitolo Trentanove.	**162**
Capitolo Quaranta.	**165**
Capitolo Quarantuno.	**174**
Capitolo Quarantadue.	**177**
Capitolo Quarantatre.	**184**
Capitolo Quarantaquattro.	**187**
Capitolo Quarantacinque.	**197**
Capitolo Quarantasei.	**200**
Capitolo Quarantasette.	**213**
Capitolo Quarantotto.	**216**
Capitolo Quarantanove.	**221**
Capitolo Cinquanta.	**241**
Capitolo Cinquantuno.	**246**
Capitolo Cinquantadue.	**250**
Capitolo Cinquantatre.	**260**
Capitolo Cinquantaquattro.	**262**

Capitolo Cinquantacinque.	267
Capitolo Cinquantasei.	270
Capitolo Cinquantasette.	276
Capitolo Cinquantotto.	281
Capitolo Cinquantanove.	287
Capitolo Sessanta.	292
Capitolo Sessantuno.	295
Capitolo Sessantadue.	299
Capitolo Sessantatre.	307
Capitolo Sessantaquattro.	314
Capitolo Sessantacinque.	316
Capitolo Sessantasei.	322
Capitolo Sessantasette.	325
Capitolo Sessantotto.	328
Capitolo Sessantanove.	331
Capitolo Settanta.	335
Capitolo Settantuno.	340
Capitolo Settantadue.	344
Capitolo Settantatre.	348
Capitolo Settantaquattro.	351

Capitolo Settantacinque.	353
Capitolo Settantasei.	356
Capitolo Settantasette.	362
Capitolo Settantotto.	365
Capitolo Settantanove.	370
Capitolo Ottanta.	373
Capitolo Ottantuno.	381
Capitolo Ottantadue.	384
Capitolo Ottantatre.	393
Capitolo Ottantaquattro. Londra. Tre settimane dopo.	417
Caro Lettore, Cara Lettrice	421

Prologo.

15 gennaio 1946, 60 miglia nautiche al largo della costa orientale dell'isola di La Digue, Seychelles, Oceano Indiano.

Il sessantenne capitano egiziano Mahmoud Salah strinse i denti mentre lottava con il timone per allargare la posizione della sua amata nave, la Perla di Alessandria. La notte era nera come la pece e la forte pioggia e il vento ululante battevano contro le finestre del ponte da ogni direzione. Sotto i suoi piedi, la grande nave fluttuava e oscillava pesantemente mentre attraversava le mareggiate e si scagliava tra le onde terrificanti che si infrangevano sulla prua, riversando su di essa innumerevoli tonnellate di acqua ribollente e schiumosa. Questo fortunale era di gran lunga il più violento che avesse mai incontrato nei suoi 30 anni di carriera da capitano. Nonostante fosse la stagione dei cicloni, e malgrado si aspettasse un tempo difficile, nulla avrebbe potuto prepararlo alla ferocia e alla potenza della tempesta anomala che si era ritrovato ad affrontare.

Costruita a Hull, in Inghilterra, nel 1910, la nave da carico e passeggeri da 1600 tonnellate e lunga 80 metri, aveva solcato questa rotta sin da quando era stata commissionata dai ricchi proprietari della compagnia egiziana. Il viaggio era iniziato come sempre in Portogallo ed era proseguito con soste in Francia, Italia e Grecia, prima di attraversare il Mediterraneo, percorrere il Canale di Suez e raggiungere l'Oceano Indiano. Da lì la nave avrebbe fatto scalo a Bombay, in India, alle Seychelles e a Mombasa, in Kenya, prima di scendere lungo la costa orientale dell'Africa verso Città del Capo. Il successivo viaggio verso nord prevedeva soste in tutti i principali porti lungo la costa occidentale dell'Africa, prima di arrivare finalmente al punto di partenza in Portogallo. Era un viaggio lungo e faticoso, ma che Salah aveva fatto centinaia di volte. La sua sofferente moglie al Cairo, che lo assecondava da tempo, spesso gli diceva scherzosamente che poteva farlo a occhi chiusi. Tuttavia, in quel momento, i suoi occhi erano spalancati e pieni di una sola cosa. Paura. Lo stesso si poteva dire del primo ufficiale, mentre veniva sballottato violentemente nel frenetico tentativo di raccogliere gli strumenti caduti e gli altri oggetti che erano stati messi a soqquadro nel ponte dalla tempesta selvaggia. Avevano saputo con largo anticipo che avrebbero attraversato un ciclone. I passeggeri e l'equipaggio erano stati informati, quello stesso pomeriggio, di assicurarsi di mettere in sicurezza le cabine e di controllare il carico nelle stive. Tuttavia, nulla avrebbe potuto preparare nessuno di loro alla sconcertante brutalità della tempesta in cui si erano imbattuti.

Le potenti braccia del capitano iniziarono a gonfiarsi e le nocche delle sue mani abbronzate diventarono bianche mentre stringeva il timone e lottava per mantenere la nave sulla rotta. Era una battaglia che temeva di perdere rapidamente e che avrebbe avuto conseguenze devastanti. Da alacre padre di famiglia qual era, si preoccupava non solo della sua amata nave, ma anche dei suoi passeggeri. A tutti era stato detto di stare tranquilli nelle loro cabine finché non avessero superato la tempesta. *Cosa staranno pensando adesso?* Mentre si aggrappava al timone, l'enorme peso delle responsabilità gli piombava di continuo nella mente, tra le tremende oscillazioni e inondazioni. A bordo c'erano anche donne e bambini. Ormai dovevano essere tutti terrorizzati.

Fu allora che, stranamente, pensò al misterioso passeggero diretto a Walvis Bay, in Africa sud-occidentale (Namibia), che si era imbarcato nel cuore della notte in Italia tre settimane prima. Il primo ufficiale lo aveva schernito e soprannominato "Passeggero X" perché il suo imbarco era avvenuto in modo del tutto segreto e clandestino. Da allora il "Passeggero X" era rimasto nella sua cabina di prima classe e non si era mai avventurato fuori. Tutti i pasti gli erano stati consegnati dal personale della cambusa lasciandoli su un carrello all'esterno della cabina. Ancora più strano era stato il fatto che il suo bagaglio e il suo carico, otto piccole ma pesantissime casse d'acciaio su pallet di legno, fossero stati caricati dal gruista e dagli uomini dell'equipaggio, assonnati, tra l'una e le due di notte, mentre la maggior parte degli ospiti a bordo dormiva profondamente. Solo il capitano Mahmoud Salah aveva intravisto quest'uomo misterioso mentre scendeva dalla Mercedes nera nel porto di Genova e risaliva la passerella verso le cabine seguito da tre robusti accompagnatori. Nella foschia e nel bagliore giallo delle luci del porto, il passeggero era apparso di corporatura esile e teso nei movimenti. Avvolto in uno spesso cappotto nero, i suoi capelli biondi erano radi e tagliati corti, il suo viso era pallido e tirato. L'uomo era scomparso immediatamente nella sua cabina e, poco dopo, i suoi accompagnatori erano ripartiti con lo stesso veicolo nero. La Perla di Alessandria aveva lasciato il porto alle 6:00 di quella mattina per dirigersi a est verso la Grecia. Il fatto che un solo uomo trasportasse 8 casse di carico gli era sembrato piuttosto insolito, ma questo pensiero era stato presto accantonato dalla routine quotidiana del viaggio. Quello che il capitano Mahmoud Salah non sapeva era che, il misterioso "Passeggero X", era un fuggitivo tedesco. Un nazista di alto rango di nome Rudolf Baumann.

Il capitano Salah non sapeva nemmeno che, ognuna delle 8 pesanti casse d'acciaio nascoste nella stiva, conteneva 1000 chilogrammi d'oro puro. Otto tonnellate di oro rubato, che era stato fuso da gioielli e ornamenti o rimosso dalle otturazioni dei denti degli ebrei uccisi nei campi di sterminio di Auschwitz e Birkenau. Con l'Argentina come destinazione finale, questo oro sarebbe stato utilizzato per finanziare le vite di altri nazisti in fuga che si erano rifugiati nell'Argentina di Peron dopo la guerra. Uomini come Adolf Eichmann, Erich Priebke e lo stesso "Angelo della Morte", il dottor Josef Mengele. Questi uomini, insieme a molti altri criminali di guerra, avevano trovato rifugio là. Era responsabilità di questo "Passeggero X", Rudolf Baumann, assicurarsi che questo prezioso carico arrivasse a Walvis Bay, dove sarebbe stato immagazzinato in modo sicuro fino a quando non fosse stato possibile organizzare il trasporto verso l'Argentina. Il viaggio era stato programmato con diversi scali per ridurre ogni possibilità di scoperta o di sospetto, che sarebbero state maggiori in caso di trasporto del carico per vie più dirette. Un vecchio cargo egiziano che arrivava a Walvis Bay da Bombay avrebbe attirato molta meno attenzione rispetto ad uno che viaggiava verso ovest dai porti dell'Europa meridionale. Si trattava infatti di un'operazione pianificata con cura e meticolosità che, finora, stava andando molto bene.

Proprio in quel momento, però, le cose iniziarono ad andare storte. Giù nella stiva, alcune cinghie di fissaggio di una parte del carico si spezzarono e un enorme stock di pacchi di cereali perse l'appoggio. Il carico scivolò in modo incontrollato nella stiva e, con il suo enorme peso, sbatté contro una paratia laterale, causando l'improvvisa inclinazione della nave sul lato sinistro ad un'angolazione pericolosa. Il capitano Salah avvertì immediatamente l'accaduto e gli si strinse il cuore. Pochi secondi dopo, fece suonare l'allarme della nave. I sette brevi colpi di corno, seguiti da uno lungo, si spansero in modo inquietante nella notte. Era il segnale per l'equipaggio in caso di una situazione d'emergenza. Il capitano Salah non aveva mai avuto bisogno di suonare questo allarme in oltre 30 anni, ma ora lo riteneva necessario. Con la nave inclinata irrimediabilmente su un lato, lanciò un'occhiata al primo ufficiale che si trovava lì vicino, aggrappato a un parapetto. Il suo volto era teso e i suoi occhi pieni di terrore. In quel momento un'onda anomala si schiantò contro la fiancata dell'enorme nave. La forza dell'acqua infranse la finestra di babordo del ponte e all'istante entrambi gli uomini furono inzuppati fino alle ossa. L'urlo assordante del vento era totalizzante e la pioggia e gli schizzi pungevano i loro volti oscurandogli vista, loro strizzavano gli occhi nel vano tentativo di mantenere il controllo.

"E adesso?", gridò il primo ufficiale in arabo.

"Dobbiamo proseguire!" rispose il capitano. "La vecchia ragazza può farcela!".

Ma in realtà le cose non andavano affatto bene. Lo spostamento del carico aveva danneggiato l'impianto elettrico e aveva fatto scoppiare diversi tubi idraulici che ora perdevano liquido nella stiva. Molto presto il controllo della grande nave sarebbe stato perso e sarebbe andata alla deriva nell'oceano, in balia della tempesta. Proprio in quel momento, la porta sul retro della timoneria si aprì con un forte rumore. Aspettandosi di vedere un membro dell'equipaggio che portava altre cattive notizie, il capitano Salah si volse dal timone e guardò dietro di sé. Ma non era un membro dell'equipaggio. Era il misterioso "Passeggero X". L'uomo era scalzo e bagnato fradicio, indossava quello che sembrava un pigiama completo e una spessa vestaglia nera.

L'uomo assomigliava a un topo fradicio. Il suo viso pallido era verde per il mal di mare e aveva del vomito fresco sulla fronte. I suoi occhi blu scuro e infossati erano pieni di terrore, mentre si aggrappava alla porta per tenersi in piedi contro il violento sbandamento e il dondolio del ponte.

"Was ist los mit, Schweinehund?", urlò in tedesco, con la voce che tradiva chiaramente la sua paura. 'Cosa sta succedendo, porco cane?'

Non riuscendo a capire una parola di quello che aveva detto quello strano uomo, il capitano Salah si girò e continuò a lottare con il timone. Ma l'uomo era esasperato e furioso, oltre che sofferente per un forte mal di mare. Si gettò in avanti e cominciò a tirare i vestiti del capitano, urlando in modo incomprensibile. Avendo assistito alla scena, nella luce tremolante, il primo ufficiale corse in avanti e, nel vortice del vento e degli spruzzi, spinse via l'uomo facendo scivolare e cadere entrambi. Il capitano si voltò di scatto e guardò i due uomini sul ponte. Notò allora le sottili linee rosse che correvano sotto la mascella del passeggero. Era come se avesse appena subito una qualche operazione e, in effetti, era così. Rudolf Baumann si era recentemente sottoposto ad un intervento di chirurgia plastica per cambiare il suo aspetto. Il suo volto era ben noto ed era un ricercato. Nella confusione e nel terrore del momento, si voltò indietro per affrontare la tempesta. Ma fu allora che un'onda anomala apparve sul lato di dritta della nave. Tra l'oscurità ed i continui schizzi, sembrava una visione impossibile. Addirittura irreale.

Un colossale muro d'acqua nera si era alzato sopra la timoneria ed aveva sovrastato la nave. Pochi secondi dopo, milioni di tonnellate d'acqua si abbatterono sulla fiancata della Perla di Alessandria e la vecchia nave si capovolse all'istante. Con lo scafo distrutto e in rovina e il carico in dissesto, ci vollero meno di 15 minuti perché la nave colpita fosse inghiottita dalle acque impetuose dell'Oceano Indiano e sparisse, portando con sé 150 anime.

Capitolo Uno.

Il sessantenne Maxim Volkov emise un sonoro gemito quando si alzò dal water e tirò lo sciacquone. Con lo stomaco ancora brontolante, si diresse verso il lavabo e si lavò le mani con acqua calda e sapone. Mentre lo faceva, fissò l'immagine nello specchio che lo guardava. Nella sua mente aveva ancora l'aspetto robusto che a molti aveva ricordato l'attore Rutger Hauer, ma in realtà sapeva di essere gonfio, invecchiato male e piuttosto malato. La sindrome dell'intestino irritabile di cui aveva sofferto negli ultimi 10 anni gli aveva causato molto imbarazzo e vergogna. Non solo di fronte a sua moglie Ulyanka, ma anche nei confronti del suo staff e dei suoi sottoposti. Brontolò profondamente mentre si asciugava le mani e poi tornò verso la tazza del water per prendere la bomboletta di deodorante. Un'abbondante spruzzata avrebbe eliminato il fetore che aleggiava nella stanza. La malattia aveva molti sintomi. Alcuni più gravi di altri. Per lo più si trattava di dolori addominali, gonfiore, diarrea e costipazione. Questi sintomi erano casuali e potevano presentarsi in qualsiasi momento. Molto spesso si presentavano nei momenti peggiori, quando era sotto pressione per il lavoro in compagnia dei suoi superiori. Era un disturbo che lo faceva arrabbiare quanto imbarazzare. E la dieta non lo aiutava affatto. L'assillante moglie Ulyanka gli aveva imposto una dieta rigorosa mandandolo al lavoro ogni giorno con una ciotola di borscht fatto in casa, ma lui la gettava regolarmente tra i rifiuti e ordinava il suo pasto preferito da McDonald's. Malgrado fosse consapevole del fatto che non gli facesse affatto bene, era un piacere colpevole a cui si rifiutava di rinunciare. Maxim Volkov si infilò la camicia nei pantaloni e si guardò ancora una volta allo specchio. A parte un pallore leggermente verdognolo e qualche goccia di sudore sulla fronte, aveva un bell'aspetto. Uscì dalla toilette ed entrò nel suo ufficio spazioso e ben arredato. Si trovava al quinto piano del famoso edificio della Lubyanka. Un grande edificio neobarocco con una facciata di mattoni gialli, progettato dal grande architetto Alexander V. Ivanov nel 1897. Una struttura austera e imponente, che era stata a lungo la sede del temuto FSB, ex KGB russo fino a quando, Boris Eltsin, non ne cambiò il nome nel 1995. Maxim Volkov ricordava quel giorno come se fosse stato quello appena trascorso. All'epoca era un neoagente, che stava scalando i ranghi del KGB e si stava facendo notare nel mondo dell'intelligence. Era una carriera alla quale aveva dedicato la sua vita e che non avrebbe cambiato per nulla al mondo.

Ancora sofferente per i dolori addominali, Maxim Volkov girò intorno alla sua enorme scrivania ornata e si avvicinò alla grande finestra che dava su Piazza Lubyanka, gelata e coperta di neve. Là fuori la temperatura era così fredda che era fisicamente pericoloso stare all'aperto. Eppure, diversi passanti si muovevano per le strade della capitale. Maxim Volkov sospirò fissando il desolante paesaggio urbano che si stendeva di fronte a lui. Nella sua mente, raffigurò il suo yacht. La bella macchina aerodinamica si trovava nel porto della piccola città costiera di Zara, in Croazia. La soleggiata costa della Dalmazia era calda anche in questo periodo dell'anno. Quanto gli mancava. Come avrebbe voluto potersi teletrasportare sul ponte di quella splendida nave. Lontano da quella brutta e assillante moglie che ormai lo disgustava a morte. Maxim Volkov non riusciva nemmeno a ricordare l'ultima volta che l'aveva trovata lontanamente attraente. Certo, il suo lavoro con l'FSB era altamente retribuito e per gli standard russi era un uomo incredibilmente ricco. Ma era un uomo d'azienda, lo era sempre stato e sarebbe stato così per sempre. Come invidiava gli oligarchi che si erano ingraziati il capo dello Stato e avevano accumulato fortune incalcolabili. Tuttavia era qui, invecchiato, malato e in attesa della pensione. Ma a quella pensione mancavano solo sei mesi. Mancavano solo sei mesi alla realizzazione del suo grande piano. La società immobiliare era già stata avvertita. Una volta detto addio al suo amato ufficio, avrebbe venduto la casa di campagna e la piccola proprietà alla periferia di Mosca e sarebbe scomparso per sempre. Aveva già acquistato un umile appartamento nel centro di Mosca e lo aveva preparato per l'odiata moglie. Una moglie che non intendeva rivedere mai più.

Certo, sarebbe stata ben accudita. Ci sarebbe stato un introito mensile. Un po' di soldi per garantirle la possibilità di continuare a preparare il suo cibo disgustoso e a guardare le sue insipide soap opera. No, lui non avrebbe avuto più a che fare con nulla di tutto ciò. Sarebbe stato lontano, lontanissimo, a fare su e giù sotto al sole in un clima caldo, circondato da belle donne giovani. Buon cibo e belle donne giovani. La sua carriera e la sua scalata non erano state facili. C'erano state molte sfide e problemi lungo il percorso. Ma erano state la sua indole spietata e il suo disprezzo per la vita umana a impressionare i suoi superiori, e a farlo ancora. Come tutti gli uomini nella sua posizione, aveva anche raccolto una grande somma in un fondo pensione. Un gruzzolo di dollari statunitensi, messo al sicuro in un conto bancario svizzero. Più che sufficiente per arrivare alla fine dei suoi giorni. E una cosa era certa. Maxim Vokov intendeva godersi la pensione. Niente più routine. Nessuna moglie lagnosa. Nessun capo ad alitargli sul collo. Niente più inverni freddi e pungenti e, soprattutto, libertà. Libertà di vagare e di bere tutta la vodka che desiderava.

Sì, sarà fantastico. Maxim Volkov grugnì e guardò il Rolex d'oro al suo polso sinistro. Erano appena passate le 16:15 e il cielo si stava già oscurando, preannunciando la notte gelida e le strade insidiose che avrebbe percorso per tornare a casa da sua moglie. Certo, c'erano gli animali della fattoria che gli procuravano molto piacere. Diversi maiali, galline e due mucche. Li aveva curati e allevati per molti anni. Erano, in un certo senso, una fuga da quell'orrore di sua moglie, e passava molte ore a pulire i loro recinti e a dar loro da mangiare. Poi c'era la solita trippa, il solito cibo disgustoso e zero conversazione. Oltre alla noia e all'infelicità. Ma non per molto. *Non per molto.* Sentendosi un po' più allegro dopo il suo movimento intestinale, mise le mani dietro la schiena e si dondolò sulle punte dei piedi. *Altri 15 minuti.* Tic tac tic tac. In quel momento suonò il cicalino sulla scrivania. Era un vecchio apparecchio ancora funzionante dell'epoca sovietica. Il forte suono metallico gli rimbombò nella testa mentre si voltava con rabbia e tornava alla sua sedia.

"Sì?", abbaiò nel ricevitore alla sua, ormai da tempo, afflitta segretaria.

"Mi dispiace disturbarla, signore", disse la donna che era seduta al di fuori della sua grande porta, "ho appena ricevuto una richiesta dai piani alti. Vorrebbero vederla con urgenza e la stanno aspettando ora".

Sulla fronte di Maxim Volkov comparvero profonde rughe di cipiglio mentre rifletteva su questa strana richiesta. *Cosa possono volere da me a quest'ora tarda? Non potevano aspettare fino a domani?* Ma una richiesta dai piani alti indicava che era successo qualcosa di importante. Qualcosa che richiedeva la sua immediata attenzione. Una cupa sensazione di tristezza lo avvolse mentre chiudeva gli occhi e faceva un respiro profondo.

"Di' loro che sto salendo!", abbaiò.

Maxim Volkov si alzò stancamente e si diresse verso lo specchio a figura intera sul lato sinistro dell'ufficio. Spazzolò con le mani il davanti del suo abito grigio scuro, per assicurarsi che non ci fossero le briciole dei due Big Mac che aveva consumato a pranzo. Infine, si passò la mano destra sulla testa calva per sistemarsi il riporto. Soddisfatto del suo aspetto, attraversò l'ufficio e uscì dalla porta.

"Aspettami qui", disse alla segretaria senza guardarla. "Potrebbe esserci del lavoro da fare".

Maxim Volkov si incamminò lungo il corridoio dai soffitti alti, passando davanti ai grandi arredi e alle foto incorniciate dei colossi e dei migliori dell'intelligence russa. Arrivò all'ascensore e premette il pulsante per salire. Le porte si aprirono, lui entrò e pigiò il pulsante del piano desiderato. Mentre l'ascensore saliva, fece un respiro profondo e si preparò mentalmente a tutto ciò che sarebbe potuto accadere. Con un sorriso falso e meschino come una serpe, uscì e fece un cenno alla giovane e splendida segretaria che presidiava la reception delle sacre sale superiori. Sale che non aveva mai occupato nella sua carriera. Sale di cui aveva tanto desiderato far parte, ma che non aveva mai raggiunto.

"Prego, entri pure, signor Volkov", disse la ragazza con un ampio sorriso.

Era come se lei lo stesse torturando. Ogni volta che lo vedeva gli rivolgeva lo stesso sorriso. Era un sorriso invitante, ma conteneva anche un pizzico di ridicolaggine. Era ridicolo per il fatto che lui stesse invecchiando e che lei lavorasse per il grande capo. L'intoccabile regista. Maxim Volkov voleva scoparla e strangolarla in egual misura. Facendo un passo avanti, bussò una sola volta alle enormi porte decorate ed entrò. C'erano tre uomini. Due li riconobbe e uno no. Ancora una volta fece il suo miglior sorriso e salutò i tre uomini che fecero lo stesso e gli offrirono una sedia. Ci fu uno scambio di cordialità prima che il direttore interrompesse il momento e parlasse.

"Maxim, preferirei andare subito al sodo", disse. "Lui è il dottor Smitzlov, del poco conosciuto ma molto importante Dipartimento di Intelligence della Marina. Ne ha sentito parlare?".

"No, signore", disse Maxim. "Non mi è mai capitato fino ad ora".

"Bene", disse il direttore, "credo che passerò la conversazione a lui, in modo che possa spiegarle chiaramente la situazione. È una cosa importante, come sicuramente saprà".

Sorridendo ancora una volta, Maxim Volkov sentì un brontolio nello stomaco e un peto che si faceva strada nel suo piccolo colon. Immediatamente una serie di perle di sudore gli si stagliarono sulla fronte.

"Sta bene, Maxim?", sbraitò il direttore.

"Sì, signore", rispose, "sto bene. La prego, dottor Smitzlov, continui...".

Il giovane si schiarì la gola e si sedette in avanti per parlare.

"Grazie, signori", disse. "Sarò il più breve possibile. Circa 16 anni fa è stata costituita l'Unità di Intelligence Marina. Il nostro obiettivo come unità è quello di monitorare i fondali degli oceani del mondo. Questo è impossibile con i satelliti, ma è possibile con semplici unità sonar a scansione laterale. Fu il nostro fondatore ad inventare, a quei tempi, queste piccole unità che sono state poi montate sugli scafi di tutte le principali navi prodotte nella madrepatria. Le unità non sono più grandi di una valigia e sono installate in modo permanente su tutte le navi appartenenti allo Stato o alle compagnie russe. Questi dispositivi, benché piccoli, sono collegati ai sistemi elettrici delle navi e sono connessi a Internet. Allo stato attuale, abbiamo alcune migliaia di queste unità sugli scafi delle nostre navi che si spostano in tutto il mondo per commerciare. Se queste unità rilevano anomalie o strutture metalliche di una certa dimensione o massa, sono programmate per inviare le immagini ai nostri computer centrali. Le immagini vengono scansionate e confrontate con i dati in nostro possesso e se c'è una corrispondenza, viene segnalata con una bandiera rossa e noi veniamo immediatamente informati".

"Devono esserci molti detriti sul fondo dell'oceano", disse Maxim, muovendosi a disagio sulla sedia.

"Oh sì...", disse il dottor Smitzlov. "Ci sono numerosi relitti, container caduti, navi affondate di ogni tipo. La maggior parte di questi sono del tutto irrilevanti per noi e vengono ampiamente ignorati. Ma i nostri computer sono programmati per cercare navi di una certa forma e massa. Navi per le quali noi, come Stato russo, abbiamo un interesse".

"Capisco...", disse Maxim. "Immagino che ci sia stata una segnalazione?".

"Esatto", rispose il giovane, con aria orgogliosa. "Tre settimane fa, un mercantile registrato a Danzica stava scendendo da Bombay verso il Capo di Buona Speranza. La sua rotta l'ha portato oltre le Seychelles. Mentre era lì, è passato sopra un relitto che ha fatto suonare un campanello d'allarme. Noi dell'unità abbiamo studiato queste immagini e abbiamo concluso che ci sono ottime possibilità che si tratti di una nave di nostro interesse".

"Una delle nostre navi perdute?", chiese Maxim.

"No!" abbaiò il direttore. "Una nave tedesca. Persa nel 1946. Lunga 80 metri e con un peso di 1600 tonnellate. Una nave chiamata La Perla di Alessandria. Ha mai sentito parlare di questa nave, Maxim?".

Maxim Volkov si spostò scompostamente sulla sedia e rispose.

"No, signore", replicò. "Non è successo".

Il direttore fece un respiro profondo e i suoi occhi freddi si fecero impazienti. Sembrava che volessero scavare un buco nel cervello di Maxim.

"La Perla di Alessandria trasportava un fuggitivo nazista di nome Rudolf Baumann. Questo Baumann stava riuscendo a fuggire dalla Germania e si stava dirigendo in Argentina".

"Capisco, ma..."

"Silenzio!" abbaiò il direttore.

Seguì una breve pausa mentre gli altri si agitavano sulle loro poltrone.

"Questo Rudolf Baumann non stava semplicemente scappando dalla Germania. Era accompagnato da un carico di circa otto tonnellate di oro puro. Questa nave è scomparsa durante una tempesta e non è mai stata ritrovata. Fino ad oggi".

Maxim si rivolse al dottor Smitzlov.

"E siete sicuri che sia questa la nave?".

"Certo che no, Maxim", disse il direttore. "Come potremmo mai esserne certi? È per questo che sei qui. Ti mando a fare un'identificazione. Se questa è davvero la Perla di Alessandria, a bordo ci sono quasi 470 milioni di dollari in oro...".

Capitolo Due.

"Qual è una buona birra qui in Portogallo?", chiesi al tassista.

"Sagres", rispose, guardandomi dallo specchietto retrovisore, "Sagres o Superbok".

"Lei quale preferisce?", chiesi.

"Sagres...", rispose con sicurezza.

"Bene", dissi fissando la città dall'aspetto piacevole, "ne assaggerò una entro un'ora".

Avevo deciso di prendermi una pausa dall'inverno londinese e di fuggire verso climi più caldi. Non ero mai stato in Portogallo e avevo deciso che 3 settimane di vacanza, alla scoperta della regione dell'Algarve, sarebbero state un ricostituente per la mente e l'anima. Il volo di 3 ore da Gatwick era stato un gioco da ragazzi e l'arrivo in aeroporto era stato semplice e veloce. Il loquace tassista mi aveva accolto nella piccola città di Faro e mi aveva detto che il viaggio dall'aeroporto all'hotel sarebbe durato al massimo 20 minuti. Ad ogni modo, ero felice di sentire il sole caldo sul mio braccio destro e feci un respiro profondo mentre mi rilassavo. Non facevo una vacanza da troppo tempo e sentivo di averne bisogno. Anche la compagnia di assicurazione non aveva fatto obiezioni. La natura di freelance del mio lavoro mi permetteva di dettare le condizioni del mio lavoro. Avevo in programma di trascorrere qualche giorno esplorando la città di Faro e poi di avventurarmi con una moto a noleggio per girare la regione dell'Algarve, fermandomi nelle piccole città balneari e ammirando i luoghi. *E della birra, naturalmente.* Ben presto mi resi conto che stavamo entrando nella parte della città più antica. Qui gli edifici erano un po' degradati e malmessi. L'originaria architettura portoghese mi era familiare grazie al periodo trascorso nelle ex colonie africane. Mi dava una sensazione di familiarità e allo stesso tempo di conforto. In più, ero lontano dalla pioggia gelida e dal trambusto di Londra. *Sì*, pensai. *Hai fatto una buona scelta, Green. Andrà tutto bene.* Tenendo fede alla sua parola, il tassista accostò in una stradina stretta e indicò il nome del mio albergo su un cartello più avanti.

Scese rapidamente dal veicolo e fece il giro per recuperare il mio bagaglio dal bagagliaio. Lo pagai in euro, in contanti, compresa una generosa mancia. I suoi occhi si illuminarono quando gli consegnai i soldi e mi salutò porgendomi la mano.

"Si goda le sue vacanze, signore", disse calorosamente.

"Grazie," risposi, "ho intenzione di farlo".

L'hotel era situato di fronte a una concessionaria di motociclette. La sua vista mi portò alla mente pensieri di libertà e feci un sorriso mentre risalivo la strada acciottolata fino all'ingresso dell'hotel. Ancora una volta mi accorsi del sole caldo e dell'odore leggermente salato nell'aria. Il mare era vicino e i gabbiani volavano e stridevano sopra di me a conferma di ciò. Attraversai le porte di vetro per entrare in un'area reception luminosa. Lì trovai una giovane signora portoghese che parlava l'inglese perfettamente. Il check-in durò meno di 10 minuti, mi fu consegnata la chiave magnetica e mi incamminai verso l'ascensore. La camera si trovava al 5° piano della struttura. Immediatamente, lasciai le valigie sul comò e mi avvicinai alle finestre per dare un'occhiata al panorama. Dietro una serie di strade e di edifici antichi, potevo vedere l'oceano. Sul balcone c'erano un tavolo e due sedie e ne approfittai per accendere una sigaretta e godermi il sole. Finita la sigaretta, tornai dentro per guardare la camera. Anche se piccola, offriva tutto ciò che il sito web aveva indicato. Aria condizionata, TV satellitare e internet ad alta velocità. Il bagno era pulitissimo e mi sdraiai sul letto per verificare se fosse comodo. Lo era. Soddisfatto della mia scelta, rimasi coricato e pensai di prendere il telecomando e di scorrere i canali di notizie. Ma poi la mia mente ebbe la meglio e decisi di non farlo. *Fanculo, Green. Perché mai dovresti volerlo fare? Sei in vacanza, esci e divertiti, per l'amor di Dio!* Dopo una rapida lavata e un cambio d'abito, lasciai la stanza e scesi al piano di sotto per tornare alla reception. La signorina mi sorrise mentre mi dirigevo verso la stretta strada acciottolata. Sentendomi rilassato e senza sapere dove stessi andando, mi avvicinai al negozio di motociclette dall'altra parte della strada e guardai attraverso le vetrine i veicoli offerti. La maggior parte erano moto da strada, ma c'erano alcuni modelli da fuoristrada che avrebbero fatto al caso mio.

Mi ero annotato di noleggiarne uno, per essere sicuro di poter raggiungere i luoghi più rurali e fuori mano durante il mio viaggio. Avevo portato con me il mio drone e avevo intenzione di fare qualche ripresa lungo il percorso. Feci un respiro profondo e fissai la strada. *Ora! Basta gironzolare e sognare a occhi aperti, Green. È ora di mantenere la parola data e bere quella birra.* A meno di cinque minuti di distanza trovai quello che immaginavo essere il principale viale turistico. Acciottolato come il resto delle strette viuzze, era fiancheggiato da bar e ristoranti su entrambi i lati e c'erano villeggianti di tutte le età che pranzavano nei caffè e nei ristoranti. Il sole era caldo ma preferivo trovare un posto più fuori mano. Un luogo frequentato dalla gente del posto, piuttosto che nelle trappole per turisti a basso costo. Il mio senso dell'orientamento mi disse di passare oltre e di dirigermi verso il mare. Davanti a me vedevo un'area aperta con quello che sembrava essere uno spazio verde di fronte a un vecchio edificio comunale. Immaginai che ci fosse una sorta di lungomare e che ci fosse sicuramente un piccolo bar o una caffetteria in cui provare la raccomandata birra Sagres. Tuttavia, proprio mentre mi avvicinavo all'immancabile McDonald's takeaway, vidi un uomo. Era seduto su una sedia a rotelle dall'aspetto malandato, di fronte al takeaway. I suoi capelli neri erano folti, lunghi e striati di grigio. La sua barba era molto simile ai capelli e capii subito che si era addormentato profondamente sotto il sole. La sua mano destra era tesa in segno di supplica e la sua tuta blu era sporca e macchiata. Era chiaramente un mendicante vagabondo. Eppure, per qualche strana ragione, la sua vista mi affascinò. La sua gamba destra era stata amputata sopra il ginocchio e aveva fatto un nodo all'estremità del pantalone della sua tuta sudicia. Sebbene il suo viso fosse spento dal sonno, potevo vedere che la sua pelle era di un colore olivastro scuro a causa del sole. Provai un senso di pietà mentre lo osservavo passandogli accanto e lo superavo, guardando poi davanti a me per decidere quale strada prendere una volta giunto alla fine del viale. Quando vi arrivai e vidi l'area aperta che si estendeva davanti a me, come avevo previsto, la mia decisione era ormai chiara nella mia mente. Alla mia destra c'era un prato verde con una strada che lo circondava e, oltre di esso, un porto. Più avanti, piccole barche si muovevano nella luce abbagliante del sole e, alla loro destra, c'era un grande e costoso hotel. Mi incamminai lungo la strada verso il porto fino a quando non incontrai un piccolo bar. Lì, sedute fuori, c'erano diverse persone. La maggior parte di loro sembrava essere del posto, anche se c'era un uomo che molto probabilmente era inglese. Era seduto lì, immobile, con il viso rivolto al sole. La sua pelle era bruciata e screpolata e la sua testa si stava spellando. Davanti a lui c'era un bicchiere di birra. C'era un tavolino vicino alla stretta porta d'ingresso e decisi di sedermi lì.

Allungando le gambe e facendo un respiro profondo, accesi una sigaretta e attesi il servizio. Questo arrivò presto sotto forma di una signora portoghese di mezza età che si presentò con un vassoio.

"Buon pomeriggio, signore", disse, intuendo che ero inglese. "Cosa posso portarle?".

"Prendo una birra Sagres, per favore...".

Lei annuì e sorrise mentre tornava nel piccolo bar. Mi sedetti a crogiolarmi al sole splendente e guardai di nascosto l'inglese che era impegnato a friggersi. Non si era mosso nemmeno una volta e sembrava in una sorta di torpore. Era una strana scena che mi fece subito pensare al vecchio adagio: *"Solo i cani pazzi e gli inglesi escono al sole di mezzogiorno"*. Io ero felice di farlo e lo fui ancora di più quando arrivò la birra. Uomo di parola, il tassista aveva avuto ragione. La birra era eccellente e mi formicolava piacevolmente in gola mentre andava giù. Accesi un'altra sigaretta mentre i miei pensieri andavano alla deriva. Passai quasi un'ora seduto lì, a godermi la brezza marina e altre tre birre mentre la mia mente si rilassava. Capii allora che avevo scelto bene e che mi sarei goduto la pausa. C'erano centinaia di chilometri di costa da esplorare e la libertà della moto sarebbe stata un vantaggio. Pensai di trascorrere il resto del pomeriggio al bar e poi di tornare in albergo passando per uno dei ristoranti che avevo incrociato sulla strada che scendeva dall'hotel. *Perfetto, Green. Una giornata perfetta.* Ma fu allora che vidi il barbone che avevo visto dormire prima. Era impegnato a risalire la strada oltre l'hotel dall'aspetto costoso. I suoi movimenti erano sforzati e lenti, ma riusciva comunque a spostarsi grazie all'energia nelle braccia che ha la maggior parte delle persone costrette su una sedia a rotelle. Sembrava che stesse cuocendo dentro quella sudicia tuta blu e, ancora una volta, pensai alla sua vita da vagabondo per le strade del Portogallo. Ma quando si avvicinò, vidi che aveva fissato il suo sguardo sul mio e che, a sua volta, mi stava studiando. *Ti ha preso all'amo, Green. Non c'è modo di sfuggire a questa storia. Ti toglierà qualche euro prima di quanto immagini*. Feci un respiro profondo e tornai a fissare il porto. Ci sarebbero voluti alcuni minuti prima che l'uomo raggiungesse il bar dove ero seduto e speravo che si distraesse lungo la strada. Ma purtroppo non fu così perché, quando mi voltai a guardarlo, i suoi occhi scuri e amichevoli erano ancora fissi sui miei, nonostante gli occhiali da sole.

Si trattava di un uomo che conosceva bene le sue abilità. Senza dubbio, mi avrebbe raggiunto. Feci del mio meglio per ignorare il suo lento e costante avvicinamento, ma quando arrivò mi arresi e lo guardai. Il suo viso era cordiale e piacevole. Ancora una volta notai che la sua pelle era di un colore olivastro scuro, dovuto all'esposizione solare. Doveva essere sicuramente portoghese e i suoi capelli e la sua barba erano folti e selvaggi. Sembrava in sovrappeso e mi chiesi se fosse stato il diabete a fargli perdere la gamba. Bevvi un lungo sorso di birra mentre lui si avvicinava all'uomo inglese abbrustolito e parlò.

"Ciao, David", disse.

Il vecchio inglese uscì dal suo stato di trance e aprì gli occhi. Grugnì e rispose.

"Ciao, Joe", disse. "Come stai oggi? Arriva una bella brezza dal mare...".

Ma l'uomo chiamato Joe era ancora concentrato su di me e sembrava deciso ad avvicinarsi al mio tavolo. Mi aveva puntato di sicuro.

"Salve, signore", disse. "Da dove arriva?"

"Sono arrivato oggi da Londra...". Risposi, bevendo un sorso di birra.

C'era qualcosa nel suo modo di parlare. Il suo accento era immediatamente riconoscibile. Era l'accento di un uomo dell'Africa meridionale. Molto simile al mio. Mi accigliai mentre parlava e fu come se lo sapesse anche lui.

"Ok...", disse quando arrivò vicino al mio tavolo. "Vengo dalla Rhodesia".

Capitolo Tre.

"Capisco...", disse Maxim Volkov studiando le scansioni della nave sommersa.

A lui non sembrava altro che una macchia sfocata e allungata, ma evidentemente aveva destato l'attenzione del Bureau. Questo e l'ovvio valore per lo Stato, nel caso in cui il vascello fosse stato quello che speravano fosse. Tuttavia, il fatto che dovesse essere inviato per l'ennesima missione, disgustò Maxim. Ne aveva fatte tante, in Africa centrale, nelle miniere del Senegal e in altri buchi di merda. Il pensiero di un'altra missione era per lui profondamente deprimente, soprattutto se si considerava che mancava poco al suo pensionamento. Con volto fermo, sollevò gli occhi dai lucidi della scansione e guardò il direttore.

"Immagino che sarò accompagnato da alcuni uomini della compagnia, signore", disse.

"Esatto", disse il direttore. "Abbiamo scelto due bravi uomini, esperti sommozzatori ed eccellenti operatori. Vi incontrerete domattina e inizierete i preparativi. Tutto l'equipaggiamento di cui avrete bisogno è stato predisposto e non vi mancherà nulla. Vi aspetto di ritorno entro due settimane e sono certo che andrete d'accordo, tutti speriamo in buone notizie sull'identificazione positiva".

Gli uomini della compagnia a cui si riferiva il direttore erano ovviamente agenti del Wagner. Completamente separati da tutto ciò che aveva a che fare con lo Stato russo, il loro era un esercito privato. L'anonimato permetteva loro di condurre operazioni in tutto il mondo senza alcuna possibilità di collegamento con lo Stato. In qualche occasione, anche di recente, era stato chiesto a Putin se sapesse qualcosa del Gruppo Wagner. Naturalmente, Putin aveva negato di essere a conoscenza di tale organizzazione e ogni altra domanda era stata smentita con un secco diniego. Era, ed era sempre stata, un'operazione estremamente brillante. Senza legami con le forze armate russe, il gruppo, di proprietà privata e finanziato da essa, aveva oltrepassato le frontiere. Si erano legati a governi disonesti, aiutandoli a rimanere al potere in angoli loschi del mondo. Stringendo lucrosi accordi minerari e amicizie con dittatori in Paesi come il Senegal e il Ghana, avevano mantenuto una presenza militare sul territorio. Si trattava, di fatto, di un esercito ombra.

I recenti avvelenamenti di ex spie del KGB nella città di Salisbury, in Inghilterra, con le potenti neurotossine del Novichok, erano stati compiuti da uomini del Wagner. Le loro identità erano state accertate dalle autorità britanniche ed erano state presentate richieste di estradizione. Ma, naturalmente, lo Stato russo aveva immediatamente negato di esserne a conoscenza e le richieste di estradizione erano state rifiutate a bruciapelo. Maxim Volkov aveva lavorato con questo gruppo Wagner in molte occasioni. In questo modo aveva costruito parte della sua fortuna. C'erano stati affari di diamanti in Congo e altri progetti meno ovvi in cui era stato coinvolto per incrementare il suo conto in banca. Naturalmente, era un pesce piccolo in uno stagno molto grande. Il proprietario del Gruppo Wagner, Yevgeny Prigozhin, era uno stretto confidente di Putin. Oltraggiosamente ricco e assolutamente intoccabile, non avrebbe mai avuto la necessità di spostarsi dalla sua villa sul Mar Nero. La fitta e complicata rete di società collegate alla sua era così attentamente sorvegliata, così estremamente segreta, che non sarebbe mai stato ritenuto responsabile delle numerose atrocità commesse dal gruppo Wagner. Il suo esercito ombra avrebbe continuato a operare con l'aiuto di leader corrotti in Africa e nessuno avrebbe potuto fare molto. Dopo tutto, erano un'entità privata. Nulla di più, nulla di meno. Il gas intestinale che Maxim aveva avvertito poco prima si stava facendo strada e si spostò scompostamente sulla sedia, mentre sulla fronte comparivano nuove perle di sudore. Lanciò un'occhiata al giovane dell'Unità di Intelligence della Marina che gli sorrise con orgoglio.

"Molto bene", disse Maxim, "sarò pronto per il briefing di domani mattina".

"Eccellente", disse il direttore, sedendosi sulla sua costosa poltrona. "Sarà alle 9:00 qui nel mio ufficio. I suoi uomini saranno presenti e a quel punto esamineremo tutto".

Un cipiglio si formò sulla fronte del direttore, che si sedette di nuovo in avanti e studiò il suo sottoposto, chiaramente a disagio.

"Maxim!", disse. "Sta bene? Sembra piuttosto malato".

"Sto benissimo, signore", rispose Maxim mentre reprimeva un rutto. "Solo una piccola indigestione...".

Capitolo Quattro.

Non riuscivo a credere a quello che stavo sentendo. L'accento era stato un primo indizio, ma questo era più che bizzarro e all'inizio mi sembrava una specie di trappola. L'uomo era venuto dritto verso di me, sulla sua sedia a rotelle logora, con quei suoi occhi caldi, sorridenti e brillanti in quel suo viso abbronzato dal sole. I suoi capelli e la sua barba selvaggia e folta erano spessi e scuri con striature di grigio.

"Rhodesia?", dissi come se volessi un'ulteriore conferma.

"Sì, signore", disse l'uomo. "Ora sono in Zimbabwe. Me ne sono andato negli anni Novanta".

Fissai l'uomo mentre si accostava al mio tavolo e si fermava.

"Beh", dissi scuotendo la testa, incredulo. "Anch'io. Me ne sono andato dopo la guerra".

L'uomo si accigliò mentre mi studiava, poi i suoi occhi si illuminarono improvvisamente. Si sporse in avanti e mi offrì la stessa mano sudicia che avevo visto tendere quando si era addormentato per strada.

"José Fonseca", disse con un ampio sorriso, "Fanteria Leggera della Rhodesia. Piacere di conoscerla, signore".

Reagii per come ero tenuto a fare e strinsi la mano dell'uomo. La sua presa era decisa e forte, la pelle dei palmi era callosa per via delle spinte sulla sedia a rotelle.

"Jason Green", dissi stupefatto. "Piacere di conoscerla. Posso offrirle una birra?".

José aggrottò le sopracciglia e il suo volto assunse un'espressione seria.

"Grazie, signore", disse. "Ma l'alcol ha causato molti problemi nella mia vita. Ho perso tutto, compresa la gamba, ed è il motivo per cui sono stato per strada negli ultimi sei anni".

Vidi i suoi occhi illuminarsi quando vide il pacchetto di sigarette sul tavolo.

"Mi fumerò una sigaretta, se può offrirmela...".

Diedi il pacchetto allo sconosciuto e gli offrii da accendere. Fu allora che il cameriere uscì e vide che la mia birra era quasi finita. Quando vide José, lo salutò calorosamente e scambiarono qualche parola in portoghese. Annuii quando mi chiese se volevo un'altra birra e parlai ancora una volta con il mio nuovo amico.

"Che ne dici di una Coca?", chiesi.

"Sarebbe fantastico, signore", disse con un altro ampio sorriso. "Grazie".

Ordinai le bevande e mi sedetti di nuovo per studiare l'uomo. La sua tuta blu scuro era macchiata e logora e notai un sacchetto di plastica sporco legato sotto il sedile della sedia a rotelle. Non avevo idea di cosa contenesse, ma immaginai che facesse parte dei suoi miseri averi. La nostra conversazione continuò dopo l'arrivo delle bevande e venni a sapere che José Fonseca era nato nella città di Beira, in Mozambico, prima di trasferirsi con la famiglia nella città di confine di Umtali, in Rhodesia. Lì aveva trascorso la sua infanzia e alla fine si era arruolato nell'esercito per combattere la guerra civile rhodesiana, come tutti i giovani erano tenuti a fare. Lo interrogai ulteriormente su vari punti di riferimento ed eventi durante la guerra. Questo nel tentativo di incastrarlo in quella che sospettavo fosse un'elaborata truffa. Ma le sue risposte erano sempre corrette. Non c'erano dubbi. Il vagabondo che avevo trovato per strada a Faro, nel sud del Portogallo, era davvero un mio connazionale. Come si fosse cacciato in una situazione di vita così disastrosa era ancora un mistero, ma lo avrei scoperto di sicuro. Era una scena tanto bizzarra quanto inaspettata e, nella nostra breve conoscenza, scoprii di avere un'affinità con lui, con il suo sorriso caldo e gentile e con il suo volto affabile. Anche se si trovava in mezzo a un cespuglio selvaggio di capelli e barba. Dopo ben 45 minuti, mentre raccontava una storia di guerra, vidi comparire le lacrime nei suoi occhi. Capii allora che era una delle tante vittime di quel terribile conflitto. Mandate nel mondo senza alcuna consulenza o spiegazione sul perché avessero combattuto e fossero morti, apparentemente senza motivo.

La guerra danneggia le persone. Questo era un fatto di cui io ero perfettamente a conoscenza ma, questo particolare incontro, era sbalorditivo nella sua assurdità. *Questo è un mondo fottutamente piccolo, Green.* José Fonseca si asciugò gli occhi e mi sorrise ancora una volta. La conversazione andò avanti per un'altra ora, durante la quale mi disse di avere un fratello che pensava fosse ancora vivo. Lui credeva che questo fratello vivesse a Durban, in Sudafrica. Gli chiesi se fosse in contatto con questo familiare, ma lui si limitò a scuotere la testa e ad avere un'aria triste. Sapevo che non era in cerca di compassione. Quell'uomo era davvero un'anima persa con poche prospettive di uscire dalla situazione in cui si era trovato.

"Bene, signore", disse infine. "È stato un piacere conoscerla, ma devo tornare al lavoro".

Con "lavoro" sapevo che si riferiva all'accattonaggio sulla strada turistica dove l'avevo visto inizialmente, addormentato con la mano destra tesa. Sapevo allora che non potevo semplicemente mandarlo via senza nulla. Presi il portafoglio e gli porsi 100 euro. Lui li prese e li intascò immediatamente.

"Grazie, signore", disse. "Lei è molto gentile...".

"Lascia stare il signore", risposi, "mi chiamo Jason".

L'uomo sorrise ancora una volta nonostante la sua tristezza e parlò.

"E io mi chiamo Joe", disse. "Arrivederci, Jason, e grazie ancora...".

Osservai in attonito silenzio Joe Fonseca che si allontanava lentamente sotto il sole cocente del pomeriggio. Alla velocità a cui viaggiava, avrebbe impiegato più di 20 minuti per raggiungere lo stesso punto in cui l'avevo visto mendicare prima. Improvvisamente fui sopraffatto da una grande tristezza. C'era un uomo che aveva servito il suo Paese e che era andato avanti nel mondo solo per finire in questa situazione terribile e senza speranza. Una situazione da cui sicuramente non sarebbe mai uscito. *Dove viveva? Chi erano i suoi amici? Dove si andava a lavare, se mai lo faceva?* Sicuramente alla fine sarebbe morto in queste strade, per quanto piacevoli. La cameriera interruppe i miei pensieri quando uscì e mi offrì un altro bicchiere di birra.

La interrogai, visto che era ovviamente sua amica. La sua risposta fu semplice e frustrante in egual misura. Conosceva Joe Fonseca da anni. In molte occasioni gli era stato offerto aiuto dai residenti e dalla gente del posto. Gli erano stati offerti appartamenti e alloggi, nonché assistenza per trovare un alloggio attraverso lo Stato. Tutti questi aiuti però erano stati gentilmente rifiutati. A quanto pareva, si trattava di un uomo che si era rimesso alla sua sorte. Si sarebbe accontentato di chiedere l'elemosina per le strade del Portogallo fino alla morte. Era una storia sconcertante e tragica, con la quale lottai per il resto del pomeriggio e della sera, per riuscire ad eliminarla dalla mia mente. Erano le 22:00 quando entrai nella mia stanza in albergo. Avevo ripercorso la stessa strada in cui avevo visto per la prima volta l'uomo, ma non lo vidi da nessuna parte. Avevo mangiato una bistecca in un ristorante lungo la strada e l'avevo innaffiata con altra birra. Sentendomi sazio, caldo e soddisfatto, fumai un'ultima sigaretta sul balcone della mia stanza e respirai l'aria calda e salmastra con le luci di Faro tutte intorno a me. Infine, mi sdraiai sul letto e accesi la televisione. Ero stanco. Stanco e un po' ubriaco. Cercai di concentrarmi sul programma, che parlava di camionisti del ghiaccio, ma la mia mente era bloccata su una sola cosa. Una sola persona. Joe Fonseca si era fatto strada nella mia mente e non riuscivo a pensare ad altro. *Devi aiutarlo, Green. Devi...*

Capitolo Cinque.

Maxim Volkov arrivò come promesso alle 9:00 in punto nell'ufficio del direttore. Ad attenderlo c'erano il suo capo, il dottor Smitzlov dell'Unità di Intelligence della Marina e due agenti del Gruppo Wagner. I due erano giovani, poco più che trentenni, e scolpiti come delle montagne di muscoli ambulanti. Di un metro e novanta ciascuno, avrebbero potuto essere gemelli, entrambi con capelli biondi tagliati corti e mascelle larghe e squadrate. L'unico indizio sul fatto che i due non fossero parenti era che uno aveva il naso aquilino e adunco, mentre l'altro lo aveva piccolo e tozzo per via di una precedente frattura. Gli uomini furono presentati come Sergei e Yuri e le loro strette di mano erano ferme, decise e forti. Una volta che tutti gli uomini si furono seduti, il direttore iniziò il briefing. I tre sarebbero partiti nei prossimi giorni con un jet privato diretto a Dubai. Una volta lì, il carico e l'attrezzatura sarebbero stati trasferiti su un jet registrato negli Emirati Arabi Uniti per il viaggio successivo verso l'isola di Mahe, nelle Seychelles. Per tutti e tre gli uomini erano stati predisposti dei passaporti falsi, in modo da consentire il loro arrivo con la necessaria segretezza. I loro pseudonimi erano stati creati per farli apparire come ricchi uomini d'affari e lo scopo della loro visita era stato registrato come puramente ricreativo. Ogni dettaglio del loro itinerario era stato pianificato in anticipo e si prevedeva che la loro permanenza sull'isola non sarebbe durata più di 3 o 4 giorni. Una volta completata l'identificazione della nave affondata e ottenuta la prova visiva, sarebbero dovuti tornare immediatamente a Mosca dove sarebbe stata pianificata la fase successiva dell'operazione. A Maxim dava fastidio il fatto che in questo breve viaggio non ci sarebbe stata alcuna possibilità di furto. Nessuna opportunità di estorcere o rubare oro o diamanti a funzionari corrotti. Questo e il fatto che il viaggio sarebbe stato così breve significava, nel complesso, che non sarebbe stata altro che una missione esplorativa. Non ci sarebbero state ricompense per lui e, se si fosse trattato della vera nave che stavano cercando, lui sarebbe stato già in pensione nel momento in cui fosse iniziata qualsiasi operazione di recupero. Inoltre, bisognava prestare attenzione alle leggi internazionali. Le leggi sul salvataggio stabilivano che il recupero di qualsiasi relitto, trovato in acque aperte, fosse un atto legittimo e che il bottino spettasse al vincitore. Il relitto in questione si trovava al di fuori delle acque territoriali del governo delle Seychelles. Tuttavia, tutto doveva essere condotto in assoluta segretezza. Una cosa a cui Maxim Volkov era abbastanza abituato. Il briefing si protrasse fino alle 12:30. A quel punto Maxim doveva andare in bagno e si sentiva debole per la fame. Sapeva che il suo pasto del Mcdonald's sarebbe stato consegnato a breve e non riusciva a concentrarsi o pensare ad altro.

Quando il direttore interruppe il briefing per la pausa pranzo fu un grande sollievo per Volkov, che uscì di corsa da quell'ufficio e scese a rifugiarsi nel suo, ai piani inferiori dell'edificio della Lubyanka. L'intera faccenda era accaduta così in fretta che quasi non c'era stato il tempo di prepararsi.

Naturalmente, la moglie, brutta e assillante, si era scatenata contro di lui alla notizia della sua partenza per l'ennesimo viaggio di lavoro. Lo aveva rimproverato per la sua incapacità di prendere posizione, quando si trovava negli uffici che aveva servito con tanto orgoglio. Maxim Volkov aveva tenuto a freno la lingua e si era consolato con la consapevolezza che, molto presto, non avrebbe più dovuto guardarla in faccia. *No, sarebbe stato molto, molto lontano.* Maxim irruppe nel suo ufficio e corse in bagno, dove annaspò freneticamente per calarsi i pantaloni e sedersi sulla tazza del water. Dopo un'esplosione di diarrea, si lavò per bene prima di tornare in ufficio ad aspettare il pasto di mezzogiorno. Quest'ultimo arrivò come di consueto e lui si sedette per assaporare il gusto meraviglioso del cibo spazzatura che aveva quasi distrutto la sua salute. Quel pomeriggio ci sarebbero state altre ore di briefing, seguite da un breve viaggio verso casa per fare ulteriori preparativi. Poi ci sarebbe stato presto un viaggio snervante sul jet Citation fino a Dubai. A seconda degli accordi, ci sarebbero volute diverse ore per trasferire l'equipaggiamento da un jet all'altro, e in seguito ci sarebbe stato il volo verso sud fino alle Seychelles. Maxim Volkov non c'era mai stato e aveva fatto delle ricerche su internet soltanto la sera precedente, mentre era solo e lontano dall'assillo di Ulyanka. A detta di tutti, si trattava di un bellissimo insieme di isole. Ma i timori erano costanti. *I servizi igienici sarebbero stati adeguati alla sua malattia? Gli uomini della compagnia sarebbero stati ben disposti?* Non aveva dubbi sul fatto che fossero perfettamente addestrati ed efficienti, ma lui era lì per garantire che tutto filasse liscio. E Maxim era stanco di farlo. Voleva solo riposare. Riposare e allontanarsi dal lavoro che aveva inghiottito i suoi sogni per così tanto tempo. Volkov chiuse gli occhi e diede un altro morso alla morbida carne lavorata dell'hamburger Big Mac, mentre con la mano sinistra stringeva la Coca-Cola grande.

Capitolo Sei.

Mi svegliai alle 7:00 del mattino con un mal di testa martellante e la bocca secca. Mi alzai subito e andai in bagno per riempire un bicchiere d'acqua. *L'acqua di Faro è buona da bere? Chi se ne frega! Ne hai bisogno, Green.* Rimasi in mutande a fissare lo specchio mentre mandavo giù il liquido caldo. Era una bella sensazione, non mi importava se non era potabile. Tornai indietro e aprii la mia borsa da toilette per cercare delle pillole per il mal di testa e degli antiacidi. Le inghiottii entrambe con un altro bicchiere d'acqua prima di accendere il bollitore e armeggiare con la piccola cialda di latte per preparare un caffè. A parte il martellamento gradualmente diminuito nella mia testa, la mia mente era ancora bloccata sull'uomo che avevo incontrato il pomeriggio precedente. Joe Fonseca. Quello strano fratello d'armi in cui mi ero imbattuto nel modo più inaspettato. Quell'uomo dal volto gentile, con il peso di mille pene e la tristezza impressa nei tratti del suo viso abbronzato dal sole. Neanche accendendo la televisione riuscii a togliermelo dalla testa e così ci rimase fino a quando non ebbi finito il caffè e fatto la doccia. A quel punto cominciai a sentirmi meglio e guardai l'orologio per vedere che erano appena passate le 8:30 del mattino. *Dovrebbe essere lì, Green. Dove diavolo potrebbe andare?* Alla fine, mi affacciai al balcone e accesi la prima sigaretta della giornata. Il sole splendente del mattino mi pungeva gli occhi, ma l'aria era calda e salata e il trambusto della città vecchia di Faro era iniziato di sotto con i camion delle consegne e le moto che percorrevano le strade acciottolate. Avevo fame, ma il pensiero del cibo doveva aspettare. C'era un senso di urgenza. Dovevo trovare quell'uomo. Dovevo aiutarlo in qualche modo. Aveva detto di avere un fratello che credeva vivo. *Sicuramente si sarebbe messo in contatto con lui. Sicuramente quest'ultimo membro della famiglia non avrebbe voluto sapere che il suo unico fratello era destinato a marcire per le strade dell'Algarve, in Portogallo. Non è possibile, Green. Puoi fare qualcosa qui. Sistemare la sua situazione, anche se lui non lo vuole davvero.* Con determinazione, spensi la sigaretta e tornai nella stanza. Dopo aver raccolto alcuni oggetti personali, uscii e scesi con l'ascensore al piano terra. Girando a sinistra all'uscita dell'albergo, tornai verso il viale turistico dove l'avevo visto per la prima volta dormire al sole del pomeriggio il giorno prima. L'immagine era impressa nella mia mente. Joe Fonseca seduto sulla sua sedia a rotelle con il braccio destro e la mano tesa in segno di supplica. Per qualche strana ragione, avevo una grande paura che non fosse più lì, che fosse andato via e che io non avrei mai avuto la possibilità di aiutarlo. Con questo pensiero in mente, accelerai il passo mentre mi affrettavo a percorrere le strade acciottolate.

Finalmente arrivai nel viale dei ristoranti dove avevo visto Joe per la prima volta. I lavoratori del turno diurno erano impegnati ad apparecchiare i tavoli e a spazzare le piastrelle per prepararsi alle attività della giornata. Con il passo sempre più veloce, passai accanto a una giovane cameriera che era intenta ad appuntare un menu su una lavagna per panini. Mi sforzai di guardare davanti a me, verso il punto in cui l'avevo visto la prima volta. Ma non c'era nessuno. Nulla, a parte un camion giallo della nettezza urbana che svuotava i bidoni. Ancora più ansioso, proseguii fino a raggiungere la piazza principale, di fronte al porto. Girai a destra e mi diressi verso il pub dove mi ero seduto il giorno prima. Con mio grande stupore, lo stesso uomo inglese con la testa incrostata dal sole era seduto sulla sua solita sedia, rivolto verso il sole del mattino. La pelle scrostata del suo cranio era di un rosa acceso.

"Mi scusi", dissi ad alta voce.

L'uomo abbassò lo sguardo e sbattè le palpebre, i suoi occhi erano arrossati.

"Sì?", chiese con un'espressione confusa.

"Ha visto il tizio sulla sedia a rotelle?", chiesi. "Joe Fonseca. L'ha visto oggi?".

L'uomo aggrottò le sopracciglia e il suo volto assunse un'espressione perplessa.

"No, amico", replicò. "Non l'ho visto oggi...".

Dopo aver parlato, chiuse di nuovo gli occhi e si voltò di nuovo verso il sole. In quel momento avrei potuto dargli un cazzotto. *Fanculo!,* pensai, mentre mi guardavo intorno alla ricerca di tracce della sedia a rotelle. Ma non c'era nulla. Joe Fonseca non si vedeva da nessuna parte.

Capitolo Sette.

"Sei un debole, Maxim!" urlò Ulyanka Volkov nella sua lingua madre russa. "In tutti questi anni non hai mai avuto le palle di opporti ai tuoi superiori e dir loro di no!".

Maxim Volkov deglutì rumorosamente e il suo volto divenne rosso di rabbia mentre fissava sua moglie. La donna che aveva odiato e desiderato morta per decenni. La donna che lo aveva tormentato e svergognato così tante volte. Ma l'unica donna che non poteva uccidere. E Maxim aveva ucciso molte donne. Anzi, nel corso degli anni ne aveva violentate e uccise più di quante ne ricordasse. Ma Ulyanka era la grande intoccabile. Era l'unica persona al mondo che poteva farla franca parlando con lui in questo modo. Ma c'era una buona ragione per questo fatto. Maxim Volkov era un uomo d'affari. L'apparenza è tutto nell'FSB e, al momento del suo pensionamento, ci sarebbe stata una festa e una cerimonia di commiato in cui entrambi avrebbero dovuto sorridere e fare le cose per bene. *Forse allora l'avrebbe uccisa? Oh*

Dio, quanto avrebbe voluto stringere le dita intorno al suo collo rugoso e spremere via l'ignobile, disgustosa vita dal suo misero corpo cadente.

"Mia cara", disse Maxim, con il labbro inferiore che tremava per la rabbia, "sai bene che ho dovuto svolgere gli incarichi che mi sono stati assegnati. È così che ho provveduto a noi in tutti questi anni. Non vorrai che metta a repentaglio tutto questo, vero?".

"Sì!" gridò la moglie. "Per una volta nella tua inutile vita da brontolone, potresti alzarti e dire di no. Una volta! Ma non succederà mai, vero? Maxim eseguirà sempre gli ordini dei suoi padroni. Quegli uomini potenti negli uffici ai piani alti! Tu non sei altro che un topo tra loro, Maxim! Un fottuto topo!".

Volkov si voltò e nel farlo scoreggiò sonoramente. Con l'odiata moglie che sghignazzava dietro di lui, salì le scale della sua modesta casa per fare le valigie per il suo viaggio di lavoro. Il fatto che stesse per partire gli sembrava positivo in quel momento, anche se c'era l'ignoto davanti a lui.

Capitolo Otto.

Con una sensazione di tristezza, tornai verso la strada turistica per cercare un ristorante per fare colazione. Trovai un posto adatto con vista sul punto in cui avevo visto Joe addormentato per la prima volta il giorno precedente. Mi sedetti e cercai di dire a me stesso che probabilmente erano stati i postumi della sbornia a provocare questi sentimenti di ansia, ma per qualche motivo l'incontro con quell'uomo mi aveva toccato nel profondo. Ordinai una colazione inglese completa e un caffè, e mi sedetti a mangiare e ad aspettare. Il cibo era buono e aveva un effetto calmante su di me e rimasi seduto per l'ora successiva a fumare e bere caffè guardando i turisti che passavano. Poi, alle 10:00, lo vidi. Con indosso ancora la stessa tuta sudicia del giorno precedente, Joe Fonseca arrancava lentamente lungo la strada acciottolata sulla sua sedia a rotelle, dirigendosi verso il suo posto preferito al sole. In quel momento provai un'enorme ondata di sollievo. Ero sollevato per il fatto che avrei almeno avuto la possibilità di aiutare quell'uomo. Anche se non era disposto ad accettare il mio aiuto.

Puoi solo provarci, Green. Fallo! Spensi la sigaretta, feci un cenno alla cameriera e mi alzai per dirigermi verso il punto in cui aveva fermato la sedia a rotelle. Ci vollero un paio di minuti per arrivarci, ma lui mi aveva visto mentre mi avvicinavo e gli si formò un ampio sorriso sul viso.

"Buongiorno, Jason", mi salutò. "Come stai oggi?"

"Sto bene, Joe", dissi. "Ho pensato alla tua situazione. Hai detto di avere un fratello a Durban. Sei in contatto con lui?".

"No", rispose tristemente. "Non parlo con Chris da anni. Non so nemmeno se sia vivo".

"Beh", dissi, sentendomi già frustrato. "Hai provato a metterti in contatto con lui?".

"Non ho un telefono", disse Joe, "e non ho nemmeno il suo numero".

"Hai mai sentito parlare di Facebook, Joe?", chiesi.

"Ne ho sentito parlare", rispose, "ma non avrei la minima idea di come usarlo".

Gesù, Green. Pensai. *Hai il tuo bel da fare qui.*

"Ascoltami, Joe", dissi lentamente. "Vorrei aiutarti, se posso. Posso procurarti dei vestiti nuovi, forse una nuova sedia a rotelle e potrebbe esserci la possibilità di trovare tuo fratello. Ti piacerebbe?".

Joe Fonseca mi guardò con uno scintillio sospettoso negli occhi.

"Ma perché dovresti aiutarmi?", disse a bassa voce. "Mi conosci appena".

"Abbiamo combattuto nella stessa guerra, Joe", dissi. "Siamo cresciuti nello stesso Paese. Cos'hai da perdere? Pensaci. Una sedia a rotelle nuova, vestiti nuovi. Un telefono cellulare da usare in caso di bisogno. Sono felice di fare questo per te, se me lo permetti...".

Joe Fonseca abbassò lo sguardo e si guardò la gamba amputata. Era come se stesse valutando questa strana offerta di assistenza da parte di un uomo che conosceva a malapena. Lo guardai mentre faceva un respiro profondo e alzava di nuovo lo sguardo verso di me.

"Sono in queste strade da anni ormai, Jason", disse, con gli occhi pieni di lacrime, "sono diventate la mia casa. Ma sto diventando vecchio e una nuova sedia mi farebbe comodo. Questa mi fa patire molto. Anche i vestiti sarebbero ottimi. Questa vecchia cosa puzzolente è rovinata. Per quanto riguarda la ricerca di mio fratello, non credo che gli parlerò mai più. Ma apprezzo quello che stai facendo e accetterò la tua offerta di aiuto".

All'improvviso sentii un'ondata di sollievo. Era come se finalmente avessi una missione che potevo compiere. Fare del bene a questa povera anima persa. Sorrisi e gli diedi una pacca amichevole sulla sua spalla larga.

"Buon uomo", dissi, "ora cominciamo col portarti del cibo e del caffè...".

Capitolo Nove.

Erano passati tre giorni. La notte era nera e il freddo pungeva a meno 8 gradi Celsius quando Maxim Volkov scese dalla limousine nera e si incamminò verso le luci gialle dell'hangar. Aveva lasciato la casa e la moglie per tornare all'edificio della Lubyanka, dove aveva parcheggiato il veicolo aziendale nel gigantesco parcheggio sotterraneo. Da lì aveva scambiato le ultime brevi parole con il direttore prima di ottenere finalmente il via libera per iniziare la missione. L'autista lo aveva incontrato nella reception del piano superiore e insieme avevano raggiunto il parcheggio, dove li attendeva la limousine che li avrebbe portati all'aeroporto privato alla periferia di Mosca. Volkov aveva costretto l'autista a fermarsi al Mcdonald's più vicino e aveva mangiato voracemente due Big Mac durante il tragitto. Le scatole e il bicchiere di Coca Cola vuoto erano ancora nel vano piedi del veicolo quando scese. Sotto i piedi, il terreno ghiacciato scricchiolava mentre si dirigeva verso il jet parcheggiato, che luccicava e si illuminava vicino alle porte giganti dell'hangar. Vicino all'aereo c'erano i due piloti che avrebbero portato Maxim e gli uomini del Wagner a Dubai. I piloti stavano bevendo un caffè e chiacchieravano amichevolmente nonostante le temperature rigide. Quando ridevano, grandi pennacchi di vapore uscivano dalle loro bocche come nuvole gialle nelle luci. Mentre Volkov si avvicinava all'aereo, notò i due agenti del Wagner, Sergei e Yuri, che stavano uscendo dagli uffici in fondo all'edificio. Entrambi gli uomini sorridevano, evidentemente felici di partire per quello che sarebbe stato un altro incarico altamente retribuito. Salutarono Volkov stringendogli la mano e cercarono di fare due chiacchiere con lui e i piloti. C'era talmente freddo che a Volkov iniziarono a dolere terribilmente le mani, così decise di interrompere bruscamente la conversazione, nel tentativo di entrare il più velocemente possibile nell'elegante jet e poter tornare di nuovo al caldo.

"A che ora partiamo?", sbottò. "Smettetela con questa cazzo di conversazione inutile! Sto congelando. Saliamo sull'aereo dove c'è il riscaldamento!".

Gli uomini, chiaramente storditi da questo violento scatto d'ira, si fecero immediatamente da parte per permettergli di raggiungere le scale che sporgevano dalla fusoliera lucida e sottile. Volkov salì le scale aggrappandosi al parapetto cromato. Era così freddo che pensava che la pelle del suo palmo sarebbe rimasta attaccata ad esso.

Capitolo Dieci.

Trascorsi le quattro ore successive a girare per le strade spingendo Joe Fonseca sulla sua sedia a rotelle. In quel lasso di tempo avevamo acquistato articoli da toilette e sette vestiti nuovi completi, tra cui una nuova tuta da ginnastica simile a quella che indossava quando l'avevo incontrato per la prima volta. I negozianti sembravano sorpresi di vedercelo fare, molti di loro conoscevano Joe e vederlo nei loro punti vendita era l'ultima cosa che si sarebbero mai aspettati. Joe era rimasto calmo e tranquillo, prendendosi tutto il tempo necessario per scegliere con cura le camicie e gli altri indumenti. L'acquisto delle scarpe fu un'esperienza strana, dato che aveva un solo piede, lui aveva fatto delle buone scelte ed io mi ero rifiutato di fargli indossare qualcosa finché non si fosse lavato. Durante la mattinata, e mentre Joe faceva shopping, mi ero informato online su dove avrei potuto acquistare una nuova sedia a rotelle. Avevo scoperto che c'era un'azienda a Faro con un agente di commercio che poteva recarsi sul posto per fare una valutazione e consegnare al cliente una nuova sedia su misura entro 24 ore. Dissi all'azienda di inviare il rappresentante nella mia stanza d'albergo alle 16:00 di quel pomeriggio. Questo sembrò sollevare ancora di più il morale di Joe, poiché mi era apparso chiaro che, anche se non lo dava a vedere, quel rottame di sedia che stava usando gli provocava un dolore notevole. Una volta terminati gli acquisti, lasciai Joe in un ristorante mentre io andai a lasciare le buste in albergo. Arrivato lì, gli feci preparare una stanza accanto alla mia. L'hotel era ben attrezzato per i disabili e l'accesso alla sedia a rotelle era agevole. La gentile receptionist era stata ben lieta di organizzare la stanza e pagai in anticipo per una settimana con la mia carta di credito. Joe mi aveva raccontato che viveva in una casa abbandonata con un gruppo di zingari ladri e borseggiatori. Gli chiedevano un affitto che lui pagava con i soldi che raccoglieva chiedendo l'elemosina per strada. Mi aveva detto che era un gruppo violento, che lo avevano aggredito in molte occasioni e che gli avevano persino urinato addosso mentre dormiva, se era in ritardo con l'"affitto". Gli dissi senza mezzi termini che non gli avrei permesso di tornarci. Mentre ritornavo in strada, per andare al ristorante dove l'avevo lasciato, mi chiesi se non stessi commettendo un errore. Magari avrebbe preso il gesto come una sciocchezza e sarebbe semplicemente sparito ancora una volta con le sue nuove cose, per venderle e tornare alla vita di strada. Ma non ero disposto a prendere in considerazione questa eventualità. Non avrei mai permesso che ricadesse in quella trappola. Ero sicuro che tra noi ci fosse una certa intesa. Dopo tutto, eravamo fratelli d'armi. *Sicuramente questo contava qualcosa.* Ero perfettamente consapevole del fatto che molti vagabondi erano abbastanza soddisfatti della loro vita nelle strade delle grandi città.

Avevo visto dei documentari su questi argomenti e la cosa mi lasciava perplesso e preoccupato allo stesso tempo. Mi consolai pensando che, se fosse stato così anche in questo caso, avrei almeno fatto la mia piccola parte nel tentativo di aiutare quell'uomo dal volto gentile. Avvicinandomi alla strada dove l'avevo appena lasciato, provai una fitta di angoscia pensando che, forse, era semplicemente scomparso di nuovo. *Non è possibile, Green. Hai i suoi vestiti e sta aspettando la sua nuova sedia a rotelle. Sarà lì.* E infatti c'era. Seduto sotto un ombrellone color terracotta, a sorseggiare Coca-Cola, c'era Joe Fonseca. Ero già sudato quando mi sedetti e chiesi una Sagres prima di ordinare il pranzo. Joe sembrava calmo e cordiale come sempre e mangiammo sardine fresche grigliate, con patatine e insalata durante un'ora di tranquilla conversazione. Sapendo che quest'uomo non conosceva altro che la sua vita di strada, gli diedi la notizia che avevo prenotato per lui una stanza d'albergo accanto alla mia. Lui prese bene la notizia e gli dissi che sarebbe stato libero di fare il bagno e di provare i suoi nuovi vestiti prima dell'arrivo del venditore di sedie a rotelle alle 16:00. Lasciammo il ristorante alle 13:30 e lo spinsi su per la strada acciottolata fino all'hotel, dove prendemmo l'ascensore fino alla sua nuova stanza. Quando arrivammo, gli lasciai le indicazioni precise di darsi una ripulita e di disfarsi della vecchia tuta puzzolente che evidentemente indossava da anni. Si accigliò leggermente per quest'ultima raccomandazione e capii che si era affezionato a quella tuta in qualche strano modo. Non avevo esitato a dirgli, senza giri di parole, che l'avrei bruciata personalmente se l'avessi vista di nuovo. Infine, lo lasciai fare e tornai nella mia stanza ad aspettare il venditore. Stanco ma euforico, mi sdraiai sul letto al fresco dell'aria condizionata e fissai il soffitto chiedendomi se quello che stavo facendo non fosse solo uno spreco di tempo e denaro. *Chi se ne frega, Green? Sta succedendo, cazzo, che gli piaccia o no!*

Capitolo Undici.

Maxim Volkov si accigliò rabbiosamente mentre si sdraiava sul retro dell'elegante jet privato Citation in attesa dei piloti e dei due uomini del Wagner, Yuri e Sergei. Aveva controllato la toilette e aveva notato con soddisfazione che gli sarebbe andata bene in caso di necessità. Il volo sarebbe durato sei ore, durante le quali lui intendeva dormire e prepararsi per la tappa successiva del viaggio. Naturalmente a Dubai ci sarebbe stato un periodo abbastanza lungo per il trasferimento del carico e non si sapeva quanto tempo sarebbe stato necessario per farlo. Era motivo di grande frustrazione per lui il doversi ritrovare in quel limbo temporale, oltre il fatto che non fosse in grado di valutare quanto tempo ci sarebbe voluto. In ogni caso, l'avrebbe superata e si era ripromesso di non perdere la calma nel frattempo. Lo sfogo di prima nel piazzale dell'aeroporto era stato lieve rispetto a quelli per cui era noto. In effetti, il temperamento violento di Maxim Volkov era entrato nelle leggende tra i ranghi del Wagner e dell'FSB. Sia i piloti che Yuri e Sergei erano stati informati di questo, prima del viaggio. Tuttavia, Maxim Volkov era un uomo le cui capacità erano state più volte comprovate e i suoi capi si fidavano di lui. Per questo motivo, la sua lunga presenza tra i ranghi era stata utile. Certo, di tanto in tanto c'erano stati omicidi e stupri multipli, ma questo tipo di comportamento era normale per un uomo come lui. La cosa più importante era che portasse a termine il lavoro, e in fretta. Ma l'aria relativamente calda dell'interno dell'aereo non servì a risollevare l'umore di Maxim. Con l'avvicinarsi della pensione, vedeva poche possibilità di guadagno personale da questa missione. Sarebbe stata, come aveva previsto l'odiata moglie, semplicemente un'altra commissione per conto dei suoi capi. Anche se la nave affondata si fosse rivelata davvero la Perla di Alessandria, l'operazione di recupero avrebbe richiesto più di sei mesi per essere organizzata. A quel punto Maxim sarebbe andato ufficialmente in pensione e avrebbe percepito una pensione statale. Almeno aveva la consolazione che, per allora, sarebbe stato nella fase finale del suo piano per uscire dalla Russia. Il sole e il mare della costa croata sarebbero stati a portata di mano e lui sarebbe stato libero, per la prima volta nella sua vita. Maxim tamburellò con impazienza le dita sulla pelle bianca e tesa del bracciolo. *Perché ci voleva sempre così tanto tempo per fare queste cose? Avrebbero sicuramente organizzato tutto prima del suo arrivo?* Il ritardo gli ricordava ancora una volta che lui era solo una pedina in un gioco molto più grande. Erano passati altri dieci minuti quando i piloti e i due del Wagner entrarono nell'elegante aereo e la porta fu finalmente chiusa. Yuri e Sergei presero posto di fronte a Volkov e si scambiarono sguardi perplessi mentre si accomodavano.

Un'occhiataccia di Volkov fece sì che non ci fosse più alcun contatto visivo ed entrambi gli uomini si dedicarono alla lettura delle varie riviste che si trovavano negli scaffali accanto ai loro sedili. Infine, il copilota annunciò che sarebbero partiti. Maxim guardò fuori dal piccolo finestrino mentre la neve e il nevischio si rovesciavano sul piazzale poco illuminato. Il rombo dei motori si fece sempre più forte e il piccolo jet avanzò in modo strascicato verso la pista nella notte buia e gelata.

Capitolo Dodici.

"Mi dispiace Jason", disse Joe, "è una cosa che non farò...".

"Ma perché?", chiesi un po' frustrato. "Farà una grande differenza, sembrerai molto più giovane".

Erano da poco passate le 15:30 ed ero entrato per controllare Joe prima dell'arrivo del venditore di sedie a rotelle. Gli avevo proposto di portarlo dal barbiere per un taglio di capelli e una spuntatina alla barba dopo l'appuntamento. I suoi capelli neri e la sua barba selvaggia e striata di grigio mi ricordavano Hagrid di Harry Potter. Ma sembrava che il limite della mia assistenza fosse stato raggiunto e che questa fosse una cosa che non avrebbe fatto per nessuno. Joe si limitò a girare la testa e a fissare la televisione che trasmetteva una qualche soap opera portoghese. Respirai profondamente mentre ero lì sulla porta e mi sentii tranquillamente soddisfatto dei progressi che avevo fatto. Joe si era fatto una doccia e indossava i suoi vestiti nuovi di zecca sotto la nuova tuta blu. Aveva anche legato bene la gamba libera, come aveva fatto con quella vecchia, e una rapida occhiata alla stanza rivelò che aveva effettivamente gettato quella vecchia e puzzolente nella spazzatura. La sua pelle sembrava fresca e pulita e, ovviamente, aveva applicato una grande quantità di deodorante, visto che aveva permeato la stanza. Presi tutto questo come una piccola vittoria e sorrisi mentre entravo e chiudevo la porta dietro di me. In quel momento squillò il telefono: era il venditore della ditta di sedie a rotelle. Era arrivato in anticipo e mi chiedeva se poteva salire. Gli dissi che andava bene e questo sembrò sollevare immensamente il morale di Joe, che guardai mentre si muoveva nella stanza sulla sua vecchia sedia, posizionandosi per l'imminente arrivo del rappresentante. L'uomo apparve pochi minuti dopo aver bussato leggermente alla porta. Sulla ventina, con la barba nera e gli occhi nervosi, entrò e ci strinse la mano prima di mettersi al lavoro. Joe e lui parlarono a lungo in portoghese e nell'ora successiva vennero fatte diverse misurazioni. A un certo punto uscii sul balcone per fumare e lasciarli lavorare. Mi resi conto che non avevo idea di quanto sarebbe costato tutto questo. *Non importa, Green. È un'opportunità per fare del bene nella tua vita. Ti tornerà indietro dieci volte tanto.* Non avevo idea di quanto mi fossi affezionato a quell'uomo incredibilmente frustrante ma simpatico che era Joe Fonseca. Era come se fossimo stati amici per molti, molti anni e mi sentivo come se fossi diventato il suo badante in qualche strano modo.

Quando rientrai nel fresco della stanza con l'aria condizionata, Joe era raggiante e il venditore reggeva con orgoglio l'immagine di una sedia a rotelle su un iPad.

"Questo è il modello che abbiamo scelto, signor Green", disse, "è moderno, estremamente confortevole e facile da usare. Il signor Fonseca è sicuro che sarà adatto alle sue esigenze".

Mi uscì un grugnito non appena vidi il cartellino del prezzo di 2.800,00 euro, messo in un angolo in basso a sinistra dello schermo. Ma dopo un minuto di ulteriori chiacchiere sulla vendita, e gli occhi spalancati e pieni di aspettative di Joe che mi guardavano, parlai.

"Quando può essere consegnata?, chiesi.

Il venditore aprì le mani in un gesto di apertura e rispose.

"Posso farvela avere entro le 9:00 di domani mattina, signore".

"Lo faccia...", dissi. "E non faccia tardi. Noi saremo qui ad aspettarla".

Il venditore annuì gentilmente e ci ringraziò entrambi prima di andarsene. Infine, mi sedetti sul letto e guardai Joe che ormai sorrideva come uno Stregatto.

"Allora", dissi, "sembra che stiamo facendo progressi".

"Non so come ringraziarti, Jason", disse Joe con le lacrime agli occhi. "Perché stai facendo tutto questo per me?".

Fissai il pavimento mentre mi ponevo la stessa domanda. Ma era una domanda a cui era difficile rispondere. Non c'era altra ragione se non che avevamo combattuto nella stessa guerra ed eravamo cresciuti nello stesso Paese. Alla fine sollevai lo sguardo e lo guardai negli occhi.

"Perché lo sto facendo?", dissi. "Non lo so davvero, Joe. Sei un vecchio cazzone testardo, ma mi piaci...".

Il volto di Joe rimase subito perplesso, ma in pochi secondi esplose in una cacofonia di gioia. Tutto il suo corpo, che era consistente, traballava e si muoveva mentre rideva e io mi ritrovai a fare lo stesso. Fu un momento inaspettato e assolutamente piacevole per entrambi e continuò per due minuti buoni. Alla fine, mi alzai dal letto e mi diressi verso le porte aperte del balcone. Sotto, le strade di Faro si stavano oscurando e presto la folla di turisti si sarebbe diretta verso i ristoranti e i bar per la serata. La brezza era calda e salata e mi sentivo bene. Mi girai di fronte al mio nuovo amico e parlai.

"Ora", dissi, "andiamo a cenare. Quelle birre Sagres mi chiamano a gran voce...".

Capitolo Tredici.

Le luci scintillanti di Mosca scomparvero rapidamente mentre il lussuoso jet si alzava tra le pesanti nuvole cariche di neve. Improvvisamente, fuori dal piccolo finestrino, c'era solo il buio e Maxim Volkov sospirò profondamente, aspettando che le stelle apparissero nel cielo. Il viaggio di sei ore sarebbe stato di una noia mortale, a meno che non fosse riuscito a trovare qualcosa per occupare il tempo. Non solo era sveglio, ma aveva anche fame. Sia Yuri che Sergei erano ancora intenti a sfogliare le riviste che avevano preso dagli scaffali vicino ai loro sedili. Maxim era convinto che nessuno dei due sapesse leggere e immaginava che stessero semplicemente fissando delle immagini per evitare di guardare lui, di nuovo sveglio e affamato. Naturalmente, a bordo, ci sarebbero stati cibo e bevande. C'erano sempre. Solo quando la luce delle cinture di sicurezza si spense, Maxim si alzò e tornò verso la cambusa. Sentiva gli occhi di Yuri e Sergei bruciargli la nuca mentre lo faceva. Aprì il frigorifero e prese una lattina di Coca e un pacchetto di panini che immaginava fossero prosciutto e formaggio. Era il formaggio ciò che desiderava più di ogni altra cosa. Certo, non era la meravigliosa roba gialla del McDonalds, ma andava bene lo stesso. Con le sue provviste in mano, si voltò e tornò al suo posto di fronte agli uomini del Wagner. Si sedette e la lattina sfiatò non appena la aprì. Entrambi gli uomini alzarono brevemente lo sguardo, posandolo sul cibo.

"Avanti!", disse Maxim con voce burbera, tenendosi stretto gelosamente il suo cibo. "I soldati non possono marciare a stomaco vuoto. Mangiate!"

Gli uomini si scambiarono un'occhiata e poi si alzarono per andare in cambusa. Quando gli passarono accanto, Maxim si ricordò ancora una volta della loro stazza. Quegli uomini erano torri ambulanti di pura muscolatura. Avevano un aspetto quasi neandertaliano, se non fosse stato per i capelli raccolti e i volti rasati. Questo gli diede la certezza che, qualunque cosa avessero affrontato in quella particolare missione, non ci sarebbero stati problemi. Nessuno sano di mente avrebbe voluto avere a che fare con uomini del genere. I suoi capi avevano scelto bene. Yuri e Sergei tornarono poco dopo portando una pila di cibo ciascuno. Lo posero sul tavolo vicino ai loro posti e lo fecero ruotare in modo da trovarsi l'uno di fronte all'altro mentre mangiavano. Lo fecero anche per evitare gli sguardi di Volkov che stava tranquillamente sgranocchiando i suoi panini e sorseggiando una Coca.

Maxim fissò sbalordito l'enorme quantità di cibo che gli uomini avevano preso per se stessi. Una decina di minuti dopo, in silenzio, posò la lattina vuota sul tavolo a lato della sedia, spazzolò le briciole dalla camicia e reclinò la poltrona all'indietro. Era ora di dormire. Sempre che il suo stomaco glielo permettesse.

Capitolo Quattordici.

Pensai che la serata era piacevolmente calda mentre spingevo Joe lungo la strada acciottolata, per scegliere un ristorante per la cena. Il fatto che la maggior parte del personale dei ristoranti lo conoscesse non mi preoccupava affatto e scegliemmo un ristorante con tavoli all'aperto. C'era musica dal vivo in un bar di fronte e ce la prendemmo comoda con un antipasto di pane all'aglio seguito da un'ottima cena a base di bistecca di controfiletto. Joe aveva ordinato la sua solita Coca-Cola, mentre io bevvi almeno tre birre Sagres. Al termine della cena ero piacevolmente stanco e sazio. Sembrava che gli sforzi della giornata avessero avuto lo stesso effetto su Joe. Verso le 20:30 risalimmo la strada verso l'hotel. La vecchia sedia a rotelle era ingombrante e difficile da spingere e mi rallegrai del fatto che quella nuova sarebbe arrivata la mattina seguente. Aprii la stanza di Joe con la sua chiave e mi sedetti un attimo prima di andare nella mia camera.

"Hai detto che il nome di tuo fratello è Chris", dissi, "è corretto?".

"Il suo vero nome era Cristóvão", disse Joe, con uno sguardo triste, "ma noi lo abbiamo sempre chiamato Chris".

"Perché lo dici al passato?", chiesi. "Pensi che possa essere morto?".

"Spero di no", fu la risposta, "ma dubito che lo rivedrò mai più...".

"Ti avevo chiesto di Facebook", dissi. "Non hai mai provato a usarlo per trovarlo?".

"Come ti ho detto, Jason, ne ho sentito parlare, ma non avrei la minima idea di cosa sia o di come si usi".

La sua affermazione mi frustrò e mi schiarii la gola prima di parlare di nuovo.

"E nessuno si è mai offerto di aiutarti a trovarlo usando Facebook?".

"No", fu la semplice risposta. "Mai..."

Mi alzai e chiesi a Joe di scrivere l'ortografia corretta di "Cristóvão" su un pezzo di carta da lettere dell'hotel. Lo fece sbadigliando profondamente e ancora una volta sentii la frustrazione che mi aveva tormentato da quando avevo conosciuto quell'uomo. Era chiaro che aveva rinunciato a rivedere suo fratello. Inoltre, era ovviamente stanco e molto probabilmente non era abituato alla qualità e alla quantità di cibo che aveva appena mangiato. Presi il pezzo di carta e mi diressi verso la porta.

"Ti auguro una buona notte, Joe", dissi, "dobbiamo essere pronti per la nuova sedia a rotelle alle 9:00 di domani".

Ancora una volta vidi lo scintillio dei suoi occhi mentre mi guardava.

"Sarò pronto, Jason", disse, "non preoccuparti".

Capitolo Quindici.

Alla fine, il sonno non arrivò mai per Maxim Volkov. Aveva invece trascorso tutte le sei ore del volo per Dubai con crampi allo stomaco e frequenti visite al bagno. Per fortuna le ventole di estrazione erano abbastanza forti da eliminare il fetore prodotto dal suo intestino e gli evitarono l'imbarazzo di essere notato dai colleghi. Questo disagio, però, non gli fece bene all'umore e, quando il piccolo jet iniziò la discesa verso Dubai, era pronto a strangolare qualcuno. A seguire, ci sarebbe stata l'operazione di scarico dell'attrezzatura che stavano trasportando e il trasferimento sul secondo jet emiratino, che li avrebbe portati alle Seychelles. L'aria condizionata a bordo del Citation gli aveva seccato i seni paranasali e se ne stava seduto respirando infelicemente mentre guardava la città sottostante. Sergei e Yuri, invece, avevano mangiato a sazietà e avevano dormito come bambini per tutto il viaggio. Maxim si era messo a fissarli in molte occasioni, con le loro potenti braccia piegate nel sonno e le teste quasi calve inclinate da un lato. Come invidiava la loro giovinezza e la loro forma fisica. *Come aveva potuto sprecare la maggior parte della sua vita per eseguire gli ordini dei potenti uomini dell'FSB? Era stato tutto inutile?* Oltre alla stanchezza e al dolore allo stomaco, a Maxim Volkov prudeva l'ano. Questo era il risultato dei suoi frequenti viaggi in bagno. Desiderava disperatamente una doccia e un letto pulito. Quando la luce delle cinture di sicurezza si accese, nella sua mente si formò un'idea. Avrebbe chiamato la sede centrale di Mosca e avrebbe detto che non si sentiva bene. Avrebbe poi chiesto di poter prendere una stanza d'albergo per la notte. In questo modo i due uomini del Wagner si sarebbero assunti la responsabilità del trasferimento dell'attrezzatura e lui avrebbe potuto riposare e ristorarsi, e avrebbe anche potuto ordinare del cibo da asporto. *Sì... Pensò. È quello che farò. Il direttore non potrà che essere d'accordo.* La missione era così importante per loro che non avrebbero avuto altra scelta che acconsentire. Almeno così non sarebbe rimasto bloccato in transito tra i due aerei e sarebbe stato esentato dalle formalità e dalle seccature del trasferimento. Maxim uscì il telefono dalla tasca mentre l'aereo atterrava sotto il sole abbagliante del mattino desertico. Un mezzo sorriso si formò sul suo volto quando vide che aveva già una tacca di rete in roaming sul suo telefono. Compose il numero che conosceva molto bene e comunicò che ci sarebbe stato un differimento. Fu ordinata un'auto per portarlo all'hotel a 5 stelle più vicino, una volta superato il controllo dell'immigrazione. Tutto questo mentre Yuri e Sergei scrutavano fuori dai finestrini meravigliati dall'immensa distesa dell'aeroporto.

Quando il jet si fermò e il copilota aprì la porta, Maxim si alzò e si rivolse ai due soldati seduti.

"Vi lascio entrambi a completare il trasferimento dell'equipaggiamento sul nuovo jet", disse. "Non fate cazzate e non chiamatemi se non in caso di grave emergenza. Ho degli affari da sbrigare e tornerò quando avrò finito. Arrivederci!".

Così Maxim Volkov si alzò, raccolse i suoi bagagli e passò davanti ai due uomini dirigendosi verso la porta d'uscita.

Capitolo Sedici.

Sentendomi stanco e apatico, aprii il portatile e mi accasciai sul letto. Ci vollero due minuti buoni per trovare un canale inglese in televisione, ma alla fine trovai il canale Discovery che trasmetteva un programma di restauro di automobili. La musica in sottofondo mi infastidiva, chitarre rock senza senso che sfornavano un riff dopo l'altro, ma dovevo sopportarla perché c'erano poche altre opzioni. Sbadigliai mentre aprivo Facebook e cliccavo sulle notifiche, che erano per lo più notizie. Afferrai il pezzo di carta su cui Joe aveva scritto il nome di suo fratello e lo digitai nella barra di ricerca. "Cristóvão Fonseca". Non mi sorprese che ci fossero molte migliaia di persone con lo stesso nome. Sarebbe stato un compito immane spulciarle tutte nella speranza di trovare il fratello scomparso di Joe. Sentendomi avvilito, feci un respiro profondo e fissai lo schermo del televisore. La scemenza senza senso continuava con uomini barbuti che sfrecciavano e bruciavano gomme nelle loro auto americane truccate. Sentendomi leggermente raffreddato dall'aria condizionata, afferrai il telecomando e lo regolai su un grado più caldo rispetto a quello che c'era impostato. La mia mente era ancora piena di dubbi sul fatto che, ciò che stavo facendo, fosse solo una perdita di tempo. *Tornerà semplicemente alla sua vita di strada dopo che avrai speso molte migliaia di euro per lui? È possibile, se non addirittura probabile, Green. Te ne rendi conto?* Scossi la testa per liberarmi dai pensieri negativi e mi alzai per aprire la porta e fumare sul balcone. In lontananza sentivo la musica che proveniva dalla strada, le voci dei turisti e, nell'aria, aleggiava il suono delle risate e dell'allegria. Accesi la sigaretta e fissai il buio sull'oceano. Il mio piccolo viaggio in Algarve aveva preso una piega insolita e del tutto inaspettata. *Ti metti davvero in situazioni strane, Green!* Il ritmo costante della musica lontana era ipnotico e mi ritrovai ad annuire involontariamente mentre fumavo. Alla fine, buttai via il mozzicone e rientrai nella stanza. Dopo aver versato un bicchiere d'acqua, mi sdraiai di nuovo sul letto e tornai a fissare la televisione. Una rapida occhiata allo schermo del portatile mi ricordò che cercare il fratello di Joe, Cristóvão Fonseca, sarebbe stato un compito arduo e minuzioso. Avrei avuto bisogno della presenza di Joe e sapevo che sarebbe stato frustrante. Tuttavia, valeva la pena di provare ed era una cosa che mi ero ripromesso di fare. Sentendomi assonnato, bevvi un sorso d'acqua e mi alzai per fare una doccia veloce prima di sistemarmi per la notte. Quando uscii dal bagno, il programma alla televisione era cambiato in uno sulla sopravvivenza nelle Montagne Rocciose.

Rimasi sdraiato con nient'altro che l'asciugamano intorno alla vita, mentre i miei occhi si chiudevano da soli. Doveva essere passata un'ora quando fui svegliato da una sirena dell'ennesimo programma in televisione. Mi svegliai di colpo, sentendomi confuso e disorientato. Solo allora mi tornarono in mente gli eventi della giornata. Infastidito e assetato, bevvi dal bicchiere d'acqua accanto al letto e abbassai il volume della televisione prima di impostare il timer per il sonno. Solo allora mi resi conto che il mio portatile era ancora aperto. Lo schermo era diventato nero a causa dell'inattività. Sfiorai con l'indice il touchpad per rianimarlo. Lo schermo si accese dopo pochi secondi e ancora una volta vidi le migliaia di risultati per la mia ricerca di Cristóvão Fonseca su Facebook. Ma fu proprio mentre stavo per chiudere lo schermo che mi venne in mente un pensiero. Qualcosa che Joe aveva detto precedentemente.

'Il suo vero nome era Cristóvão. Ma noi lo abbiamo sempre chiamato Chris.'

Sbattei le palpebre dei miei occhi irritati mentre cliccavo sulla barra di ricerca e cambiavo la ricerca in Chris Fonseca. Ancora una volta c'erano molti risultati, ma molti meno della ricerca precedente. Mi sollevai sul gomito destro e scrollai i risultati. Solo dopo due pagine notai qualcosa. Il nome della persona era Chris Fonseca. Aveva più o meno la stessa età di Joe ed era ritratto in piedi davanti a una rigogliosa pianta tropicale con enormi foglie verdi. Ma c'era qualcosa nel viso di quell'uomo, nella sua struttura ossea, che mi fece suonare un campanello d'allarme. Il mio dito rimase in bilico sul touchpad per qualche secondo prima di cliccare sul suo profilo. Una volta fatto, lo schermo cambiò immediatamente e apparve il profilo completo dell'uomo. Un cipiglio si formò sulla mia fronte mentre fissavo la foto del profilo. Quell'uomo era giovane. Sicuramente più giovane di Joe. Era rasato, con i capelli neri ordinati che si stavano ingrigendo intorno alle tempie. Ma erano il suo viso e il suo naso a somigliare in modo impressionante a quelli di Joe. E anche il sorriso. I denti erano di dimensioni simili. Era lo stesso sorriso caloroso che avevo imparato a conoscere negli ultimi due giorni. Incuriosito, mi alzai a sedere e appoggiai il portatile sulle gambe. Feci clic sull'immagine del profilo fino a riempire lo schermo. Fissai incredulo l'immagine che avevo davanti. Era come se stessi guardando una foto di Joe. Un Joe Fonseca giovane e dall'aspetto pulito.

"Non è possibile, cazzo...", sussurrai a me stesso sottovoce.

Con un brivido di eccitazione, minimizzai l'immagine e feci clic sulla sezione "Informazioni" del profilo. Le informazioni erano tutte lì da vedere. Chris Fonseca, nato in Mozambico, aveva frequentato la scuola Umtali Boy's High in Rhodesia e viveva a Mahe, nelle Seychelles. Sbattei ripetutamente le palpebre mentre cliccavo sul profilo dell'uomo, studiando tutte le foto che c'erano da vedere. Molte erano di una barca. Apparentemente un'imbarcazione oceanica di nome "Amelia", sembrava essere un'imbarcazione per la pesca e le immersioni. Ma non potevo perdere altro tempo a guardare le immagini della barca e tornai immediatamente alle foto dell'uomo che si faceva chiamare Chris Fonseca. Stentando a credere a ciò che stavo vedendo, mi alzai e mi sedetti alla piccola scrivania. Posizionai il portatile davanti a me e salvai l'immagine dell'uomo che sorrideva davanti alla pianta tropicale. Fatto questo, aprii la foto e la ingrandii. Ancora una volta scossi la testa per quello che stavo vedendo. Era come se stessi guardando una copia carbone del vecchio Joe, che molto probabilmente stava dormendo e russando nella stanza accanto. Il volto era esattamente lo stesso, gli occhi, i denti, il sorriso.

"Non ci credo, cazzo!", dissi ad alta voce.

In quel momento mi venne improvvisamente voglia di una sigaretta. Mi alzai e portai il portatile fuori, dove lo appoggiai sul tavolo e mi sedetti a fumare. Ancora del tutto incredulo, guardai l'immagine mentre accendevo la sigaretta. Ma ormai non avevo più dubbi. Avevo trovato il fratello di Joe. All'improvviso mi venne in mente un pensiero. *E se Joe avesse mentito per tutto il tempo. E se lui e la sua famiglia avessero litigato per qualche motivo? Qualcosa che era successo anni prima. Qualcosa che gli avrebbe fatto interrompere ogni contatto e che lo avrebbe fatto finire per strada. E se Joe mi stesse nascondendo qualcosa?* Era stupefacente che fosse stato così facile trovare quell'uomo. Ancora eccitato, mi girai sulla sedia di plastica economica e fissai le finestre della stanza accanto, dove Joe dormiva. Improvvisamente mi trovai di fronte alla necessità di prendere una decisione. Dovevo aspettare la mattina, magari dopo la consegna della nuova sedia a rotelle, per dire a Joe che pensavo di aver trovato il suo fratello perduto da tempo? O dovevo semplicemente svegliarlo ora e farla finita? Mi alzai con ancora addosso l'asciugamano e camminai sul piccolo balcone mentre lottavo con i miei pensieri. *Cristo, Green, ti sei cacciato in una situazione insolita! Porca puttana!* Ma avevo già deciso.

Senza perdere tempo, spensi la sigaretta, presi il portatile e mi diressi verso la porta. Sporsi la testa per assicurarmi che non ci fossero ospiti nel corridoio. Non ce n'erano. Lasciando la mia porta socchiusa, percorsi la breve distanza fino alla stanza di Joe e bussai tre volte prima di aprire la porta. Joe Fonseca dormiva profondamente nell'oscurità e il mio arrivo improvviso lo fece urlare di paura. Forse gli anni di convivenza con i ladri zingari avevano innescato questa reazione di panico.

"Sono solo io, Joe! Sono Jason..." Lo rassicurai mentre premevo l'interruttore della luce "Svegliati! Devo mostrarti una cosa, subito!".

Capitolo Diciassette.

Maxim Volkov era in piedi e guardava attraverso le finestre panoramiche della sua suite al 17° piano del lussuoso Burj Al Arab Hotel sulla spiaggia di Jumeira a Dubai. Fuori, la vista sul Golfo Arabico si spandeva, totalmente ininterrotta, fino all'Iran in lontananza. Sotto di lui, a destra, la spiaggia si estendeva costeggiata dalle migliaia di grattacieli scintillanti che compongono il lungomare di Dubai. Vestito con una spessa vestaglia bianca, si accigliò mentre sorseggiava la sua Coca-Cola e si dondolava sulle punte dei piedi. Almeno era riuscito a prendersi una pausa dalla missione. Le 16 ore trascorse in albergo erano state riposanti e aveva potuto lavarsi e prendere le medicine. Anche il servizio in camera e Uber Eats gli erano stati utili. I suoi superiori non erano stati troppo contenti di questo cambio di programma, ma non avevano avuto molta scelta. Fino a quel momento il suo telefono era rimasto muto. Questo gli aveva fatto piacere. La chiamata di Yuri e Sergei arrivò un'ora dopo, mentre stava guardando un porno hardcore sul suo tablet. Questo lo aveva fatto arrabbiare. Le notizie, tuttavia, erano buone. Il trasferimento dell'equipaggiamento era stato completato con l'assistenza del personale dell'ambasciata e la missione era pronta a partire. I piloti stavano aspettando e non ci sarebbero stati ulteriori ritardi. Volkov si prese tutto il tempo necessario per impacchettare i suoi abiti freschi di bucato e per darsi una sistemata nell'enorme bagno, prima di chiamare finalmente la reception per organizzare un'auto che lo portasse all'aeroporto. Circondato dagli orpelli delle persone ricche e famose, Volkov si sentiva a casa. Anche se non si sarebbe mai potuto permettere un tale lusso con i suoi miseri risparmi, era bello finché durava. La sua barca non era paragonabile agli enormi superyacht che solcavano le acque sottostanti, ma era una buona barca che gli sarebbe servita sino alla fine della pensione. Era passata un'ora quando uscì dall'ascensore per entrare nell'enorme area della reception dell'hotel a sette stelle. Nel piazzale erano in attesa le numerose Rolls Royce che appartenevano alla struttura. I loro scintillanti coprimozzi dorati luccicavano alla luce del sole. Il suo veicolo, una Mercedes, lo attendeva ed egli sorrise e fece un cenno al personale mentre effettuava il check-out. Il viaggio verso l'aeroporto fu piacevole ed egli si sedette e si rilassò nella parte posteriore del veicolo, dotata di aria condizionata, mentre percorreva le strade dorate della ricca città. Tutto intorno c'erano grattacieli sfavillanti e supercar. Era un luogo in cui si sentiva a casa. Se solo avesse potuto avere una fetta di tutto questo. La sua ansia cresceva man mano che si avvicinavano all'aeroporto e cominciò a tamburellare le dita sul ginocchio immaginando di rimanere intrappolato nel piccolo aereo che li avrebbe portati alle Seychelles.

Il viaggio sarebbe durato altre cinque ore. Meglio del lungo viaggio fino a Dubai, ma sempre una frustrazione. *Essere bloccato ancora una volta con quelle due teste di rapa, Yuri e Sergei. Coi loro sguardi e sorrisi assenti. Che si fottano!* Il traffico aumentava man mano che l'auto si avvicinava all'aeroporto, ma alla fine entrarono nell'area di parcheggio vicino alla sezione dei jet privati e raggiunsero il punto di consegna. Come di consueto a Dubai, fu accolto dal personale ultra-polito e accompagnato durante le formalità dell'immigrazione. Una volta terminate, bastò un breve tragitto in un piccolo fuoristrada per raggiungere l'aereo in attesa. Il jet canadese Bombardier Global 7500 era molto più grande dell'aereo che avevano usato per arrivare a Dubai. In effetti, a Maxim sembrava un po' eccessivo mentre si avvicinavano. Tuttavia, era abbastanza grande da consentirgli di avere una cabina tutta per sé, lontano dalle due teste di rapa. Inoltre, a bordo, ci sarebbe stato un servizio a 5 stelle, per gentile concessione della compagnia di noleggio. *No*, pensò Maxim. *Questo sarà molto meglio dell'ultimo volo.* Con passo affrettato, lasciò il fuoristrada e fece una breve camminata fino al personale in attesa accanto ai gradini dell'elegante aereo. Lo accolsero come il milionario che stava rappresentando e gli mostrarono l'interno, che era lussuoso come aveva immaginato. Nella cabina anteriore erano seduti Yuri e Sergei. Entrambi si alzarono e sorrisero quando videro il loro capo. Maxim annuì quando li incrociò e gli parlò brevemente prima di andare nella sua cabina privata. Una volta lì, la giovane e graziosa hostess gli sorrise mentre gli portava un bicchiere di champagne. Maxim la guardò mentre si allontanava e sentì l'istintiva attrazione animale che lo aveva già messo nei guai in passato. Gli incontrollabili impulsi sessuali che gli erano valsi il soprannome di "Nasil'nik Rosinki" o "Lo stupratore di Rosinka" in inglese, in riferimento a un ricco sobborgo di Mosca. La donna indossava una gonna nera attillata con calze di seta color crema e la camicia bianca era sbottonata quanto bastava per consentirgli di vedere l'ampia scollatura. Maxim Volkov si schiarì la gola e fissò fuori dalla finestra per tenere a freno gli impulsi. *Concentrati*. Disse a se stesso. *C'è un lavoro da fare qui. La parte divertente verrà dopo, con un po' di fortuna.* Erano passati circa 15 minuti quando la voce del pilota annunciò la loro imminente partenza e Maxim si sedette sul lussuoso sedile e allacciò la cintura di sicurezza. Il jet iniziò a muoversi in avanti e si meravigliò di quanto fosse silenzioso rispetto a quello con cui era arrivato per il volo precedente. La luce abbagliante del sole riluceva sui molti altri jet privati che si dirigevano verso la pista.

Capitolo Diciotto.

Joe Fonseca si alzò a sedere nel letto e si strofinò gli occhi mentre mi fissava. Chiusi la porta dietro di me e presi rapidamente una sedia che portai sul lato destro del letto. Con il portatile aperto rivolto verso di me, mi sedetti e lo fissai. L'espressione di confusione sul suo volto era comica e i suoi capelli folti erano in disordine. Ancora una volta mi fece pensare a un troll di un film fantasy.

"Ora, Joe", dissi con calma, "ti mostrerò una foto. Voglio che tu la guardi e mi dica se riconosci l'uomo. Va bene?".

"Ok..." rispose, visibilmente ancora confuso e disorientato per essere stato svegliato all'improvviso.

Con la fotografia ingrandita di Chris Fonseca che riempiva lo schermo, girai il portatile in modo che fosse rivolto verso di lui.

Joe sbatté più volte le palpebre mentre studiava lo schermo e mi chiesi se avesse bisogno di occhiali. Ma un secondo dopo si schiarì la voce, sbatté di nuovo le palpebre e mi guardò.

"È mio fratello Chris", disse a bassa voce prima di guardare di nuovo lo schermo. "Sembra un po' più vecchio, ma è sicuramente lui".

Ancora una volta mi ritrovai sull'orlo dell'esasperazione con Joe. *Dove sono il suo entusiasmo e la sua sorpresa? Perché se ne sta lì seduto in quel modo con un'espressione ebete? Non dice nulla e si limita a riconoscere in silenzio che ho appena trovato il suo fratello perduto da tempo. L'ultimo membro della sua famiglia. Uno che credeva morto e che finora aveva pensato di non rivedere mai più. Incredibile!* Ma in quel momento era necessario controllare me stesso. C'era un uomo che avevo tolto dalla strada, sistemato in un albergo e trattato come un fratello. Erano tutte cose a cui non era abituato. Anzi, probabilmente era piuttosto intimidito da tutto questo. *Piccoli passi, Green. Non esagerare con lui.*

"E sei sicuro di questo, Joe?", chiesi con calma. "Quello è tuo fratello, Chris?".

Joe distolse lo sguardo dallo schermo e vidi sul suo volto confusione e trepidazione.

"Sì", disse a bassa voce, indicando lo schermo. "Quello è mio fratello. È mio fratello, Chris. Sono sicuro al cento per cento...".

Capitolo Diciannove.

Volkov era alla quarta vodka. L'alcol cominciava a fargli effetto, così come la vista della hostess alta e snella. La sorridente signora aveva servito un pasto sontuoso e ora Maxim riusciva a malapena a toglierle gli occhi di dosso. Il modo in cui sorrideva, il modo in cui i suoi fianchi oscillavano mentre camminava avanti e indietro dalla cambusa. La vista dei suoi seni giovani e sodi quando si chinava per servirlo. In più di un'occasione, dovette costringersi a guardare fuori dalla finestra e a rimproverarsi per gli impulsi selvaggi che provava. Essendo ancora un uomo fisicamente forte, avrebbe potuto tranquillamente seguirla in cambusa e sfogare i suoi bisogni con lei. Ma no, c'era un lavoro da fare e doveva concentrarsi. *Come avrebbe fatto a superare il volo con queste distrazioni?* Erano in volo solo da due ore e il pensiero di altre tre, a subire le tentazioni che quella donna gli stava inducendo, era quasi una tortura. Solo allora si rese conto di essere sessualmente carico, e di esserlo da quando aveva guardato un porno sul suo tablet prima in albergo. *Sì*, pensò, *è questa la causa*. A un certo punto pensò di andare in bagno a masturbarsi, ma sapeva che sarebbe stato inutile. La sua malattia era il motivo per cui non avrebbe funzionato. Maxim Volkov aveva bisogno di cose vere. Una combinazione di violenza e di cruda potenza sessuale sembrava essere l'unica cosa che funzionava in questi giorni. Bevve un altro profondo sorso di vodka. Per fortuna Sergei e Yuri si erano tenuti in disparte durante il viaggio. Era come se avessero percepito il suo umore fin dalla partenza da Mosca. *Bene. Possono restare lì!* In quel momento la hostess uscì dalla cambusa verso la cabina anteriore. Spingeva un carrello carico di cibo e bevande per le due teste di rapa del Wagner. Maxim la guardò ancora una volta spudoratamente. Le gambe snelle e formose sembravano arrivare fino alle spalle. Il suo sorriso era sensuale e suggestivo. *Le piaccio, so che le piaccio. Sei ancora in gamba, Maxim. Sei ancora un uomo attraente.* Tuttavia Maxim sapeva che, una volta terminato il volo, l'aereo sarebbe tornato a Dubai e non ci sarebbe stata alcuna possibilità di organizzare un ulteriore incontro con la giovane donna. Questo faceva parte degli elaborati accordi di sicurezza per il lavoro. Solo quando la missione sarebbe stata completata un nuovo aereo li avrebbe prelevati e riportati a Mosca. Maxim scosse tristemente la testa pensando agli effetti debilitanti della malattia di cui soffriva. Il suo desiderio sessuale era buono e forte, ma era completamente incapace di avere prestazioni normali. C'era solo una cosa che funzionava per lui.

E questo lo aveva messo in un sacco di guai nel corso degli anni. Era stata anche la causa di molti dispetti e odio da parte di sua moglie, che lo aveva deriso e ridicolizzato per le sue incapacità di prestazione. *Che si fotta!* pensò. Presto non avrebbe più dovuto guardarla. *Quella fottuta puttana!* Due ore più tardi, quando Volkov era ormai veramente ubriaco, si sentì leggermente fuori di sé e selvaggiamente attratto dalla hostess. Era convinto che lei fosse attratta da lui, ma non aveva idea che la donna fosse semplicemente professionale. Si era certamente accorta delle sue occhiate ma, essendo abituata a questo genere di cose, aveva continuato a lavorare normalmente. In realtà, l'hostess era molto attratta dai due uomini sexy nella cabina di fronte. Dai loro corpi, alti e muscolosi, dai loro enormi appetiti e dai loro ampi sorrisi. Questi giovani uomini erano molto più attraenti e piacevoli da vedere rispetto al vecchio ubriacone che si aggirava sul retro. Anche se non parlavano quasi una parola di inglese. Fu allora che Volkov si rese conto che la donna passava sempre più tempo nella cabina anteriore e si occupava meno di lui. Questo lo fece arrabbiare profondamente e gli effetti dell'alcol servirono solo a farlo infuriare ulteriormente. Ma fu nell'ultima ora di volo, mentre stava ancora bevendo, che questi sentimenti di rabbia cominciarono a crescere. La lussuria primordiale che provava nei confronti della donna non se ne andava. Ma il consumo di alcol aveva preso una brutta piega e la sua capacità di giudizio era ora completamente alterata. Aspettò che lei tornasse in cambusa e pensò alla sua prossima mossa. Rimase ad osservarla mentre tornava verso la cambusa. Presa la decisione, si alzò per seguirla. Camminando silenziosamente sul pavimento di moquette, si diresse verso la cambusa. La donna era in piedi vicino alla scaffalatura di alluminio e beveva da una bottiglietta d'acqua di plastica. Gli dava le spalle e non si era accorta della sua presenza. Ancora una volta Maxim posò lo sguardo sulla sua figura statuaria. Le gambe lunghe, le spalle larghe e i tacchi alti. La combinazione di tutto ciò che indossava gli infiammava i lombi. Ma era ubriaco e nella sua mente assuefatta si sentiva certo, sicuro al 100% che lei avrebbe accolto le sue avances. Guardò a destra e vide la porta della toilette lì vicino. *Al diavolo, possiamo usare il letto della mia cabina.* Volkov si insinuò silenziosamente dietro la giovane donna e le passò la mano destra intorno alla vita. Le tirò grossolanamente il torace verso l'inguine e la sensazione di potere fu totalizzante. *Sì*, pensò, *lei sarà mia!*

"Ciao, piccola", le sussurrò all'orecchio con un accento russo gutturale. "Sai che ti osservo da un po' di tempo. Credo che tu provi le stesse cose per me, no?".

La giovane donna deglutì e lasciò cadere a terra la bottiglietta di plastica. Si girò con un'espressione di totale orrore sul volto. Prima che Volkov potesse fare qualcosa, gli diede uno schiaffo sulla guancia. Il forte e sonoro schiocco della carne, ed il bruciore sul suo viso, non fecero che eccitare ancora di più Maxim, che stava già pianificando la sua prossima mossa. *Era ovvio che ci sarebbe stata una certa resistenza iniziale. Un rapido pugno alla tempia, giusto per calmarla, e poi la porti sul letto. Sì! Sì!*

Capitolo Venti.

"E adesso cosa facciamo, Jason?", disse Joe, sbattendo ancora una volta le palpebre. "Possiamo telefonargli? Non capisco".

"No...", risposi. "Non è così facile, Joe. Dovrei inviargli una richiesta di amicizia o un messaggio e poi dovremmo aspettare e vedere se risponde".

"Oh", rispose lui, con aria confusa. "Come ho detto, non so nulla di Facebook e non ho mai usato un computer in vita mia".

"Non preoccuparti...", dissi. "È una buona notizia, non fraintendetemi. Mi dispiace di averti svegliato, avrei dovuto aspettare fino a domani mattina. Ora probabilmente non riuscirai a dormire".

"Non avrò problemi a dormire, Jason", disse Joe. "Non ricordo l'ultima volta che sono stato in un letto così comodo. Questo è come il paradiso".

Ridacchiai piano mentre mi alzavo per andarmene.

"Bene, Joe", dissi a bassa voce. "Ora torno nella mia stanza e mando un messaggio a tuo fratello. Speriamo che risponda. Se lo fa, te lo farò sapere domattina presto. Passerò a controllarti alle 7:00. Penso che dovremmo scendere, fare colazione e tornare qui pronti per il venditore di sedie a rotelle alle 9:00. Buonanotte".

Diedi un'ultima occhiata al mio nuovo amico prima di spegnere la luce. In qualche modo, sembrava vulnerabile, confuso ed euforico allo stesso tempo. Chiudendo la porta silenziosamente dietro di me, tornai nella mia stanza e appoggiai il computer sulla scrivania. Chiusi la foto ingrandita di Chris Fonseca e cliccai sul profilo di Facebook. Rimasi un attimo a pensare a cosa dire, poi iniziai a scrivere.

"Ciao, Chris. Mi chiamo Jason Green. Mi dispiace averti mandato un messaggio così all'improvviso, ma di recente ho conosciuto tuo fratello Joe.

Attualmente vive nella città di Faro, nella regione dell'Algarve, in Portogallo. Negli ultimi giorni ho stretto amicizia con lui e mi ha parlato di te, dicendomi che vivevi a Durban, in Sudafrica. Dal tuo profilo Facebook vedo che ora vivi alle Seychelles. Joe mi ha detto di aver perso i contatti con te molti anni fa e mi dispiace informarti che, da qualche anno, vive per strada. Ha perso una gamba a causa del diabete e attualmente è su una sedia a rotelle. L'ho accolto e gli ho preso una stanza nel mio albergo. Sto anche cercando di aiutarlo a comprare una nuova sedia a rotelle e a trovargli una sistemazione decente. Non sono a conoscenza della vostra situazione familiare, perché Joe mi ha detto ben poco, ma gli ho mostrato la foto del tuo profilo e mi ha confermato che sei davvero suo fratello. Tutto questo è stato un po' troppo per lui. Non sa usare il computer, ma so che è entusiasta che io ti abbia trovato. Se vuoi metterti in contatto con lui, non esitare a rispondere a questo messaggio o a chiamarmi al seguente numero...".

Mi sedetti e lessi il messaggio che avevo digitato, ripassandolo due volte, finché alla fine premetti il pulsante di invio. Ora non c'era altro da fare che sedersi e aspettare. Avevo chiarito che si trattava proprio di Chris Fonseca e, se avesse voluto contattare suo fratello, doveva solo rispondere al mio messaggio o chiamarmi. Se l'avesse fatto o meno sarebbe dipeso da lui e se ci fosse stato un qualche problema familiare, che aveva causato la loro separazione, l'avrei saputo molto presto. *Cristo, spera che ci contatti, Green. Se non lo fa, potrebbe spezzare il cuore del povero vecchio Joe.* Ancora eccitato dall'emozione della scoperta, ma esausto, chiusi il portatile e tornai al capezzale del letto. Mi sedetti, feci un respiro profondo e mi tenni il viso tra le mani mentre ripensavo ai folli eventi degli ultimi giorni. Era successo tutto così in fretta. L'incontro casuale con Joe, il suo arrivo in albergo, la sistemazione della sedia a rotelle e dei vestiti nuovi, e poi la ricerca di quel cazzo di fratello. *È una follia, Green. Fottutamente folle!* Alla fine mi sdraiai di nuovo sul letto. Discovery Channel trasmetteva un programma banale con una musica orribile in sottofondo. Abbassai il volume e fissai lo schermo fino a quando i miei occhi non si chiusero. Non ci volle molto per cadere in un sonno profondo.

Capitolo Ventuno.

L'assalto improvviso aveva colto la giovane donna di sorpresa. Lei cercò immediatamente di allontanarsi dal suo aggressore ma, lui, aveva altri piani. In preda a una frenesia cieca, e ubriaco fradicio, si slanciò in avanti con il pugno alzato e tentò di colpirla. Ma la giovane donna era in forma e troppo veloce. Essendo stata addestrata alle arti marziali, sapeva bene come difendersi e reagì immediatamente. L'omone inciampò e, mentre le stava cadendo addosso, lei alzò il ginocchio verso l'inguine dell'assalitore. La mossa fu perfettamente sincronizzata e lei sentì il grassoccio grumo di carne che erano i genitali di Volkov. Stordito e in uno stato di incredulità, ruggì di dolore mentre cadeva in ginocchio sul pavimento di vinile blu della cambusa. Nella nebbia vorticosa dell'agonia, Volkov si accorse improvvisamente delle urla intorno a lui e fu come se il suo mondo fosse precipitato nel panico e nella confusione. Il dolore era diverso da qualsiasi cosa avesse mai provato in tutta la sua vita. All'improvviso si rese conto delle mani. Mani forti, che lo sollevavano per le ascelle, e voci maschili, che mormoravano nel suo russo. In fondo alla sua mente sapeva che si trattava delle due teste di rapa del Wagner. Sergei e Yuri erano arrivati dopo aver sentito il trambusto nella parte posteriore dell'aereo. Volkov si ritrovò trasportato dai due uomini e rimesso al suo posto, dove rimase rannicchiato con il sudore che gli colava dal corpo mentre si contorceva. Dopo un minuto, aprì gli occhi per guardarsi intorno. La donna non si vedeva da nessuna parte ed era ovviamente rintanata nella cambusa dove era avvenuta l'aggressione. Maxim alzò lo sguardo sui volti dei due uomini che stavano lì, con le mani sui fianchi, e lo guardavano dall'alto in basso con aria un po' stupita. Improvvisamente il dolore fu sostituito dall'imbarazzo e dalla rabbia pura e finalmente riuscì a parlare.

"Allontanatevi da me, cazzo!", ringhiò con voce sforzata. "Non è stato niente! Sto bene, sono solo un po' ubriaco. Tornate subito ai vostri posti!".

I due uomini si guardarono l'un l'altro, chiaramente indecisi, ma avevano udito le sue disposizioni e seguirono l'ordine.

Maxim Volkov si sforzò di controllare il respiro e alla fine riuscì a sollevarsi in una normale posizione seduta. Gli effetti dell'alcol erano ormai magicamente svaniti. Arrabbiato, umiliato e ancora ansimante, si asciugò la fronte, strinse i denti e tornò a fissare fuori dalla piccola finestra.

Capitolo Ventidue.

Mi ero svegliato alle 6:20 del mattino e mi ero subito messo in piedi a riflettere sugli eventi della sera precedente. La mia preoccupazione andò immediatamente a Joe, per come aveva reagito alla visione della foto di suo fratello. Sembrava che fosse rimasto in qualche modo deluso e mi chiesi ancora una volta se ci fosse stato un problema familiare che aveva portato alla loro separazione. *Forse perché stava dormendo profondamente quando sei entrato nella sua stanza, Green? Potrebbe essere semplicemente che gli eventi degli ultimi giorni sono stati un po' troppo per lui? Dopo tutto, quest'uomo ha vissuto per strada per anni. Tutto questo gli sarà un po' estraneo.* Combattendo l'impulso di andare a controllarlo, mi feci una doccia e poi misi a riscaldare il bollitore per fare il caffè. Mentre aspettavo, rimasi a fissare il portatile e il telefono. Una volta fatto il caffè, presi il portatile, andai fuori nel piccolo balcone della mia stanza e mi sedetti a fumare la prima sigaretta della giornata. La mattina era fresca e luminosa e le strade sottostanti erano ancora tranquille. Guardai la finestra della stanza di Joe e notai con preoccupazione che le tende erano ancora chiuse. *Lascialo stare, Green. È un uomo adulto. Smettila di preoccuparti e di agitarti per lui.* Fissai il portatile mentre accendevo la sigaretta e cedetti alla tentazione di aprirlo. Con una sensazione di dubbio, aprii Facebook e controllai se c'erano nuovi messaggi. Non ce n'erano, e tamburellai le dita sul piano di vetro del tavolo mentre fissavo lo schermo. Era come se volessi che l'uomo rispondesse. Ma la delusione era reale e temevo che lo sarebbe stata anche per Joe. *Non sai nemmeno se questo tizio è vivo, Green. Sarebbe un errore alimentare le speranze di qualcuno.* Sorseggiando la tazza fumante, lanciai un'altra occhiata alla finestra di Joe e vidi che le tende erano ancora chiuse.

Capitolo Ventitre.

L'elegante jet aveva iniziato la sua discesa nel cielo senza nuvole, verso il gruppo di isole dell'Oceano Indiano che costituiscono le Seychelles. Maxim Volkov aveva dormito per la restante ultima ora di volo, per superare la sbornia che per poco non si era conclusa con uno stupro a mezz'aria. Dopo un annuncio del pilota, Sergei e Yuri erano tornati per svegliare Volkov dal suo sonno alcolico. La hostess si era rifugiata nella cabina di pilotaggio da quando si era addormentato. Era una cosa fuori dall'ordinario, ma lo erano anche gli eventi di quel particolare volo. Era abituata a proposte oscene e a qualche palpeggiamento, ma questo era stato a dir poco inaudito e scioccante. Il tentativo di aggressione era stato denunciato ai proprietari dell'aereo, ma si era subito deciso che questo spiacevole incidente sarebbe stato meglio dimenticarlo e considerarlo passato. A ciò aveva contribuito anche l'enorme somma di denaro offerta come risarcimento dallo Stato per i disagi subiti. Dopo una breve discussione via radio tra i piloti, la hostess e la sede centrale, si stabilì che non era stato fatto alcun danno e che la vita sarebbe continuata come al solito. I passeggeri e il loro carico sarebbero stati lasciati all'aeroporto di Mahe e l'aereo sarebbe tornato a Dubai come previsto.

Maxim Volkov grugnì e gemette quando Yuri gli scosse la spalla per svegliarlo. Guardò verso l'alto coi suoi occhi arrossati e in quel momento gli sembrava tutto confuso. Quando gli tornò in mente quello che era successo gemette ancora una volta e chiese bruscamente a Yuri di andare a prendere dell'acqua nella cambusa, in cui non c'era più nessuno. Al suo ritorno, Maxim si informò sulla sorte della hostess. La notizia che aveva trascorso l'ultima ora del volo in cabina di pilotaggio fu appresa e accettata da Maxim con una disinvolta alzata di spalle.

"Stupida puttana", brontolò. "Comunque mi ha fatto bere troppo".

Yuri, parlando in tono sommesso, lo informò che era tutto a posto e che il piano sarebbe andato avanti come previsto. Maxim bevve l'acqua, tossì e farfugliò quando seppe che stavano per arrivare a destinazione. Si alzò a sedere e guardò fuori dal finestrino per vedere la scintillante distesa azzurra dell'Oceano Indiano che si estendeva sotto di lui. Davanti a sé, sulla sinistra, la bellissima isola di Mahe, con le sue alte cime montuose e i suoi fitti pendii tropicali, si ergeva maestosa dall'acqua. Sentendosi meglio, perché l'intera questione era ormai alle spalle, scacciò Yuri nella cabina anteriore per fargli raggiungere Sergei.

Una volta che l'uomo se ne fu andato, Maxim si alzò un po' instabilmente e si diresse verso il bagno, minuscolo ma perfettamente arredato, vicino alla cucina. Una volta lì, si studiò il viso allo specchio. Leggermente pallido e con i capelli unti per il sudore, decise che non aveva poi un così brutto aspetto. *Leggermente rude in effetti.* Ma fu allora che iniziarono i familiari brontolii nello stomaco e chiuse gli occhi in attesa che arrivassero più in profondità. L'alcol aveva avuto un effetto previsto ma sfortunato. Avrebbe passato le ore successive a visitare la toilette più vicina, trovando un po' di quiete solo quando avesse preso le sue medicine. Solo due minuti dopo sentì bussare alla porta. Questa volta era Sergei, che lo informava che stavano per atterrare e che avrebbe dovuto riprendere posto in cabina immediatamente. Maxim Volkov gridò la sua risposta e batté sulla porta alzandosi dalla ciotola. Si lavò rapidamente le mani e il viso e si guardò un'ultima volta allo specchio. *È tutto a posto.* Pensò. *Stai bene. Ora supera l'immigrazione e puoi andare a rilassarti in albergo.*

Capitolo Ventiquattro.

Bussai tre volte prima di spingere la porta aperta. Mi aspettavo di trovare Joe ancora a letto, ma fui piacevolmente sorpreso nel vedere che si era alzato, che aveva appena fatto la doccia e che era intento a prepararsi una tazza di caffè.

"Buongiorno, amico...", dissi entrando e prendendo posto vicino al tavolo.

"Ciao Jason", rispose, girandosi sulla sua vecchia sedia a rotelle, "posso prepararti una tazza?".

"No, grazie", risposi, "ne ho appena bevuto uno. Come stai oggi? Hai dormito bene?".

"Sto bene", rispose, "ho dormito come un bambino...".

Dallo sguardo che aveva, e dai suoi occhi spalancati, capii che la domanda successiva sarebbe stata se avessi avuto notizie di suo fratello Chris. Decisi di anticipare la domanda andando subito al sodo.

"Allora", dissi con fermezza. "Ho mandato un messaggio a tuo fratello ieri notte, dopo che me ne sono andato. Gli ho spiegato la nostra situazione e gli ho detto che eri molto desideroso di metterti in contatto con lui. Gli ho lasciato il mio numero e gli ho detto che può contattarmi su Facebook o sul mio cellulare".

"E...", disse Joe con occhi spalancati, "Hai avuto notizie?".

"Non ancora", dissi. "Ma dobbiamo essere pazienti. C'è una differenza di orario di 4 ore da tenere in considerazione. È possibile che non controlli spesso Facebook. Devi essere pronto ad accettare che potrebbe volerci un po' di tempo".

Guardai l'espressione di Joe che si scuriva e la delusione era tangibile sul suo vecchio viso.

"Oh", disse a bassa voce, "ci avevo un po' sperato...".

"Non preoccuparti", dissi con finta allegria. "Bevi il tuo caffè. Dobbiamo scendere a fare colazione. La tua nuova sedia a rotelle arriverà presto".

Rimasi a chiacchierare con Joe finché non ebbe finito il caffè. Feci del mio meglio per tranquillizzarlo e assicurargli che avremmo ricevuto una risposta, ma sapevo che probabilmente gli stavo dando una falsa speranza. Mi sentivo un po' in colpa ma, in qualche modo, detestavo il pensiero di deluderlo ulteriormente. Senza saperlo, mi ero immedesimato nella vita di quell'uomo al punto da considerarmi quasi il suo assistente familiare. In ascensore, mentre scendevo alla sala ristorante, dovetti ricordare a me stesso che non era così, ma continuai a mantenere un atteggiamento allegro per placarlo. La colazione era quella standard dell'hotel, una colazione mediterranea con una selezione di salumi, cereali e yogurt. Joe non si fece problemi a mangiarne due porzioni e io portai il caffè fresco quando finimmo. Ci sedemmo in silenzio a bere dalle tazze fumanti mentre osservavamo gli ospiti. Nella mia mente ero orgoglioso del mio nuovo amico. Era qui, fresco e pulito, con i vestiti nuovi. D'accordo, aveva ancora la barba e i capelli selvaggi e folti, ma era un grande miglioramento e non poteva che migliorare. Naturalmente, c'era il fastidioso timore, sempre presente, che Chris non rispondesse. Ma questo era un problema che avrei dovuto affrontare se, e quando, fosse arrivato il momento. Nel frattempo avevo una missione da compiere.

"Bene", dissi finendo il caffè, "torniamo su in camera. Sta arrivando il venditore di sedie a rotelle".

Capitolo Venticinque.

La prima cosa che notò Maxim Volkov fu il caldo. Era diverso da quello che aveva sperimentato nei suoi numerosi viaggi in Africa. Si trattava di un'umidità che impregnava i vestiti e bagnava la pelle quasi immediatamente. Se ne rendeva perfettamente conto, poiché la quantità di alcol che aveva consumato lo stava facendo sudare. Questo, sommato al malessere dell'intestino, non fece che aumentare il suo cattivo umore e il suo pessimo temperamento. Accompagnato da Yuri e Sergei, si diressero verso l'uomo in attesa del consolato russo. Era lì per facilitare il loro arrivo e lo sdoganamento del loro equipaggiamento. Avendo contatti con la polizia e l'immigrazione, il suo compito era quello di garantire che il processo fosse regolare e si svolgesse senza problemi. I quattro uomini si salutarono e furono rapidamente accompagnati in un edificio dal tetto basso, normalmente riservato ai dignitari in visita. Una volta lì, furono accolti da due giovani funzionari dell'immigrazione che diedero loro il benvenuto e timbrarono rapidamente i loro passaporti falsi. Maxim diede un'occhiata alla stanza lussuosa e individuò subito i bagni sulla sinistra. Con un sussurro sommesso all'uomo dell'ambasciata si scusò, lasciando a Yuri e Sergei gli ultimi accordi. Al suo ritorno, un quarto d'ora dopo, trovò i tre uomini che chiacchieravano socievolmente e che avevano sistemato tutti i loro documenti e passaporti. La notizia gli fu rapidamente riferita, lui fece un cenno di approvazione e chiese immediatamente di essere accompagnato al veicolo in attesa. Yuri e Sergei avevano ricevuto l'ordine di aspettare che l'equipaggiamento venisse scaricato e sdoganato, mentre Maxim fu accompagnato sino al retro dell'edificio dove c'era il veicolo in attesa. L'uomo dell'ambasciata cercò di fare due chiacchiere con lui mentre aspettavano che il veicolo arrivasse alla zona di carico ma Maxim non ne aveva la minima intenzione.

"Lei rimarrà qui con i miei uomini per lo sdoganamento del nostro carico e ci vedremo più tardi in albergo", disse bruscamente. "Grazie".

Chiaramente sorpreso dal modo poco amichevole, l'uomo dell'ambasciata si limitò a un leggero inchino e fece un gesto verso il veicolo in attesa.

"Certo, signore", disse con calma, "è stato un piacere assisterla oggi. Confido che si troverà a suo agio nella sistemazione che abbiamo predisposto e la vedrò in serata. Arrivederci".

Maxim grugnì e infilò la sua borsa nel retro del veicolo in attesa. Nella sua mente, tutto ciò che voleva era fuggire dal caldo opprimente. Per fortuna l'interno del veicolo era climatizzato e sospirò profondamente mentre chiudeva la portiera e si accomodava sul fresco sedile di pelle. Chiuse gli occhi mentre l'auto usciva dal complesso aeroportuale e svoltava a destra, uscendo infine sul tratto di strada rettilinea più lungo delle Seychelles. Solo allora Maxim aprì gli occhi per guardarsi intorno. La luce del sole del pomeriggio era abbagliante e si rifletteva sulle centinaia di barche dall'aspetto costoso nel porto sulla destra. Alla sua sinistra, la piccola città di Victoria era incastonata sotto ripidi pendii verdi ricoperti da una fitta vegetazione tropicale, la quale sembrava elevarsi verso il cielo. La città di Victoria era pittoresca e affascinante, ben curata e mantenuta. Era un cambiamento rispetto ai soliti cessi africani in cui si era trovato in passato. Maxim fece un cenno di approvazione mentre il veicolo usciva dall'autostrada per imboccare una rampa di accesso sulla sinistra. C'erano turisti in infradito che giravano per le strade e mercati locali pieni di frutta e verdura tropicale dai colori vivaci. Le bancarelle dei pescivendoli erano stracolme di pesce luccicante e gli abitanti seychellesi sembravano rilassati, sani e felici. Il veicolo, muovendosi lungo la costa, entrò poi in una strada a doppia corsia circondata da una fitta vegetazione. Maxim guardò fuori dal finestrino e notò che gli alberi erano carichi di frutti e il terreno era ricco e scuro. Era come se ogni spazio disponibile fosse riempito da piante di ogni tipo. Ce n'erano anche alcune che non riconosceva affatto. Si trattava, a detta di tutti, di una fitta giungla tropicale. Sulla sinistra, oltre la sua visuale dalla cabina del veicolo, si ergevano le scogliere a picco sul mare e le ripide montagne che costituivano l'interno dell'isola di Mahe. A destra, la giungla sembrava oscura e impenetrabile e, mentre il veicolo percorreva le curve, si intravedevano solo brevi scorci dell'azzurro brillante dell'oceano. Sempre più impaziente, Maxim si sporse in avanti e bussò sulla barriera di perspex che separava la parte anteriore dell'auto da quella posteriore. L'autista girò brevemente la testa e fece scorrere la parte centrale del divisorio.

"Quanto manca all'albergo?", grugnì Maxim in russo.

"Solo dieci minuti, signore", rispose l'autista. "Arriveremo presto".

"Spingi quel cazzo di piede sull'acceleratore", disse Maxim a bassa voce. "Ho affari urgenti da sbrigare".

Capitolo Ventisei.

Il venditore di sedie a rotelle arrivò alle 9:00 in punto, come promesso. Portava con sé una grande scatola piatta che disimballò mentre io e Joe restammo a guardarlo. Vidi il luccichio negli occhi di Joe mentre osservava le finiture cromate e la comoda seduta. Il montaggio durò ben 20 minuti, ma alla fine l'uomo si tirò indietro e annunciò di aver finito. Joe non ci mise molto ad alzarsi dalla vecchia sedia e a salire sul letto. Da lì fu assistito dal giovane per posizionarsi sulla nuova sedia e io trattenni il fiato in attesa della sua reazione. Ci vollero meno di 10 secondi finché, all'improvviso, fui ricompensato dallo sguardo di Joe: era raggiante da un orecchio all'altro. Chiaramente felicissimo, si mosse avanti e indietro sul pavimento diverse volte mentre prendeva dimestichezza con le nuove ruote e coi freni. Pose molte domande in portoghese al venditore e lui era più che felice di rispondere. Infine, Joe mi guardò ancora una volta e parlò.

"È fantastico, Jason", disse come se fosse in soggezione. "Non avrei mai pensato di alzarmi da quella sedia di merda. È davvero comoda".

Annuii e poi guardai il venditore.

"Penso che si possa tranquillamente portare quella vecchia alla discarica", dissi. "Sono abbastanza sicuro che non ci servirà più".

Quando il giovane se ne andò erano già le 10:00 del mattino. Lasciai Joe a girare all'interno, provando le varie funzioni, mentre io uscii in balcone a fumare. In fondo ero molto soddisfatto di essere riuscito a fare tanti progressi con Joe. Sapevo fin dall'inizio che la sua riabilitazione non sarebbe stata facile, ma con il mio piccolo aiuto stava facendo passi da gigante. Lo guardai mentre fumavo e mi tornarono le paure e le preoccupazioni. *E adesso, Green? E adesso? Non puoi semplicemente fermarti a questo e permettergli di tornare in strada. È logico che devi rivolgerti ai servizi sociali locali e chiedere di trovargli una sistemazione adeguata. Sicuramente ci sarà un dipartimento di assistenza sociale. Qualcuno che si prenderà cura di lui fino alla vecchiaia. Ma cosa succede se lui si oppone a tutto questo? Se dicesse semplicemente di no? Tutto questo non sarà servito a nulla. No, non sarà così, Green. Hai aiutato quest'uomo. Gli hai dato una nuova vita, indipendentemente da ciò che accadrà ora.*

Nel profondo sentivo l'impulso di tornare nella mia stanza e controllare ancora una volta i miei messaggi su Facebook. *È meglio non parlare di suo fratello finché non lo farà lui stesso, Green. Non c'è bisogno di turbarlo. Lascia che si goda il momento per quello che è. Probabilmente d'ora in poi sentirà molto meno dolore e disagio. Va tutto bene.* Tirai l'ultima boccata di sigaretta e decisi che avrei passato il resto della giornata a cercare una sistemazione adeguata per Joe Fonseca. Se necessario, avrei affittato un posto e l'avrei sistemato. Una volta fatto ciò, mi sarei rivolto ai servizi sociali insieme a lui. Non c'era nient'altro da fare e non ero disposto a stare seduto tutto il giorno. Tornai nella stanza e mi sedetti mentre Joe era intento a far bollire l'acqua nel bollitore per il caffè. Non volendo aspettare oltre, decisi di affrontare l'argomento sulle sue condizioni di vita e parlai.

"Dobbiamo trovarti un posto decente dove vivere, Joe", dissi senza mezzi termini. "Sei quasi sistemato, ma questa sarà una delle ultime cose da fare. Suggerisco di iniziare a cercare oggi. Sei disposto a farlo?".

Joe Fonseca si girò sulla sedia e mi guardò negli occhi. Ancora una volta vidi la paura e la trepidazione che avevo visto fin dalla prima volta che avevo incontrato quell'uomo. Era come se sospettasse di qualsiasi atto di gentilezza e temevo che potesse opporsi. Ma fu in quel momento che sentii vibrare il mio telefono in tasca. Era rimasto in silenzio per così tanto tempo che avevo quasi dimenticato che fosse lì. Lo tirai fuori dalla tasca distrattamente e diedi un'occhiata allo schermo prima di rispondere. Lo schermo mostrava un numero e un prefisso nazionale che non riconoscevo.

Capitolo Ventisette.

Dopo quella che sembrò essere un'eternità, l'autista svoltò a destra ed entrò nel resort. Il luogo era recintato e all'ingresso c'era un cancello a sbarre. La grande guardiola era presidiata da due uomini in uniforme che aspettavano il veicolo. Maxim Volkov rimase seduto mentre l'autista e le guardie si scambiavano due parole. Alla fine, il cancello fu sollevato e il veicolo si addentrò nella giungla verde e lussureggiante che circondava la prestigiosa proprietà del Banyan Resorts. Un tempo di proprietà di un famoso attore di Hollywood, il terreno era stato acquistato dal gruppo alberghiero e trasformato in una delle destinazioni più lussuose al mondo. Questo luogo sembrava adatto a quella che sarebbe stata l'ultima missione di Maxim Volkov per l'FSB. Le sue aspettative erano alte e non vedeva l'ora di godersi il vero lusso. La strada, perfettamente curata, si snodò attraverso la fitta vegetazione fino ad arrivare a un grande edificio basso fatto di mattoni di terra. L'autista si fermò ed entrò in un portico ombreggiato con la reception sulla destra. Quasi subito la porta fu aperta da una giovane e snella donna seicellese che salutò Maxim con un ampio sorriso. Maxim grugnì mentre scendeva dal veicolo e si dirigeva verso l'interno cavernoso della reception. L'aria era fresca e frizzante, grazie ai condotti dell'aria condizionata non visibili, e musica rilassante veniva diffusa da altoparlanti nascosti. Nel lato destro della stanza c'era un'imponente cascata costruita con rocce locali e, il forte getto d'acqua che cadeva lungo la parte anteriore, effondeva un suono gorgogliante e scrosciante che, a Maxim, faceva pensare al gabinetto. Malgrado ciò, si accomodò su alcuni sontuosi divani mentre l'autista andò alla reception a fare il check-in per lui. Maxim rimase seduto e si guardò intorno con aria corrucciata, ma era già impressionato dalla scelta dell'alloggio. Sapeva benissimo che le camere di questo particolare resort partivano da 3.000 dollari a notte quindi non c'erano dubbi sul fatto che, il suo soggiorno, sarebbe stato impeccabile. La procedura di check-in durò meno di 5 minuti e Maxim alzò lo sguardo quando vide arrivare l'autista e la stessa giovane donna che gli aveva aperto la porta. La donna lo salutò con il nome falso sul passaporto e lo invitò a seguirla nel suo alloggio. I tre attraversarono l'ingresso e salirono una serie di scale di pietra doviziosamente lucidate. Solo quando arrivarono in cima a queste scale si rivelò la vera bellezza del luogo. Davanti a loro si estendeva l'azzurro impeccabile dell'Oceano Indiano. Scintillava e brillava al sole del pomeriggio e sembrava che il suo colore fosse quasi impercettibile.

Maxim Volkov non aveva mai visto nulla di simile. A destra c'era la zona pranzo, adagiata sotto un reticolo di sottili paletti neri che offrivano la giusta quantità di ombra al sole di mezzogiorno. Microgetti celati spruzzavano un'impalpabile nebbia d'acqua fresca per tenere a proprio agio i ricchi ospiti. Tutt'intorno, la musica rilassante della filodiffusione continuava a suonare, leggermente disturbata solo dallo sciabordio delle onde vicine. L'orizzonte era perfettamente piatto e apparentemente infinito, sotto un cielo che sembrava fondersi con l'oceano. Ai lati di quest'area principale, la costa si estendeva intorno a quella che era una sorta di baia naturale. Alte palme si protendevano verso l'oceano circondando le singole case, ognuna delle quali era completamente privata e dotata di piscine a sfioro. Erano collegate da una strada rialzata su cui gli ospiti venivano trasportati in golf cart fino ai loro paradisi privati.

Ad attenderli c'era uno di questi golf cart, con un autista sorridente in uniforme bianca. La giovane signora offrì gentilmente a Maxim un posto a sedere, a quel punto lui si fermò per scambiare due parole con l'autista russo.

"Di' a Yuri e Sergei di raggiungermi nella mia stanza quando arrivano", grugnì. "Confido sul fatto che non ci saranno problemi con il nostro equipaggiamento".

"Certo, signore", disse l'uomo. "Supervisionerò personalmente tutto e dirò loro di raggiungerla subito non appena saranno arrivati. Benvenuti alle Seychelles. Vi auguro un piacevole soggiorno".

Senza aggiungere altro, Volkov si sedette sul retro del golf cart e osservò la giovane donna, che sembrava essere la sua hostess personale, mentre sorrideva e prendeva posto vicino al conducente nel sedile anteriore. Il piccolo veicolo avanzò di scatto e iniziò a percorrere una strada di legno rialzata che collegava i vari appartamenti, le 'casas'. Ancora una volta Maxim sentì il caldo e l'umidità, quasi incredibili, anche sotto l'ombra del tetto della buggy. Chiuse gli occhi mentre la piccola auto elettrica si scontrava con i solchi del legno e maledisse l'afflizione che gli procurava il suo malessere. Per fortuna il tragitto non fu lungo e in pochi minuti arrivarono alla casa più lontana dall'edificio principale. La buggy fu parcheggiata sotto l'ennesimo portico ombreggiato e l'esile giovane donna che lo aveva accolto lo condusse all'interno di un lussuoso appartamento. Maxim fu accolto immediatamente dal suo cuoco nonché maggiordomo privato, che gli sorrise e si inchinò al suo ingresso. Gli fu subito offerto un bicchiere di succo di frutta alto e colorato, che tracannò non appena iniziò il giro dell'appartamento.

Nel livello superiore della casa c'erano un angolo cottura e un corridoio che conduceva a una serie di gradini in pietra levigata, dai quali si accedeva alla zona giorno. Questa comprendeva un sontuoso open space arredato con mobili esotici d'antiquariato indonesiano, tavolini e divani. A destra di questo enorme spazio si trovava un bar, mentre a sinistra c'era un largo corridoio che portava alle camere. Di fronte, davanti all'oceano, si trovavano una serie di alte e ampie porte scorrevoli in vetro. Al di fuori di esse, c'erano la veranda e l'area esterna che formavano un salotto ombreggiato con una vasca idromassaggio e una piscina. Maxim sapeva benissimo che questa casa costava più di 5.000 dollari a notte e ciò era chiaramente evidente dall'ambiente sfarzoso. Era diversa da qualsiasi altra cosa avesse mai visto, tantomeno in cui avesse soggiornato. Nemmeno il Burj Al Arab, famoso in tutto il mondo, in cui aveva soggiornato la notte precedente, si avvicinava a questo livello di lusso. Ogni stanza era mantenuta a una temperatura piacevole e uniforme di 22 gradi, con un attento controllo dell'umidità per mantenere il comfort ottimale per i ricchi ospiti. Non volendo sembrare un pesce fuor d'acqua e desideroso di rimanere il più a lungo possibile con la sua hostess personale, Maxim lasciò che gli spiegasse tutte le molteplici funzioni e caratteristiche della casa. Erano passati dieci minuti buoni quando il tour era ormai terminato e la giovane donna lo salutò. Dopo essersi fatto dire il suo nome, Maxim la congedò e ordinò allo chef di preparare una porzione di ceviche di aragosta e caviale Beluga. Poi si diresse verso il bar e si versò un bel po' di vodka Russo-Baltique. *Fanculo*. Pensò tra sé e sé. *Si vive una volta sola*. Infine, Maxim Volkov si diresse con disinvoltura verso il salotto interno e si adagiò sugli ampi cuscini del divano. Bevve un lungo sorso di vodka e fissò l'oceano oltre le finestre. *Bene*, pensò tra sé e sé. *Non è poi così male.*

Capitolo Ventotto.

"Jason Green...", dissi rispondendo alla chiamata.

Ci fu un breve momento in cui si perse il segnale, seguito da un forte suono distorto. Tolsi il telefono dall'orecchio e lo guardai per vedere se era ancora collegato. Lo era. Rimisi il telefono all'orecchio e mi ripetei.

"Jason Green. Pronto?"

"Salve", disse una voce flebile. "Sono Chris Fonseca. Il fratello di Joe...".

"Ciao, Chris!", dissi voltandomi a guardare Joe che stava versando una tazza di caffè.

Joe Fonseca si bloccò e si girò a guardarmi con occhi spalancati. Con la caffettiera a mezz'aria, sembrava che avesse appena visto un fantasma. Gli feci un cenno di assenso e parlai.

"Non so dire che sollievo sia sentirti", dissi. "Sono seduto qui con Joe mentre parlo".

"Ciao Jason", disse la voce in linea. "Non potevo crederci quando ho ricevuto il tuo messaggio stamattina. Avevo rinunciato all'idea di ricevere notizie di Joe e, ad essere sincero, pensavo che potesse essere morto!".

"No", risposi sorridendo. "È molto vivo e mi sta fissando in questo momento. Ti piacerebbe parlargli?".

"Oh mio Dio!", fu la risposta gridata. "Sì, per favore! Grazie, grazie!".

Mi alzai e mi avvicinai a Joe seduto sulla sua nuova sedia a rotelle.

"Joe", dissi porgendogli il telefono. "Tuo fratello vorrebbe tanto parlare con te...".

Con l'aria ancora stupita, Joe prese il telefono dalla mia mano e se lo portò all'orecchio.

"Ciao, Chris", disse con voce gracchiante. "Sei tu?".

Seguì una lunga ma commovente conversazione tra i due fratelli separati da tempo. Fu un enorme sollievo vedere la felicità sul volto di Joe e, sebbene la conversazione fosse in portoghese, non si poteva non notare la gioia sul volto di Joe. Mi versai una tazza di caffè e mi sedetti a guardarlo mentre rideva e vedevo le lacrime di gioia scorrergli sul viso. Era un momento che temevo non sarebbe mai arrivato, ma era lì, stava accadendo proprio davanti a me. *Sei stato bravo, Green. Cazzo, fantastico!* Erano passati circa dieci minuti quando Joe mi restituì frettolosamente il telefono e parlò.

"Chris ha detto che vorrebbe fare una videochiamata", disse. "Puoi farlo?"

"Certo che posso" gli risposi, prendendo il telefono.

Dopo una rapida chiacchierata con Chris, lo aggiunsi a Whatsapp e feci la videochiamata. Chris Fonseca rispose immediatamente e riconobbi il suo volto dalle foto su Facebook. Si vedeva che era seduto in una specie di ufficio ma l'uomo era raggiante, con un sorriso che andava da un orecchio all'altro, ed era chiaramente felicissimo di essere in contatto con il fratello perduto da tempo.

"Eccoti qui", dissi con un sorriso, "aspetta che ti passo a Joe...".

Era chiaro che Joe non aveva mai usato uno smartphone e dovetti mostrargli come tenere il telefono lontano dal viso per vedere suo fratello. Quasi subito si scatenarono risate e conversazioni animate e io rimasi seduto a bere il mio caffè. Dopo ben quindici minuti, Joe mi restituì il telefono dicendo che Chris voleva parlarmi. L'uomo era estremamente grato e mi ringraziò abbondantemente per quello che avevo fatto per Joe da quando l'avevo conosciuto. Mi disse della nuova sedia a rotelle e del fatto che l'avevo tolto dalla strada. Mi fu chiaro che questo evento non aveva precedenti nella vita di entrambi e che era profondamente importante.

Personalmente ero sollevato per il fatto che i miei timori di una sorta di rottura familiare si fossero rivelati infondati.

Entrambi erano entusiasti di essere di nuovo in contatto. Fu allora che Chris iniziò a chiedermi quali fossero i miei progetti. Pensando che Joe potesse sentirsi in imbarazzo o a disagio, gli chiesi di inviarmi un'e-mail alla quale avrei risposto immediatamente. Gli spiegai che eravamo tutt'e due comodi in albergo e che avremmo fatto un'altra videochiamata in giornata. La cosa sembrò soddisfacente per tutti e alla fine riattaccai dopo aver teso il telefono a Joe in modo che potesse salutarlo.

"Bene", dissi guardando la figura sorridente di Joe Fonseca, "sembra che abbiamo trovato tuo fratello".

"Lo so", rispose, con un'aria un po' scioccata, "ma non riesco ancora a crederci!".

"Credici, Joe", dissi con un mezzo sorriso. "È vero...".

Capitolo Ventinove.

Maxim Volkov passò il pomeriggio a bere vodka costosa e a ideare il modo per riportare la giovane e snella hostess nella sua casa. Naturalmente, ora che erano arrivati alle Seychelles, c'era un programma da seguire e una serie di compiti da portare a termine prima della missione vera e propria. Ma questa sarebbe cominciata solo tra due giorni e Maxim aveva già deciso che avrebbe trascorso il tempo libero a rilassarsi e a godersi i panorami e gli odori dell'isola esotica. La casa era di un livello di lusso che poche persone avrebbero mai sperimentato nella loro vita, quindi era più che felice di trascorrere lì la maggior parte del suo tempo. Ci sarebbe stato il fastidio dei due agenti del Wagner, Yuri e Sergei, ma avrebbe fatto in modo che rimanessero nelle loro stanze e lo disturbassero il meno possibile. L'operazione che dovevano intraprendere lì prevedeva due giorni di riposo, un tempo sufficiente per acclimatarsi e rilassarsi. *Questo potrebbe rivelarsi uno dei lavori migliori,* pensò mentre si versava un'altra vodka. A quel punto i fatti accaduti sull'aereo con la hostess erano svaniti dalla sua memoria e la sbornia era passata da un pezzo. *Eccomi qui nel lusso, a vivere la vita come fanno i ricchi e i famosi. No, Maxim. Devi rilassarti e godertela. Hai lavorato a lungo e duramente per questo e presto andrai in pensione. Anche se questa missione fosse destinata a fallire, devi ammirare l'ambiente che ti circonda e assaporare il luogo. Anche se la temperatura esterna è quella di una fottuta sauna finlandese.* Questo stato di sogno ad occhi aperti fu disturbato solo verso le 16:00, quando bussarono alla porta. *Cazzo!* Pensò. *Chi sarà mai?* Ma la sua frustrazione fu placata dal pensiero che potesse essere ancora una volta la sua hostess personale dell'hotel. Maxim Volkov si alzò in piedi e, barcollando leggermente, salì le scale passando per l'angolo cottura fino alla porta principale sul retro della casa. Con una ottimistica sensazione da ubriaco, aprì la porta solo per trovare l'autista del consolato in piedi con Yuri e Sergei. I loro volti erano arrossati per il caldo del tardo pomeriggio e la loro golf buggy era parcheggiata all'ombra del portico.

"Buon pomeriggio, signore", disse l'autista. "Siamo venuti a informarla che l'equipaggiamento è stato sdoganato e che sia Yuri che Sergei si sono registrati in albergo. Insieme al carico, si trovano nella casa adiacente".

"Capisco", grugnì Maxim. "E non ci sono stati problemi?". "No, signore", disse l'uomo. "Tutto è andato secondo i piani. È libero di discutere la prossima fase della missione?".

"No, non lo sono!", replicò Maxim con rabbia. "Dovrete aspettare fino a domani. È stato un lungo viaggio. Arrivederci a tutti voi!".

Maxim sbatté la pesante porta di tek e si diresse di nuovo verso il salone della casa. Nel farlo, inciampò leggermente sulle scale e diede un altro ordine al maggiordomo che lo aspettava nell'angolo cottura.

"Più aragosta", biascicò. "Voglio più aragosta!".

Capitolo Trenta.

Lasciai Joe nella sua stanza e tornai nella mia sentendomi euforico e preoccupato allo stesso tempo. *Ora che eravamo riusciti a contattare Chris, cosa sarebbe successo? Avrebbe sostenuto Joe in futuro? Sarebbe andato a trovarlo in Portogallo?* A giudicare dalla conversazione che avevano avuto, ero abbastanza fiducioso che sarebbe stata offerta una qualche forma di assistenza. Per questi motivi ero ansioso di avere notizie da Chris sul futuro di Joe. Mi ero già impegnato a trovargli un posto dove stare. Un posto sicuro e dignitoso, dove avrebbe potuto ricevere i sussidi statali e condurre una vita normale. Un posto con strutture per disabili e una qualche rete di sostegno. Non avevo dubbi sull'esistenza di queste cose e mi meravigliavo che Joe fosse sfuggito a questa rete per così tanto tempo. Mi sedetti alla scrivania e aprii il portatile per controllare le e-mail. Proprio in quel momento sentii ancora una volta vibrare il telefono in tasca. Lo tirai fuori e vidi che c'era un messaggio di Chris Fonseca.

'Ciao Jason, speravo di poter fare una chiacchierata in privato con te. Vorrei parlarti di ciò che penso sulla situazione di Joe in Portogallo. Per favore, chiamami quando sei da solo nella tua stanza. Chris'.

Mi alzai e chiusi le porte scorrevoli del balcone per assicurarmi che la conversazione non fosse sentita da nessuno. Fatto questo, mi sedetti di nuovo alla scrivania e feci la telefonata. Chris rispose immediatamente.

"Ciao Jason, grazie per avermi chiamato", disse Chris.

"Non c'è problema", risposi, "ora sono solo, dimmi pure le tue preoccupazioni".

"Beh, Jason, volevo ringraziarti di cuore ancora una volta per aver trovato mio fratello e averlo aiutato, ma soprattutto per averlo rimesso in contatto con me. È stata una mia preoccupazione per molti anni. È una cosa enorme per me. Voglio che tu sappia quanto ti sono grato".

"Beh, devo dirti Chris che l'intera faccenda è stata inaspettata anche per me. Ero venuto qui in vacanza e la mia intenzione era quella di noleggiare una moto e girare per l'Algarve. Alla fine mi sono imbattuto in tuo fratello e abbiamo instaurato un'amicizia. Visto che abbiamo combattuto nella stessa guerra, non potevo lasciarlo per strada".

"Parla molto bene di te", disse Chris, "e so quanto significhi per lui quello che hai fatto. Ascolta, Jason, ho un'idea ma non sono sicuro di come la prenderà Joe. Posso dirti il mio piano?".

"Certo, prego, fai pure", dissi. "Mi sono chiesto la stessa cosa, quindi sono molto ansioso di sentire il tuo pensiero. In questo momento vive in un tugurio con un gruppo di criminali. Lo trattano male e gli estorcono i soldi che ricava dall'accattonaggio. È pericoloso e malsano, e non gli permetterò di tornare lì".

"Lo so, lo so", disse Chris, "anch'io non voglio che torni lì. Ma ho un'idea, Jason. Il mio piano è di portarlo alle Seychelles. Ho una grande casa qui e vivo da solo. Non sto ringiovanendo e nemmeno lui. Mi sembra assolutamente sensato che venga a trascorrere il resto della sua vita qui alle Seychelles con me, suo fratello. Qui ho un'attività che va abbastanza bene. Non mi mancano i soldi e posso mantenerlo. In altre parole, non dovrà mai più stare per strada. Verrò a prenderlo lì e poi lo porterò qui. Anzi, sto già valutando i voli per il Portogallo. A mio avviso, non c'è tempo da perdere. Posso essere lì nei prossimi due giorni. Niente più vita di strada, niente più accattonaggio. Una vita dignitosa per Joe. Che ne pensi?"

Feci una pausa e mi sfregai il mento pensando a ciò che Chris aveva suggerito.

"Per me ha senso, Chris", dissi. "Sono stato molto felice di aiutarlo qui. È stato un po' difficile, ma con un po' di persuasione riesce a cambiare idea. Non ho idea se abbia o meno un passaporto, ma è una cosa che si può fare. Immagino che si possa ottenere un documento di viaggio d'emergenza abbastanza rapidamente".

"Sì", disse Chris, "è esattamente quello che stavo pensando".

"Beh, posso farti parlare di nuovo al telefono con lui così puoi proporgli questa soluzione e vedere cosa risponde. Che ne dici?"

"No", disse Chris, "ascolta, Jason, parli con lui da un paio di giorni ormai. Gli piaci e si fida di te. Ti dispiacerebbe scambiare due parole con lui? Mettilo al corrente del fatto che ho questi progetti e vedi cosa dice. Se è disposto a farlo e se è d'accordo, allora possiamo riparlarne e fare il passo successivo. La mia paura più grande è che faccia resistenza e che sia un cambiamento troppo grande per lui. Penso davvero che sarebbe meglio se gliene parlassi tu. Cosa ne pensi?".

"Beh, come dicevo, sarò felice di fare una chiacchierata con lui a pranzo e in ogni caso ti richiameremo nel pomeriggio. Per come la vedo io, ha due possibilità. Può restare qui in Portogallo in un appartamento o in una casa, oppure può andarsene da qui e andare a vivere alle Seychelles con te. Io so cosa farei...".

"Oh mio Dio, Jason", disse Chris, "spero che abbia un po' di buon senso e che ti ascolti. Se questo potesse diventare realtà, completerebbe la mia vita e porterebbe finalmente un po' di felicità a entrambi. Sì, è una grande idea. Diglielo, digli che hai ricevuto una mia e-mail e che questo è il mio piano. Chiedigli cosa ne pensa e se è d'accordo volerò là immediatamente e inizierò i preparativi per portarlo via da lì".

"Penso che sia un piano eccellente. Gli parlerò e cercherò di sottolineare che questo è il miglior risultato possibile per entrambi. Può essere difficile, ma lo conosco abbastanza bene. Lascia fare a me, tra poco usciremo per andare a pranzare e gli parlerò. Ti richiameremo entro le 16:00. Ora del Portogallo".

"Grazie, grazie, Jason", disse Chris. "Non hai idea di quanto ti sia grato...".

Ci salutammo e rimasi seduto in un cupo silenzio per i successivi 10 minuti. Alla fine mi alzai e aprii le porte scorrevoli del balcone. Uscii alla luce del sole e sentii l'odore del sale nell'aria.

Presi le sigarette dalla tasca e ne accesi una, mentre tornavo a fissare le finestre della stanza di Joe.

In quel momento vidi Joe avvicinarsi alla portafinestra del balcone, aprire le porte e uscire nel suo balcone. Con un sorriso a trentadue denti e con l'aria del gatto che si lecca i baffi, mi salutò e parlò.

"Beh, buongiorno, vicino di casa!", disse sorridendo.

Scossi la testa e ridacchiai.

"Ehi, Joe", dissi. "Come stai?"

"Oh, sto bene, Jason", rispose, "sto davvero bene...".

Capitolo Trentuno.

Maxim Volkov congedò il maggiordomo alle 16:30 esatte. L'ultima disposizione era che avrebbe dovuto mandare una delle golf buggies a prenderlo a casa. Non riusciva a togliersi dalla mente l'immagine della bella e giovane ragazza delle Seychelles che lo aveva accolto nel resort. Per questo motivo decise che sarebbe andato a cercarla nella zona principale dell'hotel. Mentre aspettava l'arrivo della golf buggy, bevve un'altro bicchiere di vodka e fissò il mare. Il vento leggero che soffiava dall'oceano arruffava le fronde delle palme ai lati della casa e la scena era di una tranquillità assoluta. Maxim, a un certo punto del pomeriggio, si era avventurato fuori andandosi a sedere con i piedi a penzoloni nella piscina a sfioro e con il suo drink in mano. Ma il caldo era troppo forte per lui ed era riuscito a rimanere solo per 5 minuti prima di tornare al comfort dell'aria condizionata dentro casa. Maxim Volkov era estremamente ubriaco, anche se non ne aveva idea. Aveva in mente una e una sola cosa. Avrebbe rivisto quella donna e avrebbe fatto del suo meglio per sedurla, in un modo o nell'altro. Salì barcollando le scale fino al corridoio e si guardò nello specchio a figura intera.

"Non hai un brutto aspetto, Maxim", disse ad alta voce con una risatina. "Anzi, hai proprio un bell'aspetto!".

Si voltò quando bussarono alla porta. Fece un passo avanti e la aprì. In piedi c'era un giovane di colore in uniforme bianca.

"Buon pomeriggio, signore", disse con un ampio sorriso, "sono il suo autista. Ha richiesto un passaggio fino al complesso alberghiero principale. Sono pronto quando lo è lei, signore".

"Aspetti qui un minuto, arrivo subito".

Volkov si chiuse la porta alle spalle e tornò allo specchio per darsi un'ultima occhiata. Soddisfatto di essere presentabile, tornò alla porta e si avviò nell'umido tardo pomeriggio. Il viaggio in buggy durò meno di 5 minuti e, alimentato dall'alcol nel sangue, Volkov sentì crescere l'eccitazione e le sue aspettative.

Stava già pianificando come avrebbe trascorso la serata con la giovane donna, seducendola con bevande e cibi raffinati. Una volta arrivato, Volkov si diresse verso il bar. Non aveva idea di barcollare tremendamente e di attirare l'attenzione dei vari ospiti facoltosi che si erano riuniti per l'aperitivo al tramonto. Il personale del bar, da consumati professionisti quali erano, lo accolse con ampi sorrisi e gli offrì un posto vicino all'estremità del bancone, per allontanarlo il più possibile dagli altri ospiti.

Lui si avvicinò incespicando, prese posto e urlò subito la sua ordinazione, una vodka doppia. Il garbato barman fece un cortese cenno di assenso e si accinse a soddisfare l'ordine. Il drink fu consegnato nel giro di un minuto e Volkov bevve un lungo sorso dal pesante bicchiere di cristallo. Una volta finito, rimase seduto a guardare gli avventori e a scrutare l'area alla ricerca della giovane donna che lo aveva accolto prima nel resort. Ma lei non si vedeva da nessuna parte e questo lo infastidiva molto. Per i molti ospiti che si stavano divertendo, la presenza di quest'uomo ubriaco era molto fastidiosa. Fecero del loro meglio per ignorarlo e si raccolsero in gruppi cercando di evitare il contatto visivo con lui. Due minuti dopo mandò giù l'ultimo goccio e sbatté il bicchiere di cristallo sul bancone.

"Barman!", gridò, "portami un'altra vodka!".

Il barman, che si era messo a sorridere, eseguì l'ordine, versò il drink e, mentre lo consegnava, Volkov pose la domanda.

"La donna di prima, quella che ci è venuta incontro e mi ha portato a casa mia. Dov'è? Vorrei vederla".

Il barista, imbarazzato, si chinò verso di lui e rispose sottovoce.

"Credo che stia parlando della nostra direttrice di sala, signore. Si chiama Amina. Ha staccato per oggi. Tornerà domani mattina. C'è qualcos'altro che posso fare per lei?".

Questa informazione fece arrabbiare Volkov e il suo umore si rabbuiò immediatamente.

"Ma che stronzate sono queste?", gridò, con la voce scompostamente alta, "pensavo che fosse la mia hostess personale".

"Mi dispiace molto, signore", disse il barman a bassa voce, "credo che alcuni dei nostri ospiti si stiano indisponendo. Le dispiacerebbe abbassare un po' la voce, per favore?".

"Perché dovrei farlo?", ruggì Volkov ubriaco. "Sai chi sono io? Posso farti licenziare in qualsiasi momento. Non osare parlarmi così! Vaffanculo! Chiama il mio autista e manda un altro maggiordomo a casa mia. Passerò lì la serata".

A quel punto Volkov si alzò per andarsene ma, mentre attraversava la sala del bar, inciampò e crollò su un tavolino. Nell'urto, una delle gambe del tavolo si ruppe e lui piombò sulle piastrelle lucide del pavimento. Gli ospiti scioccati non poterono fare altro che guardare con orrore l'uomo ubriaco che stava dando spettacolo.

"Cazzo!" gridò Volkov a squarciagola. "Fanculo questo posto! Dov'è il mio autista?".

Muovendosi inizialmente a quattro zampe, si avvicinò al divano più vicino e si tirò in piedi. Si voltò brevemente a guardare il pubblico di ospiti inorriditi, poi rise ad alta voce mentre barcollava verso la buggy in attesa.

Capitolo Trentadue.

Erano le 12:30 quando accompagnai Joe fuori dall'hotel, in strada. Per il resto della mattinata l'avevo lasciato a guardare la TV e a godersi la nuova sedia a rotelle. Non c'era dubbio che fosse una buon dispositivo, molto più facile da spingere e da manovrare rispetto al precedente. Anche le strade acciottolate non erano più una sfida e in 10 minuti eravamo già al nostro solito ristorante. Io ordinai una birra, mentre Joe prese la sua solita Coca-Cola. Mentre ordinavo il pranzo mi chiedevo come avrei fatto a fare la proposta che Chris aveva ideato. Ancora una volta ero preoccupato di sapere se Joe avrebbe accettato o meno l'offerta. Sapevo che Joe era fieramente indipendente e difficile da convincere ad accettare cose nuove, anche se avevo trovato un modo per aggirare questo problema durante la nostra breve ma interessante amicizia. L'atmosfera era piacevole, la temperatura era calda e il cibo era buono. Io e Joe scherzavamo e ridevamo e sapevo che era di buon umore. Non ne parlai fino a quando non finimmo di mangiare e aspettammo il dessert prima di parlare.

"Ascolta, Joe", dissi. "Ho ricevuto una telefonata da tuo fratello e mi ha confidato una proposta che vuole sottoporti. Forse ti sorprenderà, ma Chris vuole che tu vada a vivere con lui alle Seychelles. Non ti vuole più per strada. Sono sicuro che lo capisci".

Joe mi guardò, il suo volto era di nuovo serio e i suoi occhi lucidi. Si trattava di un uomo che aveva vissuto per anni in modo rozzo. Era praticamente tutto ciò che conosceva e lì si sentiva a suo agio. All'improvviso arriva uno sconosciuto che lo tratta in modo decente, gli compra vestiti e cibo e lo ospita in un albergo. Poi questo sconosciuto lo mette in contatto con il fratello perduto da tempo. Potevo solo immaginare quanto fosse stato tutto un po' travolgente. Ci fu una lunga pausa e Joe abbassò lo sguardo sul tavolo prima di parlare.

"Mio fratello ti ha davvero detto questo, Jason?" chiese a bassa voce. "Vuole che vada a vivere con lui alle Seychelles? Mio Dio..."

"È quello che vuole, Joe", dissi. "Mi ha chiesto di parlarti per vedere come l'avresti presa. È un'opportunità incredibile. Tuo fratello ha una buona attività lì. Ha una casa grande e un reddito sufficiente per prendersi cura di te per il resto della tua vita. Non dovrai mai più stare per strada. Per me sarebbe la scelta più ovvia, questo è certo".

Guardai Joe che si muoveva nervosamente sulla sua nuova sedia a rotelle. Era come se stesse valutando le sue opzioni e potevo vedere la paura e la preoccupazione nei suoi occhi. Dopo circa 10 secondi mi guardò negli occhi e parlò.

"Beh, Jason", disse, "voglio che tu sappia che questi ultimi due giorni sono stati straordinari. Nessuno mi ha mai trattato bene come te. Non dimenticherò mai la tua gentilezza. Ad essere sincero, trovo tutta questa storia abbastanza incredibile. Mi ero rassegnato al fatto che sarei rimasto per strada per sempre. Ma, grazie a te, tutto questo è cambiato, ed è successo tutto così in fretta... Scusami se ti sembro ingrato, ma ti prego di cercare di capire".

"So che è così e posso immaginare come ti senti. Ma voglio che tu sappia che questo è reale, che sta accadendo. Tuo fratello vuole che tu vada a vivere con lui. Questo incubo può finire nel giro di due giorni. Chris è pronto a volare qui immediatamente. Voglio che ci pensi. Quando l'avrai fatto, lo contatteremo per comunicargli la tua decisione".

"Non credo di doverci pensare troppo, Jason", disse Joe. "Certo che lo accetterò. Sarei un pazzo a non farlo. Voglio bene a mio fratello. Pensavo fosse morto. Jason, ti rendi conto che questo è il giorno più bello della mia vita?".

All'improvviso sentii un'ondata di sollievo che mi investì. Era come se tutto ciò che avevo fatto negli ultimi due giorni avesse finalmente funzionato. Avevo aiutato un vecchio compagno d'armi ad uscire dalla strada e l'avevo rimesso in contatto con la sua famiglia. Sorrisi mentre prendevo il mio bicchiere di birra e lo porgevo a Joe.

"Salute", dissi, "brindo a questo. Ora, credo che dovremmo finire, tornare all'hotel e fare la telefonata. Questo gli renderà la giornata indimenticabile. Devo dire che sono felice per entrambi. Ben fatto, amico mio...".

Io e Joe mangiammo il nostro dessert e poi tornammo lentamente in albergo. Il pomeriggio era caldo e piacevole ed entrambi ci sentivamo felici e soddisfatti degli eventi della giornata.

Spinsi Joe nella sua stanza e andai ad aprire le porte scorrevoli per far entrare la brezza marina. Mi assicurai che fosse in ordine e a suo agio prima di sedermi alla scrivania e tirare fuori il telefono. Chris Fonseca rispose alla chiamata dopo tre squilli. Toccai il pulsante del vivavoce e appoggiai l'apparecchio sul letto tra di noi.

"Ciao, Chris", dissi, "sono Jason. Sono seduto qui con tuo fratello e abbiamo delle buone notizie per te. Joe ha accettato la tua proposta e non vede l'ora di venire a vivere con te alle Seychelles".

All'improvviso scoppiò una risata nell'altoparlante del telefono e Joe fece lo stesso. La scena era di gioia e allegria, mentre Joe e Chris parlavano come bambini eccitati dalla prospettiva della loro nuova vita insieme. Lasciai che la frivolezza continuasse per qualche minuto prima di rientrare nella conversazione per far procedere le cose.

"Ora, signori", dissi, "posso dire che siete entrambi molto felici, ma dobbiamo occuparci di cose serie. Chris, devi venire qui in Portogallo il prima possibile. Inizierò a organizzare per Joe un passaporto o un documento di viaggio d'emergenza".

"Ci sto già lavorando, Jason", disse Chris, "sono seduto davanti al mio computer a guardare i voli mentre parliamo".

Ma poi Joe alzò la mano per fermarmi.

"Aspettate, ragazzi", disse "io *ho* un passaporto. È rimasto nel posto in cui stavo prima. Sono sicuro che è in fondo alla mia borsa. Non lo vedo da anni, ma non c'è motivo per cui non debba essere lì".

"Beh, è una notizia favolosa", disse Chris.

"Aspetta", dissi. "Joe, quel passaporto che è lì nella tua borsa pensi che sia ancora valido?".

"Non ne ho idea", disse Joe con un'espressione preoccupata. "Come ho detto, non lo vedo da anni. Non ho mai pensato che lo avrei usato di nuovo, quindi credo di essermene dimenticato. Mi dispiace..."

"Non c'è nulla di cui dispiacersi", dissi, "questa è una buona notizia. La prima cosa da fare è recuperare quel passaporto. Se è ancora valido, le cose per noi saranno molto più semplici. Se lo è, non c'è ragione che Chris venga qui. Volerò con te alle Seychelles. La mia piccola fuga in Algarve non sta andando come previsto in ogni caso. Sono libero per le prossime due settimane e sono felice di accompagnarti. Se è valido, siamo fortunati...".

Capitolo Trentatre.

Maxim Volkov si svegliò con i postumi di una sbornia mai conosciuti in vita sua. Ancora completamente vestito e sdraiato sopra lo spazioso letto, aprì gli occhi per vedere la luce del sole che entrava dalle ampie finestre. Gemette profondamente mentre si girava su un fianco e sbatteva le palpebre in uno stato di totale confusione. *Che cosa era successo? Che cosa aveva fatto?* Non riusciva a ricordare nulla da quando era arrivato al resort. Poi tutto cominciò lentamente a tornargli in mente. La vodka costosa, il cibo, il maggiordomo personale e l'esile giovane donna che lo aveva accolto al suo arrivo. Maxim gemette di nuovo e si rese conto di avere disperatamente sete. Lentamente si sollevò in posizione seduta ma, mentre lo faceva, la sua testa pulsava con un dolore incredibile. Era come un enorme tamburo che batteva costantemente nella sua testa e la sua bocca era asciutta e amara. Con calma e facendo attenzione, si alzò in piedi. Il mal di testa era così intenso che lo fece inciampare su un lato. Questo non fece che intensificare l'agonia del mal di testa martellante, mentre barcollava verso il bagno. Una volta lì, si guardò brevemente allo specchio ma distolse rapidamente lo sguardo perché, la persona che lo fissava, assomigliava a una specie di vagabondo alcolizzato. Aprì allora il rubinetto dell'acqua fredda, appoggiò il braccio sinistro sul bancone e rimase lì ingobbito a bere lentamente con le mani. Erano passati alcuni minuti quando chiuse il rubinetto e tornò indietro verso la porta. Arrancando come uno storpio, uscì dal bagno, attraversò la camera da letto ed entrò nel corridoio che conduceva al salotto coperto. Avrebbe voluto indossare gli occhiali da sole dato che la brillante luce solare del mattino, riflettendosi sulla piscina a sfioro e sull'azzurro dell'Oceano Indiano, gli trafiggeva i bulbi oculari come un laser. All'improvviso sentì una voce, una voce inaspettata che gli provocò un leggero panico.

"Buongiorno, signore, come sta oggi?".

"Cosa? Chi cazzo sei?"

"Mi dispiace allarmarla, signore, sono solo io, il suo maggiordomo personale. Sono venuto a prepararle la colazione. Posso versarle del succo di frutta, signore?".

"Oh, Dio", disse Maxim. "No, no, no. Niente succo, solo caffè. Portami il caffè, per favore".

"Certamente, signore", rispose l'arzillo giovanotto, "dove desidera prendere il suo caffè mattutino?".

"Ovunque mi trovi, per l'amor di Dio. Porta solo quel cazzo di caffè!".

Volkov tornò in camera da letto e iniziò subito a rovistare nella sua borsa alla ricerca di antiacidi e antidolorifici. Si rese conto che il giorno prima non aveva preso le sue solite medicine, così prese anche quelle. Mandò giù il miscuglio di compresse con un bicchiere d'acqua e poi trovò gli occhiali da sole. Mettendoli subito sul viso, si avviò lentamente verso il corridoio e la zona giorno. Lì trovò il maggiordomo con un vassoio in mano.

"Mettilo sul tavolo laggiù", disse, indicando il centro della sala.

"Certamente, signore", disse l'uomo. "Posso iniziare a preparare la sua colazione ora?".

"No, non puoi. Puoi lasciarmi in pace per i prossimi 10 minuti. Preferirei non sentirti né vederti in faccia fino ad allora. Quando questo tempo sarà trascorso, vieni a chiedermelo di nuovo. Arrivederci!".

Il giovane, sciocato, indietreggiò.

"Certo, signore", sussurrò.

Volkov si sedette e si versò una tazza di caffè nero. Finalmente gli antidolorifici e gli antiacidi cominciavano a fare effetto e lui iniziò a sentirsi di nuovo quasi umano. La sua mente andò alla missione. L'aveva già ritardata con la sosta a Dubai e la notizia dell'evento sul jet per le Seychelles sarebbe sicuramente arrivata al direttore. Questo lo avrebbe fatto arrabbiare e Volkov provò una fitta d'ansia al pensiero del rimprovero che avrebbe ricevuto a Mosca. Ad ogni modo, c'era tutto il tempo per sistemare le cose e rimettere in piedi la missione. Nella sua mente ripercorse le procedure che avrebbe dovuto seguire all'arrivo alle Seychelles. *Sì, pensò. Non è tutto negativo. Dobbiamo solo portare l'attrezzatura sulla barca oggi. Non è un disastro totale.* Si sedette con tristezza strofinandosi le tempie e sorseggiando con cautela il caffè. *Oggi visiteremo la barca che useremo per l'immersione.*

Domani interrogheremo il capitano e faremo gli ultimi preparativi per la missione. Ho il tempo sufficiente per ripulirmi e riposarmi e nel pomeriggio andremo al porto. Una volta fatto questo, ci sarà tempo per rilassarsi e, si spera, per non bere come ieri. Dio sa che è stato un grosso errore e oggi me ne rendo conto...

Capitolo Trentaquattro.

"Lo faresti?", chiese Chris.

"Certo", risposi. "La mia vacanza ha preso una piega insolita e non credo che la situazione cambierà presto. Posso certamente volare con Joe alle Seychelles se il passaporto è valido".

"Wow", disse Chris, "è molto gentile da parte tua, Jason. Tutto questo sta accadendo così in fretta che mi sento come se dovessi darmi un pizzicotto".

"Conosco la sensazione", disse Joe, scuotendo la testa per lo stupore.

"Beh, non credo che abbiamo tempo da perdere", dissi, "dovremmo andare alla vecchia abitazione di Joe il prima possibile, recuperare il suo passaporto e poi procedere con la prenotazione dei voli".

"Certo, pagherò io i voli", disse Chris. "Quando avrai il passaporto chiamami e lo farò immediatamente".

Alzai lo sguardo verso Joe che se ne stava seduto con un'espressione disorientata. Mi era chiaro che per lui la velocità degli sviluppi era senza precedenti, inaspettata e un po' scioccante. Eppure, sembrava abbastanza felice e vedevo in lui l'eccitazione di un uomo che stava per imbarcarsi in una grande avventura.

"Bene", dissi. "Chris, ti telefonerò non appena avrò recuperato il passaporto di Joe. Se è valido, puoi procedere alla prenotazione dei voli. Non c'è momento migliore del presente quindi penso che, finita questa conversazione, mi metterò subito all'opera".

"È semplicemente fantastico", disse Chris. "Incrociamo le dita. Non vedo l'ora di avere tue notizie".

Riattaccai e mi avvicinai alle porte scorrevoli aperte. Sentivo il calore del sole pomeridiano sulla mia pelle e mi accesi una sigaretta mentre guardavo Joe nella sua stanza.

Per qualche motivo, aveva un'espressione preoccupata e mi informai subito sul perché.

"Cosa c'è che non va, amico?", dissi. "Mi sembri un po' preoccupato. O il passaporto è valido o non lo è. Se non lo è, il passo successivo è ottenere un documento di viaggio d'emergenza. È molto semplice. Cosa ti preoccupa?"

Joe alzò lo sguardo su di me e vidi delle linee di preoccupazione sulla sua fronte.

"Sono preoccupato di poterlo riavere, Jason", disse. "Ti ho detto che stavo con un gruppo di personaggi davvero sgradevoli e non vado lì da qualche giorno. Si arrabbieranno e mi chiederanno dei soldi".

"Ma è di *tua* proprietà, Joe", dissi, esasperato. "È *la tua* borsa. Come possono impedirti di riavere una cosa di tua proprietà?"

"Jason", disse, "queste persone sono ladri. Sono scippatori e criminali di strada. So per certo che non mi permetteranno di andare lì a prendere la mia borsa".

"Pensi che ti chiederanno dei soldi?", chiesi.

"Sì", rispose Joe. "Lo faranno. Dovevo pagargli 20 euro ogni giorno solo per stare lì e se non li pagavo o avevo una giornata storta, mi picchiavano...".

"Beh", dissi con rabbia. "Non devi venire con me, Joe. Dammi l'indirizzo e *io* andrò lì a recuperare la tua borsa. E ti assicuro che non gli darò un cazzo di centesimo. Sarà una fredda giornata all'inferno prima che io dia loro *qualcosa*...".

Capitolo Trentacinque.

Maxim Volkov trascorse le due ore successive a curare i postumi della sbornia. Fece una piccola colazione a base di macedonia e uova strapazzate e si concesse una lunga doccia calda. Alle 11:45 uscì dalla sua camera da letto sentendosi, anche nell'aspetto, un po' più umano. Si accomodò sul costoso divano e attese l'arrivo degli uomini del Wagner. I colpi alla porta arrivarono alle 12:03 esatte e Maxim si alzò a fatica per andare a salutare i colleghi. Yuri e Sergei erano lì, insieme all'autista del consolato del giorno precedente. Tutti gli uomini erano rossi in viso e avevano un'espressione di attesa, ma preoccupata. Il pensiero immediato di Maxim fu che avessero saputo dell'incidente al bar della sera precedente. Forse lo avevano saputo e questo, sommato all'evento sull'aereo durante il viaggio verso le Seychelles, non avrebbe fatto altro che aumentare le loro preoccupazioni.

"Entrate, entrate", disse Maxim in modo burbero.

Gli uomini lo seguirono attraverso il corridoio e scesero i gradini fino al salotto coperto. Era chiaro che erano impressionati dall'opulenza dell'ambiente e dalla vista panoramica sull'oceano oltre le ampie porte scorrevoli. Maxim congedò il maggiordomo dicendogli di aspettare fuori dalla porta sul retro fino alla conclusione dei loro affari. I tre uomini si sedettero nervosamente e attesero che Maxim parlasse.

"Bene, allora", disse Maxim. "Se ho capito bene, oggi dobbiamo fare un viaggio per vedere la barca che useremo domani".

"Esatto, signore", disse l'autista. "L'equipaggio sta effettuando alcune riparazioni dell'ultimo minuto alla nave, ma nel frattempo possiamo incontrarli. Dovremmo lasciare il porto alle 9:00 di domani mattina. Suggerirei, tuttavia, di consegnare l'attrezzatura solo domani".

"Perché?", chiese Maxim.

"A parte l'attrezzatura subacquea e le armi, non c'è molto materiale da spostare. Possiamo farlo facilmente domani, quando arriveremo alla nave. In questo modo possiamo essere sicuri che il nostro equipaggiamento sia al sicuro".

"Mi stai dicendo che sei preoccupato per la sicurezza della nave che stiamo usando?", chiese Maxim.

"No, signore", disse l'autista, "siamo abbastanza fiduciosi, solo che vorremmo avere copertura su tutte le nostre basi ed eliminare qualsiasi possibilità che qualcosa vada storto".

Maxim grugnì in segno di riconoscimento e annuì con riluttanza.

"Molto bene", disse. "Allora, cosa stiamo aspettando? Muoviamoci subito".

Capitolo Trentasei.

Si scoprì che l'indirizzo dove Joe alloggiava era molto vicino alla strada turistica dove l'avevo incontrato la prima volta. Questo aveva senso, dato che la mobilità era un problema serio per lui e si muoveva facendo avanti e indietro con la carrozzina. Lasciai Joe nella stanza d'albergo e, per raggiungere l'indirizzo, usai Maps sul mio telefono. Joe era estremamente preoccupato e mi aveva detto di fare attenzione a un uomo di nome Marco. A quanto pareva, si trattava del criminale principale del gruppo ed era a lui che bisognava fare attenzione. Mi disse che i criminali che stavano lì esercitavano il loro mestiere per strada durante la notte e che non tutti sarebbero stati svegli e presenti nella residenza al mio arrivo. Per tre volte mi avvertì di stare attento, dicendomi che questi uomini portavano coltelli e non avrebbero esitato ad usarli. Feci del mio meglio per tranquillizzarlo e gli dissi che li avrei uccisi con gentilezza. Non mi preoccupava l'idea di consegnare qualche euro, ma non avrei lasciato che si approfittassero di quella che era essenzialmente una proprietà altrui. Mi incamminai lungo la strada acciottolata, passando davanti al luogo in cui avevo visto dormire Joe. Quando arrivai alla fine della via, seguendo la mappa, svoltai a sinistra e mi diressi verso la città nuova. A circa 200 metri di distanza, su una bassa collina, svoltai a destra in quella che sembrava essere una zona decisamente squallida. Le case erano grezze, non dipinte e incomplete. Molte avevano muri fatiscenti e finestre rotte ed era chiaro che si trattava di un luogo che pochi turisti erano riusciti a vedere. Consapevole degli sguardi sospettosi della gente del posto, mi incamminai lungo la strada stringendo il telefono finché non arrivai all'indirizzo. Si trattava di una casa non recintata, piccola e sudicia, con finestre sporche e una porta marrone con la vernice scheggiata. Controllai due volte il telefono per assicurarmi di essere nel posto giusto. Le tende erano chiuse e per strada c'erano dei rifiuti. Certo di aver trovato il posto giusto, bussai tre volte alla porta. Sentii un rumore di passi provenire dall'interno e un borbottio di parole in portoghese. Alla fine la porta si aprì con un cigolio e fui accolto dalla vista di un giovane magro con i capelli unti. Indossava solamente dei jeans sbiaditi e il suo corpo magro e abbronzato era delineato dai muscoli. La sua pelle era segnata da cicatrici e i suoi occhi erano arrossati. L'uomo mi fissò e mi squadrò dall'alto in basso con uno sguardo curioso e sorpreso.

"Chi sei?", chiese.

"Mi chiamo Jason", dissi, "sono un amico di Joe Fonseca. Vorrei parlare con Marco, per favore".

"Sono io Marco", disse l'uomo, "cosa vuoi?".

"Come ho detto, sono un amico di Joe", dissi. "Adesso sta da me. Sono venuto a prendere la sua borsa, se per voi va bene".

Il volto infastidito dell'uomo si contorse in un ghigno che lasciava intravedere i suoi denti gialli mentre l'angolo della bocca si sollevava.

"Oh, ok", disse. "Mi chiedevo dove fosse Joe. È da un po' di giorni che non viene qui. Eravamo tutti preoccupati".

"Posso assicurarti che sta bene", dissi. "Come ho già detto, sta da me. Ora, per favore, posso avere la sua borsa?".

Fu allora che vidi il bagliore negli occhi di quell'uomo. Era come se avesse visto l'opportunità di fare un po' di soldi e sapevo che non sarei uscito da lì senza averne consegnati un po'. Guardò la strada insù e ingiù e poi parlò.

"Prego, entra", disse gentilmente, "entra e accomodati".

Sapendo che si sarebbe trattato di un processo lungo, mi rassegnai a questo fatto e seguii la figura magrolina nella squallida stanza oltre la porta. Lo spazio era piccolo, in disordine e sporco. Tre uomini sedevano in un vecchio salotto attorno a un tavolino rotto. Appena entrai, sentii subito l'odore della marijuana e di qualche altra sostanza chimica non ben identificata. Abbassando lo sguardo sul tavolo vidi un cucchiaino annerito, della carta stagnola argentata e alcune candele spente. Capii allora che gli uomini facevano uso di droghe pesanti, probabilmente si iniettavano eroina. Quando mi videro, gli occhi degli altri uomini si illuminarono come se avessero appena trovato il loro prossimo pasto. Fu snervante e mi si rizzarono subito i peli sulla nuca. Sapevo che non sarebbe stato possibile fuggire da questa stanza senza incorrere in un qualche tipo di problema e sentii immediatamente l'adrenalina scorrermi tra le braccia e le gambe.

"Accomodati, per favore", disse Marco. "Vorrei sapere di Joe".

Con riluttanza mi sedetti su una sedia libera. Il tessuto era umido e puzzolente. Mi guardai intorno nella stanza sudicia e, nel farlo, cercai di assumere una piacevole espressione di innocenza.

"Non c'è molto da dire, in realtà", dissi, "è un vecchio amico e sono venuto a prendermi cura di lui".

"Allora perché ha bisogno della sua borsa?" chiese Marco con un sorriso.

A quel punto stavo perdendo la pazienza. Le domande erano stupide e sapevo che mi stavano ritardando senza una buona ragione.

"Perché è di sua proprietà", dissi a bassa voce, "e la rivuole indietro".

In quel momento notai che gli occhi di Marco si posarono sull'uomo all'estrema destra della stanza. Fece un cenno quasi impercettibile come per avvertirlo che stava per accadere qualcosa.

"Joe ci deve dei soldi per l'affitto", disse Marco, con il volto ora serio.

"Joe non vi deve nulla", dissi con fermezza. "Ora, per favore, mostrami la sua stanza. Ho fretta".

Avvertendo la tensione che saliva, gli altri uomini si spostarono sulle loro poltrone con disagio ma in modo visibilmente minaccioso. Scrutai la stanza in cerca di opportunità, di qualsiasi cosa che potessi usare per difendermi in caso di attacco. Sul tavolo di fronte a me c'erano due luridi bicchieri da birra. Entrambi erano vuoti, con i residui di qualsiasi cosa fosse stata bevuta sul fondo. C'era anche una vecchia bottiglia di vino con una candela mezza bruciata infilata nella parte superiore. Immaginai che fosse stata usata per scaldare l'eroina nel cucchiaino annerito. Tutti questi oggetti sapevo di poterli usare come armi in caso di necessità. *Qui non si mette bene, Green. Mantieni la tua fottuta lucidità. La faccenda potrebbe avere un esito molto spiacevole.*

"Ora guarda", dissi, sedendomi in avanti, "non sono venuto qui per avere problemi. Voglio solo le sue cose e vi lascerò in pace. Joe è con me ora e non lo vedrete mai più. Ripeto, *non vi deve nulla*. Siamo d'accordo?".

Marco si alzò in piedi di fronte a me. Sorrideva calorosamente, ma nei suoi occhi c'era un intento malvagio. Guardai la sua mano che girava dietro i jeans. Tornò indietro stringendo una lama tozza.

Sempre sorridendo, ma con gli occhi spenti, brandì la lama verso di me e sibilò.

"Amico mio, sei arrivato a un punto molto pericoloso della tua vita. Se vuoi quella borsa, devi consegnare molti soldi, e subito...".

Fu allora che vidi, con la coda dell'occhio, l'uomo alla mia destra spostarsi sul suo sedile. Capii che anche lui stava recuperando una lama da sotto il cuscino dove era seduto. Nel frattempo, l'uomo alla mia sinistra si sedette in avanti preparandosi all'attacco. Sapevo che dovevo agire immediatamente e prendere il controllo della situazione, che stava degenerando rapidamente. La mia mossa successiva avvenne con una velocità fulminea. Il mio braccio destro si alzò e afferrò i capelli neri e unti dietro la testa dell'uomo alla mia destra. Con tutta la mia forza, gli sbattei la testa sul bicchiere di birra sul tavolo. Il bicchiere si frantumò con uno scricchiolio sordo e l'uomo urlò di orrore prima di svenire. Senza fermarmi, allungai la mano sinistra e afferrai la vecchia bottiglia di vino per il collo. La feci roteare alla mia sinistra, colpendo l'altro uomo in pieno volto. Il colpo gli ruppe immediatamente il naso, ma la bottiglia non si ruppe. Si sentì un suono sordo, simile a un gong, e l'uomo si accasciò a terra privo di sensi. Improvvisamente la stanza divenne un caos sanguinoso di urla e grida. Sollevai la bottiglia dietro la testa e la sbattei sul bordo del tavolo. Si frantumò, lasciando il collo frastagliato nella mia mano. Balzai in piedi e scalciai il tavolo verso sinistra, poi feci un passo avanti brandendo il collo frastagliato della bottiglia contro i due uomini rimasti.

"Sembra che voi stronzi siate lenti a imparare", ringhiai a denti stretti, "chi vuole mettermi alla prova? Forza, mettetemi alla prova, ladri di merda!".

Con due dei suoi uomini accartocciati sul pavimento e sanguinanti, l'attonito Marco mi fissava e potevo vedere lo shock e la paura nei suoi occhi. Sapeva benissimo di aver preso di mira la persona sbagliata. Era chiaro che era un prepotente e che non era abituato a prendere la sua stessa medicina.

"Non lo ripeterò più, Marco", dissi a bassa voce, "ora andiamo a prendere la borsa di Joe, che ne dici?".

Capitolo Trentasette.

Maxim Volkov uscì dalla porta sul retro della casa e si sedette accanto all'autista, sul sedile anteriore della buggy. Gli altri tre uomini si misero sul sedile posteriore e si avviarono verso l'edificio principale dell'hotel. Ancora una volta, Maxim si rese conto del caldo e dell'umidità spaventosi. Avendo trascorso così tanto tempo nella casa, aveva dimenticato quanto fosse intenso. La buggy arrancava sulla superficie di legno sconnesso della rampa mentre si dirigeva verso l'hotel. Maxim se ne ricordò quando il suo stomaco brontolò minacciosamente. Solo allora si rese conto che i suoi sintomi erano in qualche modo migliorati. *Forse era dovuto al fatto che non aveva mangiato cibo di McDonald's per un po' di tempo?* Ma questo pensiero fu subito accantonato quando il caldo opprimente e l'umidità gli fecero formare delle perle di sudore lattiginoso sulla fronte. Alla fine si fermarono nell'area principale dell'hotel e Maxim si accorse degli occhi del personale dell'albergo quando scese dalla buggy ed entrò. Sapeva di aver dato spettacolo la sera precedente, ma questo non fermò la sua arroganza e la sua vena di cattiveria mentre si dirigeva verso la reception. Il personale, sempre cortese, annuì e sorrise agli uomini mentre si dirigevano verso il portico ombreggiato sul retro. Un parcheggiatore ci mise meno di un minuto a consegnare il veicolo del consolato e a dare le chiavi all'autista russo. I quattro uomini salirono in macchina e Maxim si sedette sul sedile anteriore del passeggero.

"Accendi subito quella cazzo di aria condizionata!" grugnì Maxim. "È come vivere in una cazzo di sauna. *Come si fa?*"

"Alla fine ci si abitua, signore", disse l'autista con un sorriso forzato.

Il potente motore si mise a girare e il veicolo scattò in avanti per poi ripercorrere le strade tortuose del resort sotto le fitte chiome della giungla. Pochi minuti dopo raggiunsero il cancello a sbarre che fu immediatamente aperto. L'autista si fermò all'incrocio per assicurarsi che non ci fosse traffico, poi girò a sinistra verso il porto di Victoria. Il viaggio durò meno di 30 minuti, durante i quali il veicolo percorse la stretta strada ai piedi delle montagne scoscese e ricoperte di vegetazione sulla destra. Ogni pochi minuti si intravedeva l'oceano oltre qualche spiaggia deserta sulla sinistra. La scena era idilliaca e tranquilla. Una specie di paradiso tropicale. Ma questo non aveva alcuna importanza per Maxim Volkov.

Era ormai un uomo in missione e non riusciva a pensare ad altro che a raggiungere la barca e a definire gli accordi per il giorno successivo. Finalmente entrarono nell'autostrada vicina al centro della città e all'aeroporto. Davanti a loro, sulla sinistra, c'era il porto e il traffico intenso li rallentò. L'autista continuò a risalire l'autostrada e girò a sinistra verso il porto che era pieno di centinaia di imbarcazioni. C'era un misto di pescherecci da lavoro, navi da crociera da diporto e superyacht. Maxim era a conoscenza del fatto che la barca da pesca sportiva, che avrebbero utilizzato per recarsi sul luogo del naufragio il giorno seguente, era di proprietà del consolato. Questo era conveniente, perché non c'era bisogno di noleggiare dalle aziende e l'operazione sarebbe rimasta riservata. Il SUV si diresse verso la battigia sotto il sole cocente e l'oceano scintillava con tale violenza da pungere gli occhi di Maxim anche attraverso gli occhiali da sole. Percorsero un lungo molo di cemento circondato da imbarcazioni da diporto di ogni forma e dimensione, fino ad arrivare all'ormeggio del consolato.

Ad accoglierli trovarono l'equipaggio, due giovani russi e un uomo di mezza età che era il capitano. I quattro uomini scesero dal veicolo e uscirono alla luce del sole. Attraversarono il molo di cemento dirigendosi verso la poppa della nave e la passerella. L'equipaggio e il capitano salutarono gli uomini in russo stringendogli le mani mentre salivano a bordo. Dopo una breve discussione, furono scambiate tutte le formalità e i convenevoli prima che gli ospiti fossero invitati a fare un giro della nave, un cabinato di dieci anni lungo 13 metri. L'imbarcazione era attrezzata per la pesca sportiva e le immersioni con i più recenti GPS e altri dispositivi ad alta tecnologia. Il tour li portò a prua sotto il sole diretto e cocente e, per Maxim, fu un sollievo entrare finalmente all'ombra della cabina sotto la timoneria. Lì gli uomini ricevettero bottiglie d'acqua ghiacciata che presero e bevvero avidamente. Ma fu solo allora che Maxim notò che i portelli dei motori erano aperti e sembrava che, sottocoperta, stessero svolgendo dei lavori meccanici.

"Che succede?", disse Maxim con visibile fastidio. "Avete problemi con il motore?".

"Nessun problema, signore", disse il capitano. "Solo manutenzione generale. Vogliamo essere sicuri che tutto sia in condizioni ottimali per domani".

"Capisco", grugnì Maxim. "No, non vogliamo problemi. Tutto *deve* filare liscio...".

Capitolo Trentotto.

Marco e l'altro uomo rimasero in piedi con un'espressione di sbigottimento sul volto. Con i loro due compatrioti sanguinanti e privi di sensi, si resero conto di aver seriamente sottovalutato il loro visitatore.

"Ora", dissi a denti stretti, "noi tre faremo una passeggiata fino alla stanza di Joe. Quando saremo lì, mi mostrerai la borsa di Joe e io me ne andrò con quella. Se provi a fare qualche scherzo, ti farò male, molto male. È chiaro?".

Gli uomini annuirono a scatti e rimasero in silenzio.

"Bene", dissi. "Andiamo".

I due uomini si allontanarono lungo il corridoio poco illuminato sul lato destro della stanza. Li seguii e alla fine del passaggio vidi quella che sembrava una cucina sudicia. Lo spazio era disseminato di vecchi cartoni da asporto e lattine vuote. Joe non si era sbagliato quando aveva detto che quel posto era una vera e propria discarica. Lo era e puzzava anche. A metà del corridoio i due uomini si fermarono e mi guardarono nervosamente.

"Questa è la sua stanza...", disse Marco a bassa voce.

"Apri la porta ed entra", dissi, "e ricorda, se provi a fare qualcosa ti taglio...".

Marco aprì la porta ed entrò seguito dal suo connazionale. Io lo seguii subito dopo e li osservai mentre accendevano la luce nella stanza senza finestre. Lo spazio era molto più ordinato rispetto al resto della casa e potevo vedere i molti ninnoli che Joe aveva raccolto nel tempo. Per quanto inutili, avevano significato qualcosa per lui, una volta o l'altra. Vedevo che Joe si era sforzato di tenere pulita la sua piccola stanza rispetto alla sporcizia del resto della casa. C'era un piccolo letto logoro con coperte logore e un cuscino sporco. Una piccola lampada a globo singolo stava su un tavolo sgangherato lì vicino.

In un angolo della stanza c'era una grande borsa nera che sembrava essere piena di vestiti. Marco la indicò e parlò.

"Questa è la borsa che stai cercando", disse imbronciato.

"Prendila", dissi. "Raccoglila e vai verso la porta d'ingresso. Vi seguirò entrambi".

Marco fece come gli era stato detto e i due uomini uscirono dalla porta mentre io rimasi nel corridoio brandendo il collo di bottiglia rotto. Lentamente, tornarono nel sudicio salone, passando davanti ai loro due amici svenuti. Marco si fermò davanti alla porta d'ingresso.

"Cosa stai aspettando?", dissi. "Apri quella cazzo di porta!".

Marco fece come gli era stato detto e gli uomini si spostarono con cautela sul marciapiede.

"Metti giù la borsa", dissi.

Ancora una volta fece come gli era stato detto e io seguii i due uomini in strada, tenendo ancora in mano il collo di bottiglia. Girai intorno a dove stavano i due uomini e mi fermai sul lato opposto della borsa.

"Ora", dissi, "vi ringrazio molto per il vostro aiuto. È meglio che tu vada a occuparti dei tuoi amici. Ho la sensazione che non saranno molto contenti quando si sveglieranno. Voglio però avvertirvi di una cosa. Se *qualcuno* di voi cerca di seguirmi, sarà l'ultima cosa che farà. Sono stato chiaro?".

Entrambi gli uomini annuirono cupamente e fissarono il marciapiede.

"Andate ora", dissi a bassa voce. "Fottetevi e tornate nel vostro lurido tugurio...".

Capitolo Trentanove.

Quando Maxim scese dalla barca e tornò al veicolo, era madido di sudore. Salì sul sedile anteriore e chiese immediatamente che l'aria condizionata fosse messa al massimo. Si posizionò di fronte il getto di aria fresca dei ventilatori mentre l'autista usciva dal porto per rientrare in autostrada. Nella sua mente, si stava preparando per la missione del giorno seguente. Tutto era stato predisposto per il suo arrivo. Le coordinate erano state registrate e l'attrezzatura era stata sdoganata. Maxim si girò sul sedile e fissò i tre uomini dietro di sé.

"Voglio che torniate al porto questo pomeriggio con tutta l'attrezzatura", disse. "Assicuratevi che sia caricata e fissata, e voglio che Yuri e Sergei rimangano sulla barca questa sera. In questo modo saremo sicuri che nulla verrà manomesso. È chiaro?".

I tre uomini annuirono cupamente e fecero del loro meglio per evitare i suoi occhi penetranti.

"Bene", disse Maxim. "Ora torniamo al resort. Domani ci aspetta una giornata importante. Speriamo che tutto vada bene...".

Mentre il veicolo attraversava la piccola città di Victoria, Maxim cominciò a figurare ancora una volta la sua pensione. La sua mente vagava pensando alla sua splendida barca nel porto della Croazia. Quanto desiderava quella pace e quella tranquillità. Per essere lontano dalla moglie assillante e per essere finalmente libero dal lavoro a cui aveva dedicato tutta la sua vita. Naturalmente, c'era la costante preoccupazione che i fondi accumulati non sarebbero stati sufficienti per arrivare alla fine dei suoi giorni. Tuttavia, era meglio che stare a Mosca dietro una scrivania per il resto della sua vita. *Presto*, pensava, *presto sarà tutto finito e sarai libero*. Ci vollero 20 minuti di guida lungo la tortuosa strada costiera finché, alla fine, l'autista girò a destra verso il Banyan Resort e scese fino all'edificio principale dell'hotel. Maxim non perse tempo a scendere dal veicolo e a precipitarsi verso l'aria condizionata della reception. Scrutò rapidamente l'area nella speranza di vedere la giovane hostess del giorno precedente, ma poi gli tornò in mente il ricordo della sfortunata gita al bar della sera prima e si ricredette. Dopo aver scambiato due parole con i tre uomini, li congedò e si diresse a prendere la golf buggy per tornare a casa sua.

Il breve viaggio gli scosse le viscere e gli causò un leggero malessere, ma arrivò a destinazione sentendosi abbastanza bene. Il maggiordomo lo aspettava in cucina, come al solito. Maxim lo mandò via immediatamente e si diresse verso il salone al piano inferiore, dove si sedette a fissare l'oceano. Il fresco dell'aria condizionata gli riportò le energie, ma non servì a risollevare il suo umore. Scivolò rapidamente in un profondo stato di depressione, nonostante l'inimmaginabile bellezza che si estendeva davanti a lui. Dopo circa 20 minuti, quando non riuscì più a combattere l'impulso, si alzò e si diresse verso il bar. Una volta lì, si versò un triplo shot di vodka liscia e se lo scolò tutto d'un fiato. L'alcol aveva un effetto riscaldante e calmante su di lui e assaporò la sensazione di bruciore che gli scendeva in gola. Ci vollero meno di tre minuti perché l'alcol facesse effetto e gli restituisse una certa sensazione di benessere. Con l'umore leggermente sollevato, si versò un altro doppio bicchiere e si diresse di nuovo verso il salotto. Con il pesante bicchiere di cristallo in mano, si accasciò sul divano, fissò l'oceano e sorseggiò la bevanda.

Capitolo Quaranta.

Mi avviai rapidamente lungo la strada, voltandomi di tanto in tanto a guardare dietro di me per controllare se fossi seguito. Non lo ero. Sembrava che la mia visita fosse stata una sorpresa per i ladri zingari e, dopo qualche minuto, mi sentivo sicuro del fatto che non avrebbero tentato di inseguirmi. Tuttavia, non avevo intenzione di imbattermi di nuovo in nessuno di loro e sapevo che avrei dovuto fare attenzione per le strade nei giorni a venire. Il pomeriggio era caldo e mite e il sole bruciava piacevolmente sulle mie braccia mentre rallentavo il passo e cominciavo a rilassarmi. Alla fine raggiunsi la strada turistica dove avevo incontrato Joe e svoltai a destra per salire sul selciato. I turisti erano in gran numero e mangiavano e bevevano nei ristoranti su entrambi i lati. Un paio di loro mi lanciarono delle strane occhiate. Mi resi conto che dovevo sembrare un po' strano a camminare velocemente per la strada con una borsa nera gonfia, logora e sbiadita sulla spalla.

Tuttavia, ero contento di essere riuscito a prenderla. Restava da vedere se il passaporto di Joe fosse lì dentro o meno. Mi sembrava che Joe fosse così lontano dalla realtà della vita quotidiana che era un miracolo che lo avesse ancora. Sudavo leggermente quando finalmente arrivai all'hotel. Feci un cenno alla receptionist e mi diressi verso gli ascensori. Due minuti dopo bussai alla porta di Joe ed entrai nel fresco dell'aria condizionata della sua stanza. Vidi che si era sforzato di riordinare lo spazio e capii che era sulla strada giusta.

"Ce l'hai?", chiese con occhi spalancati. "Ti hanno fatto qualche problema?".

"All'inizio erano un po' arrabbiati, ma sono riuscito a convincerli ad accettare il mio modo di pensare", risposi.

Joe mi guardò e i suoi occhi si strinsero. Vedevo che si stava interrogando su cosa fosse successo esattamente nella casa. Era come se sapesse che c'era stata una colluttazione, ma non potevo assolutamente dirglielo. Senza fermarmi, scaricai la borsa sul letto e parlai.

"Bene", dissi. "Ecco la tua borsa. Lascio a te il compito di aprirla e di trovare il tuo passaporto. Speriamo che ci sia e, se c'è, vediamo se è valido".

Joe non perse tempo ad aprire la borsa e iniziò a gettare ogni sorta di indumenti e ninnoli sul letto. Il contenuto della borsa era simile a quello della sua stanza. Piccole cose senza valore che aveva raccolto nel corso degli anni e che per qualche motivo avevano un valore per lui. Non avevo intenzione di fargli domande su nessuno di essi, così mi sedetti e mi misi ad osservarlo in silenzio. Dopo un'eternità raggiunse quello che sembrava essere il fondo della borsa. Ormai avevo perso la speranza che trovasse il passaporto, ma con mia grande sorpresa tirò fuori il documento sbiadito.

"Eccolo", disse trionfante. "Sapevo che era lì da qualche parte".

"Fammi dare un'occhiata", dissi a bassa voce.

Joe mi consegnò il passaporto ed era chiaro che era rimasto nella borsa per molti anni. Le mie speranze che fosse ancora valido stavano rapidamente svanendo mentre lo sfogliavo e raggiungevo la pagina delle fotografie. Invece, con mia grande sorpresa, la data di scadenza era tra un anno.

"Bene, bene", dissi, "questo è davvero notevole...".

"Cosa vuoi dire, Jason?"

"Il tuo passaporto", dissi, "il tuo passaporto è valido per un altro anno. Incredibile!"

Joe sollevò le sopracciglia, ma sembrò alquanto indifferente.

"Okay", disse lui piattamente, "questa è una buona notizia...".

Sollevai gli occhi dal documento, ancora incredulo che fosse valido e che Joe non avesse idea di tutto questo.

"*È una* buona notizia, Joe", dissi, "è davvero molto buona".

"E adesso cosa facciamo?" chiese Joe, che ancora una volta sembrava non sapere come muoversi.

"Beh", dissi, "la prima cosa da fare è chiamare Chris e comunicargli la buona notizia. Questo ci farà risparmiare un sacco di tempo e di fatica. Ora nulla ci impedisce di partire. Possiamo praticamente salire su un aereo immediatamente e andarcene da qui...".

Ma mentre finivo di parlare vidi quel familiare sguardo distante insinuarsi negli occhi di Joe. Era come se fosse convinto di stare sognando e che avrebbe potuto svegliarsi all'improvviso, come se gli eventi degli ultimi due giorni non fossero mai accaduti. In quel momento, provai una profonda tristezza per quell'uomo. C'era una brava persona che era caduta in basso nella vita. Una persona dal cuore genuinamente buono che era semplicemente finita in tempi difficili. Un'anima intelligente e gentile che non meritava le difficoltà che aveva sopportato negli ultimi nove anni.

"Joe", dissi, "devo dirtelo di nuovo? Questa è davvero un'*ottima* notizia. Io e te possiamo prendere un aereo e andare alle Seychelles. Joe, è fantastico!".

Improvvisamente vidi il suo volto illuminarsi mentre si rendeva conto che stava accadendo per davvero. Tirai fuori il telefono dalla tasca e composi immediatamente il numero di Chris. Evidentemente aspettava la nostra chiamata e rispose dopo due squilli.

"Ciao, Jason, lo hai recuperato?", chiese nervosamente.

"L'ho recuperato e, non ci crederai, il passaporto è valido".

"Davvero?", rispose ridendo. "Questa è la notizia migliore che potessi ricevere. Cosa ne pensa Joe?".

"È seduto proprio di fronte a me con un'espressione sognante", dissi, "è quasi come se non ci credesse nemmeno lui".

"Joe, mi senti?", disse Chris.

"Ti sento, fratello...".

"Joe, sta succedendo. Sta succedendo davvero, cazzo! Staremo di nuovo insieme, e presto!".

Osservai come un sorriso attraversò il volto di Joe e lui alzò lo sguardo con vera eccitazione.

"Tutto questo è un po' troppo per me", disse Joe. "È successo tutto così in fretta...".

"Lo so, fratello", disse Chris, "so che è un po' folle e anch'io mi sento così, ma devo dire che questo è uno dei giorni più belli della mia vita. Sono assolutamente al settimo cielo!".

Entrambi gli uomini scoppiarono in una fragorosa risata e mi sedetti sulla sedia per assaporare il momento. Era passato un minuto quando, infine, parlai.

"Bene", dissi. "Allora, Chris, ora che abbiamo stabilito che Joe è in grado di viaggiare, voglio farti sapere che sono pronto a partire in qualsiasi momento. Immagino che tutti i voli principali partano da Lisbona. È a due ore e mezza di macchina da qui. Penso che dovresti iniziare subito a cercare i voli e chiamarci quando hai finito. Come ho detto, non c'è nient'altro che mi trattenga e siamo pronti a partire quando lo sarai tu".

"Jason, è tutto il giorno che guardo i voli. Diversi voli per Dubai sono collegati da Faro a Lisbona e poi proseguono. Ora non mi resta che prenotare. Mi metto subito all'opera e, non appena avrò ottenuto informazioni e prenotato, ti telefonerò. Per te va bene?".

Guardai Joe che mi fece un cenno con un mezzo sorriso sul viso.

"È perfetto", dissi. "Ci rilasseremo qui in albergo e aspetteremo la tua chiamata. Nel frattempo, avvertirò la receptionist che potremmo andarcene prima. Se riuscissi a farci prendere un volo nei prossimi due giorni sarebbe perfetto. Siamo entrambi pronti a muoverci e aspettiamo solo una tua comunicazione".

"È semplicemente fantastico! Veramente sensazionale. Grazie mille, Jason".

"Nessun problema", dissi. "Gli ultimi giorni sono stati un po' come delle montagne russe, ma devo dire che mi sono piaciuti e credo che anche tuo fratello li abbia apprezzati".

Riattaccai il telefono e guardai Joe che se ne stava seduto con un'espressione assente.

"Non stressarti, amico", dissi. "Ora è tutto nelle mani di tuo fratello. Dobbiamo solo aspettare di avere sue notizie...".

"Sì", rispose con un'espressione pensierosa, "tutto sta accadendo così in fretta".

"So che è così", dissi. "Ma *tutto ciò che sta accadendo è positivo*. Pensaci, Joe. Dopo tanti anni trascorsi ad arrabattare per strada, finalmente avrai un posto dove riposare. Un posto dove potrai riunirti alla tua famiglia e vivere il resto dei tuoi anni in un ambiente decente e sano. Per quanto tempo pensi che avresti potuto sopravvivere in queste strade? Prima o poi ti avrebbe ucciso".

Joe annuì lentamente e parlò.

"*Hai* ragione, Jason", disse. "Tutto era in una spirale discendente finché non ho incontrato te. Voglio che tu sappia che ti sarò per sempre grato per quello che stai facendo".

"Sì, beh, non preoccuparti", dissi alzandomi per raggiungere il balcone. "Ora non ci resta che rilassarci e aspettare tuo fratello".

Aprii le porte scorrevoli e uscii al sole del pomeriggio. Accesi una sigaretta e, voltandomi verso la stanza, vidi Joe che stava lentamente rovistando tra le sue scarse cose. In quel momento provai un'altra fitta di pietà e di dolore per lui. Che la sua vita si fosse ridotta al contenuto di quella vecchia borsa logora. Che quest'uomo avesse passato quasi un decennio a girare per strada su una vecchia sedia a rotelle arrugginita. Che aveva sofferto così tanto per mano di quei ladri con cui viveva. *Bastardi!* Fumavo in silenzio e mi godevo il calore del sole sulla pelle. Stavo spegnendo la sigaretta quando sentii di nuovo vibrare il telefono in tasca.

Essendo sicuro che si trattasse di qualcosa legato alla faccenda, uscii il dispositivo dalla tasca e guardai lo schermo. La chiamata proveniva da Chris alle Seychelles. Premetti subito il tasto mentre entravo di nuovo nel fresco della stanza.

"Ciao, Chris", dissi. "Cosa sei riuscito a organizzare?".

"Ciao, Jason, puoi mettere il vivavoce?".

Feci come mi aveva chiesto Chris e appoggiai il telefono sul letto. Chris parlò immediatamente e nella sua voce c'era un'evidente stato di eccitazione.

"Ora ascoltate, ragazzi", disse, "ho prenotato un volo per entrambi alle 20:15 di stasera. Il volo è diretto a Lisbona, dove prenderete la coincidenza con un volo Emirates per Dubai. Ci sarà uno scalo di due ore a Dubai e da lì volerete direttamente all'isola di Mahe, alle Seychelles. Basta un clic e i biglietti sono già prenotati. So che il preavviso è molto breve, e nemmeno io mi aspettavo che accadesse così in fretta ma, se procedo, sarete con me alle Seychelles entro domani all'ora di pranzo".

Sollevai gli occhi dal telefono e fissai Joe che se ne stava lì, incredulo.

"Beh, Chris", dissi, "mi aspettavo che questo accadesse nei prossimi due giorni, ma credo di parlare a nome mio e di Joe quando dico che puoi andare avanti e prenotare quei biglietti. *Saremo* pronti e prenderemo quel volo stasera".

Capitolo Quarantuno.

I due uomini del Wagner, Yuri e Sergei, trascorsero il resto del pomeriggio a caricare l'attrezzatura subacquea e altri oggetti sulla barca ormeggiata nel porto. Nel frattempo osservavano i meccanici che lavoravano al motore. Erano silenziosi e parlavano con toni sommessi, c'era tensione tra loro e sembrava che qualcosa non andasse nel motore della nave. Tuttavia, i meccanici lavorarono fino a sera e continuarono a farlo anche quando Yuri e Sergei lasciarono il porto per andare a cercare qualcosa da mangiare nella piccola città di Victoria. Quando i due uomini tornarono intorno alle 21:00, videro che una serie di luci erano state montate all'interno e intorno al vano motore e che, gli stessi meccanici, erano ancora impegnati nel frenetico tentativo di risolvere il problema. In risposta alle loro domande, vennero date rassicurazioni sul fatto che tutto sarebbe stato risolto per la missione del giorno successivo. Alle 23:00 il capitano bussò alla porta della piccola cabina dove si erano coricati Yuri e Sergei. Le notizie non erano buone. Sebbene i meccanici avessero lavorato tutto il giorno e la notte per cercare di risolvere il problema, sembrava che una delle bielle dei pistoni si fosse rotta insieme ad alcune valvole. Avrebbero telefonato per ottenere i pezzi di ricambio necessari, ma una riparazione completa avrebbe richiesto molti giorni, se non una settimana, per essere completata. Yuri e Sergei si guardarono l'un l'altro dopo aver appreso questa brutta notizia ed erano sicuri che Volkov, il loro capo, avrebbe reagito furiosamente. Decisero allora che sarebbero rimasti sulla nave quella notte. Entrambi sapevano che il loro capo avrebbe bevuto e che, probabilmente, era già completamente ubriaco. Era un rischio disturbarlo a quell'ora della notte ed entrambi decisero che sarebbe stato molto più prudente dare la notizia al mattino, quando avesse smaltito la sbornia. In ogni caso, non sarebbe stato bello. La missione era già stata ritardata e questa notizia non avrebbe fatto altro che farlo infuriare ancora di più. Sembrava già che fosse profondamente scontento di essere lì e che fosse un uomo con poca pazienza. Profondamente preoccupati, i due uomini congedarono i meccanici e si sistemarono per la notte. Le calde acque dell'Oceano Indiano lambivano lo scafo in vetroresina mentre i due si addormentavano in un sonno agitato.

Si svegliarono il mattino seguente alle 6:00 e chiamarono immediatamente l'autista del consolato. Era inorridito dalla notizia, sapendo che il guasto non avrebbe fatto altro che aumentare il nervosismo e la difficoltà della missione. Non c'era dubbio che i loro superiori a Mosca sarebbero stati informati dell'accaduto e ci sarebbero stati problemi e conseguenze per tutti i coinvolti.

Fu deciso che gli uomini avrebbero trascorso le due ore successive sulla barca prima di recarsi al Banyan Resort per dare la cattiva notizia al loro capo, Volkov. Il tempo trascorse in uno scomodo silenzio e gli uomini erano nervosi e agitati mentre facevano colazione con macedonia e panini. La nave, ormai inutile, avrebbe dovuto lasciare il porto alle 10:00 di quella mattina. Per portare avanti la missione, sarebbe stato necessario fare altri piani. Questo avrebbe comportato ulteriori ritardi e interruzioni della missione. Ma non c'era semplicemente nulla da fare. La loro imbarcazione non era riparabile per il momento e per portare a termine la missione era necessario un approccio pragmatico. I tre uomini scesero dalla barca alle 8:00 del mattino e salirono sul veicolo per dirigersi al Banyan Resort. Il viaggio trascorse in un attonito silenzio e nessuno proferì parola durante i 20 minuti necessari a raggiungere i cancelli. Una volta arrivati all'edificio principale dell'hotel, parcheggiarono il veicolo e si diressero alla reception e all'ingresso dove sarebbero saliti sulla golf buggy che li avrebbe portati da Volkov nella sua lussuosa casa. Non sapendo cosa aspettarsi o come sarebbero stati accolti, i tre uomini si diressero verso la porta e rimasero in silenzio mentre l'autista bussava sul pesante legno.

Capitolo Quarantadue.

L'addetto alla reception dell'hotel era stato così gentile da stampare le nostre carte d'imbarco e i nostri biglietti. Chiamai e prenotai un taxi adatto alle sedie a rotelle, per farlo arrivare all'hotel alle 17:00. Il turbinio di attività, dopo la notizia che saremmo partiti per le Seychelles quella sera, era stato ininterrotto. Joe sembrava leggermente nervoso e insicuro di sé e io mi recavo regolarmente nella sua stanza per controllarlo. I suoi magri averi, compresi i suoi nuovi vestiti, sarebbero entrati facilmente nel mio bagaglio, ma lui insistette per usare la vecchia borsa nera a brandelli che avevo recuperato dalla sua vecchia casa. Rimanemmo seduti per il resto del pomeriggio a bere caffè e a parlare. Joe era preoccupato per l'accesso della sedia a rotelle nell'aereo. Gli spiegai che i tempi erano cambiati da quando era arrivato in Portogallo tanti anni fa. Che le compagnie aeree erano ben attrezzate per gestire i disabili e che non doveva preoccuparsi affatto. Chris era stato così gentile da prenotare dei posti in business class fino alle Seychelles. Si trattava di un bonus inaspettato che avrebbe sicuramente reso Joe più comodo durante il lungo viaggio. Mi ritrovai a stupirmi degli strani e rapidi eventi degli ultimi giorni. Era certamente vero che tutto era accaduto molto velocemente e l'ultima cosa che mi aspettavo era di trovarmi su un volo per le Seychelles. Tuttavia, ero felice che le cose si fossero risolte e nel profondo sapevo che stavo facendo qualcosa di buono per la vita del mio nuovo amico Joe. Non avevo idea di quanto tempo avrei trascorso alle Seychelles, probabilmente solo qualche giorno per assicurarmi che si fosse ambientato bene e poi sarei tornato in Portogallo per continuare la mia vacanza. Ma tutto ciò era secondario e decisi di seguire la situazione e di affrontarla un giorno alla volta. Pur avendo trascorso molti anni in vari Paesi dell'Africa e dell'Oceano Indiano, non ero mai stato alle Seychelles. Un gruppo di isole da cartolina, immerse nel nulla. Un luogo da sogni e da costose lune di miele che non mi sarei mai immaginato di visitare. Alle 16:40 dissi a Joe che pensavo fosse ora di scendere alla reception per aspettare il taxi. Ancora una volta, quando mi guardò, vidi l'apprensione e la paura nei suoi occhi.

"Non preoccuparti, amico", dissi, "io e te stiamo per vivere una grande avventura. Una con un lieto fine...".

Joe mi guardava, e vidi che il suo sguardo era fiducioso mentre parlava.

"Grazie, Jason", disse. "So che hai ragione. Ma non riesco a smettere di pensare che tutto questo sia una specie di sogno. Un sogno dal quale mi sveglierò e sarò ancora bloccato nella mia vecchia vita".

"La tua vecchia vita è esattamente questa, Joe", dissi. "È ora di lasciarti tutto alle spalle e di passare a un nuovo, brillante futuro. Ora, siamo pronti a partire?".

"Sì", disse. "Facciamolo...".

Il taxi arrivò alle 17:00 in punto e, come promesso, era completamente accessibile alle sedie a rotelle con una rampa sulla porta scorrevole. L'autista sembrava molto abituato a guidare persone disabili e spinse Joe nel taxi con facilità. I miei bagagli e la vecchia borsa di Joe vennero messi sul retro e io salii e mi sedetti accanto a Joe. Il breve viaggio verso l'aeroporto durò solo 15 minuti e osservai Joe mentre il veicolo lasciava il centro storico della città e procedeva senza problemi lungo l'autostrada. Fissava fuori dal finestrino la sera vaporosa e gialla con un'espressione un po' malinconica. Per non fargli pensare agli eventi della giornata, mi sforzai di continuare a parlargli. Era una distrazione per lui, ma sapevo che nel profondo era preoccupato. Quando arrivammo all'aeroporto, poco dopo, notai un cambiamento in Joe. Era come se tutto fosse diventato improvvisamente reale in quel momento. Pagai il taxi in contanti e mi misi fuori a fumare un'ultima sigaretta. Finita la sigaretta, la buttai nel posacenere e tornai indietro dove Joe era seduto sulla sua sedia a rotelle vicino alla porta.

"Beh, amico", dissi. "Andiamo alle Seychelles".

Il personale dell'aeroporto ci aiutò con la sedia a rotelle e fummo rapidamente accompagnati attraverso i controlli di sicurezza nelle sale d'imbarco. Il volo per Lisbona era stato puntuale e il breve viaggio era durato solo 50 minuti. Una volta arrivati all'aeroporto internazionale di Lisbona, non perdemmo tempo a dirigerci al gate per il nostro volo successivo, quello per Dubai. A quel punto vedevo l'eccitazione crescere in Joe. Ancora una volta il personale fu molto disponibile e ci accompagnò ai nostri posti in business class prima ancora che il resto dei passeggeri si imbarcasse.

Joe rimase stupito da tutti i gingilli e i servizi che accompagnavano i posti in business class. Era come un bambino in un negozio di caramelle e giocherellava con il telecomando della TV mentre beveva il succo d'arancia fresco servito dal personale. Dopo un'eternità, l'aereo decollò e volò nella notte, diretto a Dubai. Mangiammo un buon pasto e io bevvi qualche birra per passare il tempo prima di mettermi a guardare un film. Per tutto il tempo tenni d'occhio Joe, ma notai con piacere che aveva abbracciato completamente questa nuova avventura e sembrava essere ben disposto a tutto. Quando l'aereo iniziò la discesa verso Dubai, ero ancora immerso in un sonno profondo; il volo era durato 7 ore. Non appena mi svegliai, mi strofinai gli occhi e mi voltai a guardare Joe che sembrava essere rimasto completamente sveglio.

"Non hai dormito per niente?", chiesi intontito.

"No, non l'ho fatto", disse. "Ho visto tre film...".

Presi la bottiglia d'acqua nel portaoggetti accanto a me e ne bevvi qualche sorso mentre riportavo il sedile in posizione verticale.

"Devi cercare di dormire sul prossimo volo, Joe", dissi. "Non vorrai arrivare esausto. Sono sicuro che tuo fratello avrà in serbo qualcosa di speciale per te".

"Sì, hai ragione, Jason", disse. "Mi assicurerò di dormire un po' durante la prossima tappa".

Il gigantesco aereo scese al Terminal 3 e, essendo noi in business class, fummo i primi a sbarcare. Ad attenderci c'era una buggy con un autista che ci avrebbe portati al gate successivo. Avevamo avuto giusto il tempo di fermarci a dare un'occhiata ai negozi prima di venire trasportati nell'enorme edificio. Sentendo il disperato bisogno di una sigaretta, insistetti perché l'autista si fermasse nella sala Winston per fumarne una velocemente. Non appena finii, fummo accompagnati al gate per il volo successivo. L'aereo era più piccolo del gigantesco A380 che avevamo preso da Lisbona, ma i sedili della business class erano altrettanto lussuosi. A quel punto capii che Joe era davvero molto stanco e gli dissi, senza mezzi termini, che non doveva più cercare di guardare alcun film. Accettò e si addormentò subito dopo il primo pasto in volo.

Anch'io ero stanco morto e, poco dopo, scivolai in un sonno profondo. Il volo fu tranquillo e senza intoppi e fui svegliato soltanto dall'annuncio dalla cabina di pilotaggio, che annunciava l'inizio della discesa. Mi misi a sedere in posizione verticale e guardai Joe che faceva la stessa cosa. Ma fu solo allora che vidi lo spettacolo sorprendente attraverso il finestrino alla mia sinistra. L'Oceano Indiano si estendeva in tutte le direzioni sotto il sole splendente. Al di sopra delle nuvole, il cielo era di un blu intenso e il mare in basso sembrava fondersi con il cielo all'orizzonte. Era bello e scoraggiante allo stesso tempo. Avendo avuto poco tempo per fare ricerche sulle Seychelles, mi sentivo come se stessi andando verso l'ignoto. Fu allora che il pilota annunciò che sull'isola principale era in corso un forte acquazzone tropicale. In lontananza, potevo vedere le nuvole temporalesche sottostanti. Il segnale delle cinture di sicurezza era illuminato e, in cuor mio, sapevo che ci aspettava un viaggio movimentato. Questa paura si avverò quando ci avvicinammo e scendemmo attraverso nuvole pesanti, con la pioggia che scorreva sul finestrino e, mentre l'aereo gigante atterrava, notai che si muoveva verso sinistra. Si trattava di un effetto causato dai forti venti laterali e guardai Joe, per vedere se anche lui si sentiva nervoso. Fortunatamente l'aereo atterrò senza incidenti e, ancora una volta, fummo i primi a scendere.

Come al solito, il personale di Emirates era stato disponibile e si era assicurato che io e Joe venissimo accompagnati rapidamente all'ufficio immigrazione. Il piccolo edificio dell'aeroporto era di colore bianco e spiccava sullo sfondo delle montagne verde scuro in lontananza. Intorno a noi infuriava la tempesta tropicale e sembrava che la pioggia cadesse di lato. Solo allora ci fu detto che il pilota aveva pensato di abbandonare l'atterraggio per dirigersi verso l'Isola della Riunione. Per fortuna aveva deciso di atterrare nonostante la tempesta ed eravamo arrivati sani e salvi. La procedura di immigrazione era stata abbastanza standard, ma ci era stato richiesto un indirizzo presso il quale avremmo soggiornato. Chris ce l'aveva fornito in anticipo, quindi la compilazione di un breve modulo per ciascuno dei nostri passaporti fu veloce e fummo presto liberi di andare via. Fu con un grande senso di pregustazione che spinsi la sedia a rotelle di Joe attraverso il minuscolo negozio duty-free e poi attraverso il cancello degli arrivi. Lì, come promesso, c'era Chris Fonseca. Quando vide suo fratello si precipitò in avanti ed entrambi si abbracciarono e singhiozzarono in modo incontrollato per alcuni minuti. Mi allontanai per permettere loro di stare insieme dopo tanto tempo e fui pervaso da una calda sensazione di realizzazione. Era davvero uno spettacolo bellissimo e mi sentivo privilegiato per aver partecipato a questo grande incontro tra due fratelli persi da tempo. Alla fine Chris si alzò e si asciugò le lacrime dagli occhi.

"Jason", disse mentre ci stringevamo la mano. "È un *vero* piacere conoscerti. Mi sembra di conoscerti da anni, ma è solo questione di ore".

"Lo so, è stato tutto un po' folle, Chris, ma siamo entrambi felici di essere qui. È un giorno fantastico!".

Capitolo Quarantatre.

Maxim Volkov era in piedi davanti alla pesante porta. Il suo viso era di un colore grigio pallido e il bianco dei suoi occhi sembrava giallo e malaticcio. Intorno a lui si respirava un aroma pervasivo di vodka ed era un uomo fortemente arrabbiato.

"Di cosa state parlando, fottuti idioti?", urlò. "Ieri mi avevate assicurato che era tutto a posto, che oggi avremmo portato a termine la nostra missione e che non c'erano problemi. Che cazzo è andato storto adesso?".

"Mi dispiace, signore", disse l'autista. "Abbiamo lavorato fino a notte fonda e i meccanici hanno fatto del loro meglio, ma c'è un grave problema al motore. Devo dirle che non c'è modo di portare a termine la missione oggi. Mi dispiace molto, signore. So che questa è l'ultima cosa che ha bisogno di sentire".

"Hai ragione, cazzo, è l'ultima cosa di cui ho bisogno!", disse Volkov. "Che cazzo vado a dire al direttore? Già questa missione è stata piena di problemi e contrattempi e ora vieni da me a darmi la notizia che hai fatto un'altra cazzata. È come se lavorassi con dei cazzo di bambini! Se potessi, ti ucciderei a mani nude in questo momento!".

"Per favore, signore", disse l'autista. "Sediamoci e pensiamo a come recuperare le cose. Ci sono molti charter di pesca e di immersione disponibili sull'isola. Possiamo scegliere e trovarne uno questa mattina. Con la giusta preparazione, potremmo completare la missione domani mattina. So che è una battuta d'arresto non poter usare la barca del consolato, ma sono cose che capitano, signore. Abbiamo fatto del nostro meglio".

"Il tuo meglio non è stato abbastanza, cazzo!" gridò Maxim. "Penso che sia meglio che tu venga dentro e che troviamo un modo per salvare questa missione prima che vada tutto a puttane. Dio solo sa se già non lo è!".

I quattro uomini si diressero nel corridoio e scesero nel salone inferiore.

"Vattene via di qui!" gridò Volkov al maggiordomo. "Ti chiamerò quando avrò di nuovo bisogno di te. Abbiamo affari importanti da sbrigare".

Volkov non perse tempo a versarsi una doppia vodka quando i tre uomini si sedettero. La mano destra gli tremava leggermente mentre mandava giù il potente alcolico. Sembrò avere un effetto calmante su di lui, dopo soli due minuti se ne versò un'altra e si girò verso i tre uomini che lo aspettavano con ansia.

"Ora", disse, "cosa facciamo per tirarci fuori da questo cazzo di casino?".

Capitolo Quarantaquattro.

L'atmosfera era gioviale e c'erano molte risate mentre spingevo la sedia a rotelle fuori dalla sala degli arrivi verso l'area ombreggiata all'esterno. Joe e suo fratello non riuscivano a smettere di parlare, applaudivano e ridevano a iosa. La pioggia cadeva a catinelle e le palme vicine erano agitate dal vento. Ne approfittai per accendere una sigaretta e godermi il momento. Era un grande piacere vedere i due fratelli riuniti e sapevo di aver fatto la cosa giusta. Sembrava che Joe fosse una persona nuova, il suo volto era felice e animato e le rughe di preoccupazione erano sparite dalla sua fronte. La conversazione continuò mentre fumavo, finché alla fine Chris si rivolse a me e parlò.

"Beh", disse sorridendo, "credo sia meglio che vada a prendere il veicolo. È laggiù nel parcheggio. Voi aspettate qui. Io mi inzupperò!".

Ma l'aria era calda e umida e sembrava che la prospettiva di bagnarsi non fosse un problema per Joe.

"Per niente", disse Joe, "non mi dispiace bagnarmi. Andiamo tutti sotto la pioggia. Possiamo cambiarci più tardi...".

Ancora una volta ci furono altre risate da parte dei fratelli e io scrollai le spalle, mentre tutti decidevamo che non ci sarebbe stato nulla di male a camminare sotto la pioggia tiepida.

Spinsi la sedia a rotelle di Joe attraverso le strisce pedonali e fino al parcheggio. Chris ci fece strada e arrancammo sull'asfalto che era parzialmente sommerso dall'acqua. Alla fine arrivammo al suo veicolo, che si rivelò essere un minibus. Era comodo, visto che Joe era su una sedia a rotelle. Caricammo velocemente le valigie sul retro e io e Chris ci affrettammo a far salire Joe sul veicolo. Una volta fatto, mi sedetti sul sedile anteriore mentre Chris salì sul lato del conducente e avviò il motore.

"Ora, signori", disse Chris, "devo fare una breve sosta in ufficio per lasciare una cosa. Ci metto due minuti e poi ci incamminiamo lungo la strada della South Coast per tornare a casa".

Il fatto che fossimo tutti completamente inzuppati non aveva smorzato il nostro spirito e la conversazione esuberante continuò mentre uscivamo dall'aeroporto internazionale delle Seychelles e giravamo a destra verso la piccola città di Victoria. Mi sedetti e fissai fuori dal finestrino, osservando le ripide montagne che costituivano il centro dell'isola di Mahe. La vegetazione era fitta e di un verde smeraldo scuro e, aprendo il finestrino laterale, sentii la pioggia calda scrosciare sul mio braccio. L'aria era dolce e profumata di fiori e frutti tropicali e l'odore del mare era ovunque. Non ci volle molto per raggiungere un piccolo polo industriale vicino al porto. Chris svoltò a destra e si diresse verso una serie di stabilimenti vicini al mare. Si fermò davanti a un negozio chiamato CF Charters. Pensai subito che il nome stesse per Chris Fonseca. Il logo raffigurava un tramonto con la sagoma di una barca in primo piano.

"Bene, ragazzi", disse Chris, "questo è il mio ufficio. Devo andare a dare una cosa a Jimmy, ma esco subito e possiamo andare a casa".

Guardai Chris che si dirigeva verso l'edificio. Fedele alla sua parola, riapparve meno di un minuto dopo con un giovane di razza mista che lo seguiva. Bello e con lunghi capelli neri ricci, il giovane sembrava avere un sorriso fisso sul viso mentre correva verso il mio finestrino. Sempre sorridendo, ci guardò e parlò.

"Benvenuti alle Seychelles, molto piovose!", disse. "Mi chiamo Jimmy, lavoro per Chris. Ci vediamo tutti più tardi dopo il lavoro".

Il giovane si precipitò all'interno dell'edificio mentre Chris saliva al posto di guida. Facemmo un'inversione a U e tornammo all'ingresso del complesso.

"Allora, avete conosciuto il giovane Jimmy", disse Chris. "Credo si possa dire che è il mio braccio destro. Vive nel cottage in fondo al mio giardino. Da quando ho divorziato, siamo sempre stati io e lui a gestire la baracca. È un ragazzo educato e di buona famiglia, sempre disponibile, sempre sorridente. È un bravo ragazzo e, a dire il vero, non so come farei senza di lui. Lo conoscerete meglio più tardi, so che vi piacerà".

Chris svoltò a sinistra e tornò indietro verso l'aeroporto.

Ben presto lasciammo la periferia di Victoria ed entrammo nella penombra della giungla. La pioggia cadeva ancora intorno a noi, sbattendo contro gli alberi ma, come prima, nulla riusciva a smorzare il nostro spirito. L'umore era allegro e tutti ridevamo e ci godevamo il momento. Alla fine svoltammo a destra su una strada stretta e in forte pendenza. Chris ci spiegò che la sua casa si trovava in una zona residenziale in alta montagna. Disse poi che lassù era più fresco e che la sua casa offriva una vista panoramica sull'Oceano Indiano e sulle isole circostanti. Guardai la giungla intorno a me e intravidi piacevoli case in stile coloniale tra il fitto fogliame e gli alberi da frutto. Sembrava che l'isola stessa fosse viva e il ricco terreno era disseminato di frutti caduti dagli alberi di ogni tipo. La strada continuava a salire tortuosa, affrontando stretti tornanti con pericolose cadute a sinistra. Nel frattempo guadagnavamo quota e la vista sull'oceano alla mia sinistra diventava sempre più ampia. Dopo circa 10 minuti, la strada divenne pianeggiante e svoltammo a sinistra lungo un'altra strada di montagna. Lì c'erano diverse case, ovviamente per i residenti più ricchi, dato che erano più grandi e meglio arredate di quelle che avevo visto vicino alla costa. Proseguimmo per altri 3 km fino a quando Chris svoltò a sinistra su una strada sterrata.

L'asfalto finì e davanti a noi c'era un'unica casa. Ampia e moderna, sembrava essere stata costruita di recente e completata secondo le migliori specifiche. Chris si fermò in un parcheggio coperto vicino alla porta posteriore e tirò il freno a mano.

"Bene, signori", disse, "eccoci qui...".

Io e Chris non perdemmo tempo a scendere e a togliere le borse dal retro del veicolo. Li sistemammo in una zona asciutta vicino alla porta posteriore e tornammo indietro sotto la pioggia per far scendere Joe dal veicolo. Con i suoi lunghi capelli ancora bagnati e la barba scintillante e umida, Joe assomigliava a un topo inzuppato. Ma era un topo inzuppato felice e il fatto che fosse bagnato fradicio non sembrava dargli alcun fastidio. Dopo averlo fatto salire sulla sedia a rotelle, lo spingemmo fino alla porta sul retro, che Chris aprì. Solo quando entrammo nel corridoio mi resi conto di quanto fosse bella la casa. Davanti a noi c'era un enorme salone e una cucina a pianta aperta con enormi finestre a golfo sul lato opposto. La vista sull'Oceano Indiano sottostante era impareggiabile da quell'altezza e in lontananza potevo vedere La Digue e l'isola di Praslin. Lentamente le nuvole e la pioggia cominciarono a diradarsi e raggi di sole caldo iniziarono a fare capolino tra il grigiore.

Sentendomi un po' in soggezione, spinsi la sedia a rotelle di Joe attraverso il salone e fino alle ampie finestre. Sapendo che eravamo ansiosi di vedere il panorama, Chris si avvicinò e fece scorrere le porte in vetro in modo che io potessi spingere Joe sull'ampia veranda. Il panorama era di una bellezza sconvolgente, unico e diverso da qualsiasi cosa avessi mai visto. Sembrava che anche Joe fosse in soggezione per lo spettacolo che gli si presentava davanti. Rimanemmo per qualche istante senza parole, finché Chris non si avvicinò e si mise accanto a noi.

"Beh, Joe", disse, "non posso credere di starlo dicendo per davvero, ma eccoci qua. Benvenuto a casa, fratello mio. Benvenuto a casa...".

Rimanemmo in silenzio per un bel po', finché Chris non riprese a parlare.

"Se guardate laggiù, verso la fine del giardino, vedrete la casetta di Jimmy. Quella segna il confine della proprietà. I giardini a sinistra e a destra sono tutti curati da lui. Come potete vedere, ci sono alberi da frutto in abbondanza e sul retro della proprietà abbiamo un orto. Jimmy si occupa anche di quello. Essendo un bel ragazzo, ha una buona dose di fidanzate. Sembra godersi la vita e non potrei sperare in un lavoratore più fedele. Arriverà più tardi dopo il lavoro e avevamo intenzione di fare un barbecue di pesce. Spero che per voi vada bene".

Joe e io eravamo pienamente d'accordo, anche se eravamo ancora ipnotizzati dal panorama.

"Ora", disse Chris, "penso che sia il momento giusto per mostrarvi le vostre stanze e voi ragazzi potete lavarvi e cambiarvi con abiti asciutti. Dopo potremo ritrovarci qui in veranda. Che ve ne pare?".

Io e Joe acconsentimmo e fummo condotti di nuovo nella casa principale e per un lungo corridoio sulla destra. Seguii Joe nella sua nuova stanza, che si rivelò estremamente spaziosa, con ampie finestre a golfo che davano sull'oceano sottostante. Aveva anche un balcone personale dove poteva uscire per prendere il caffè del mattino. Osservai la sua faccia mentre Chris gli mostrava la stanza e gli illustrava i vari gadget e dispositivi. Sembrava ancora una volta che pensasse di essere in una specie di sogno dal quale si sarebbe svegliato. Era come se tutto fosse stato troppo per lui e fosse ancora una volta sopraffatto.

Chris procedette a disfare la borsa e a sistemare i suoi nuovi vestiti negli armadi a sinistra del televisore. Il gigantesco letto matrimoniale era coperto da un piumone bianco di cotone egiziano e la stanza era ben arredata. Se fosse stato un albergo, sarebbe stato quasi certamente un resort a cinque stelle. Sembrava che Chris Fonseca avesse fatto bene i suoi affari. Mi confortava sapere che Joe non avrebbe più dovuto preoccuparsi del denaro. Infine, Chris si allontanò dopo aver sistemato i vestiti, mise le mani sui fianchi e ci fissò.

"Bene, Joe", disse. "Spero che la tua stanza ti piaccia. Se non ti piace, possiamo cambiarla o posso metterti da un'altra parte".

"No, Chris", disse Joe. "È meravigliosa, la adoro...".

I due fratelli si scambiarono uno sguardo complice e vidi le lacrime salire negli occhi di entrambi. Era un momento che nessuno di loro si aspettava sarebbe mai accaduto. Qualcosa che mancava alle loro anime gli era stato restituito e io rimasi in silenzio a guardarli mentre si godevano il momento. Dopo un'eternità, Chris si schiarì la voce e si rivolse a me.

"Bene, Jason", disse sorridendo. "Permettimi di mostrarti la tua stanza. È proprio nella stanza accanto. Poi me ne andrò e potremo toglierci tutti questi vestiti bagnati e ritrovarci sulla veranda. Che ne dici?".

"Perfetto", dissi. "Facciamolo".

La mia camera era una copia carbone di quella di Joe, anche se un po' più piccola. Era almeno tre volte più grande di quella che avevo appena lasciato in Portogallo e la vista fuori dalle ampie finestre era a dir poco spettacolare. Chris se ne andò dopo avermi mostrato la stanza e io mi tolsi immediatamente i vestiti fradici e feci una doccia nel bagno privato. Completate le abluzioni, mi vestii e uscii per fumare una sigaretta. Sopra di me le nuvole si erano diradate e il cielo, di un azzurro vivido, era limpido e di un colore intenso. In lontananza si era formato un gigantesco arcobaleno sull'isola di La Digue.

L'estremità sinistra dell'arcobaleno s'incurvava sull'isola come se ci fosse davvero una pentola d'oro alla fine di esso. *Joe ha trovato la sua pentola d'oro,* pensai. *Oh sì, di sicuro è atterrato con il culo nel burro. Hai fatto bene fin qui, Green. Hai fatto molto, molto bene.* Sentendomi caldo e soddisfatto, lasciai la stanza e tornai lungo il corridoio fino alla sala e alla cucina, dove Chris era impegnato a preparare una montagna di ingredienti. Mi guardò e sorrise.

"Spero che ti piacciano i frutti di mare!", disse.

"Certamente", risposi. "Anche a Joe...".

L'uomo in questione, Joe Fonseca, apparve poco dopo. Si era cambiato e si era sforzato di mettere in ordine i capelli e la barba incolti. Appena lavato, sembrava felice e il suo volto era animato mentre entrava nel salone.

"Cosa posso portarvi da bere, signori?" chiese Chris. "Ho tutto...".

Io mi accontentai di una birra locale, mentre Joe chiese la sua solita Coca-Cola. Chris ci consegnò le bevande e tornammo in veranda per assistere allo spettacolo del sole del tardo pomeriggio che si dirigeva verso l'orizzonte. L'aria era calda e c'era una brezza costante che arrivava dall'oceano. Mi guardai intorno e mi meravigliai dello spettacolo di puro paradiso in cui mi ero ritrovato. Ci sedemmo tutti e tre intorno a un ampio tavolo e ci immergemmo nell'atmosfera, assaporando la meraviglia degli eventi degli ultimi giorni. Era come se fosse impossibile cancellare il sorriso dai volti di entrambi gli uomini, tanta era la loro felicità. Il pomeriggio procedeva pigramente e verso le 16:30 arrivò il giovane Jimmy. Subito ci strinse di nuovo vigorosamente la mano e ci diede ancora una volta il benvenuto alle Seychelles. Poi si affaccendò a preparare il barbecue che era stato acceso al calar del sole. La serata fu all'insegna d'una serena allegria e del cibo abbondante, con tante risate e gioia per tutti. Sbadigliando, guardai l'orologio e vidi che erano le 21:00.

"Bene, signori", dissi, "sono sicuro che voi due avete molto da recuperare, quindi penso che vi lascerò qui a farlo mentre io me ne andrò a letto".

Ma i due uomini non ne vollero sapere e insistettero perché rimanessi per un altro drink prima di ritirarmi. Erano le 22:00 quando finalmente tornai nella mia stanza. Mi sdraiai sul comodo letto e fissai il soffitto mentre ripercorrevo nella mia mente gli eventi degli ultimi giorni. Non avevo mai vissuto un'esperienza simile in vita mia ed ero certo che non l'avrei mai più vissuta. Una cosa però era certa: sapevo che l'amicizia fatta con Joe e Chris sarebbe durata per tutta la vita. Senza dimenticare il giovane Jimmy. Era come se la loro famiglia fosse di nuovo completa. Felice e pronta per ciò che li aspettava in futuro. *Per Joe Fonseca non ci sarebbe più stata una pericolosa vita di strada. Niente ladri zingari che lo derubavano e minacciavano di morte e lo picchiavano. No, qui sarebbe stato al sicuro e ben accudito per il resto dei suoi giorni. Non ci sarebbero state più preoccupazioni, né accattonaggio, né sporcizia e violenza.* Sorrisi mentre chiudevo gli occhi ed espiravo. Ero stanco. Un po' brillo, ma molto stanco. Mi addormentai rapidamente in un sonno profondo e tranquillo e non riaprii gli occhi fino al mattino seguente.

Capitolo Quarantacinque.

"Non posso credere che sia successo!", ringhiò Volkov. "Il direttore sarà molto, molto arrabbiato. Questa missione ha già avuto diversi intoppi e non è affatto contento. Non posso parlare per lui, ma posso garantire che ci saranno delle conseguenze".

"Signore", implorò l'autista. "Per favore, cerchi di capire che abbiamo fatto tutto il possibile per riparare l'imbarcazione in modo che la missione potesse svolgersi come previsto. Ma c'è stato un guasto catastrofico al motore che richiederà molte settimane per essere riparato".

"Questo avrebbe dovuto essere risolto prima del nostro arrivo", grugnì Volkov. "Noi siamo preparati, voi no...".

"Le mie scuse, signore", disse l'autista sfregandosi le mani in segno di disperazione. "Le mie più sincere scuse...".

Volkov guardò con rimprovero i tre uomini seduti di fronte a lui, ma la vodka cominciava a calmare i suoi nervi e vedeva l'opportunità di un'altra giornata pigra.

"Molto bene", disse. "Chiamerò il direttore a breve. Dobbiamo tenere presente la differenza di fuso orario tra qui e Mosca. Aspetterò che sia nel suo ufficio e farò la telefonata. Solo allora saprò come procedere. Per ora, vi sarei grato se vi toglieste dalla mia vista e aspettaste nei paraggi. Vorrei fare colazione da solo. Vi richiamerò quando avrò fatto la telefonata. Pregate per un buon esito, signori, pregate molto...".

I tre lasciarono sconsolati l'appartamento e tornarono a casa di Yuri e Sergei. Maxim chiamò il maggiordomo e gli ordinò di preparare una colazione a base di uova alla benedict con un Bloody Mary ghiacciato da bere. A quel punto il maggiordomo aveva davvero paura del suo ospite, che sembrava essere costantemente ubriaco o arrabbiato o entrambe le cose. Il disprezzo con cui trattava il personale era sconcertante e spaventoso allo stesso tempo. Tuttavia, da professionista qual era, svolse le sue mansioni in modo scrupoloso ed educato e preparò e servì la colazione al russo in tempi fulminei. Dopo aver consegnato un altro bricco di caffè, fu congedato con suo gran sollievo e si diede rapidamente alla fuga.

Maxim controllò il suo orologio Vostok. Erano appena passate le 11:00 e sapeva che era arrivato il momento di chiamare il direttore. Mentalmente si preparò alla difficile conversazione che sarebbe seguita. Ci sarebbero state domande, domande e ancora domande. Il direttore aveva una mente acuta e una capacità straordinaria di immaginare le situazioni in cui Maxim si trovava.

Era come se ogni volta fosse al suo fianco nelle varie missioni e gli faceva notare costantemente le sue carenze e i suoi errori.

La conversazione durò dieci minuti, durante i quali Volkov fu torchiato su ogni evento accaduto da quando avevano lasciato Mosca. Alla fine si decise che dovevano informarsi e trovare un'imbarcazione privata a noleggio per completare la missione. La loro attrezzatura era al sicuro sull'isola e tutto ciò che serviva era un passaggio per raggiungere la posizione GPS in cui era stata rilevata l'anomalia subacquea. Maxim chiuse la telefonata con un senso di sollievo. I capi a Mosca avevano accettato con riluttanza il suo piano. Sentendosi compiaciuto, si avvicinò al bar e si versò un'altra vodka. Portò il pesante bicchiere verso le finestre a golfo e fissò lo stupefacente panorama dell'Oceano Indiano. Il compito era semplice. Trovare una nave. Trovare una nave a noleggio adatta e portare a termine la missione il prima possibile. Tutto ciò che serviva era la conferma che l'anomalia fosse o meno il relitto che stavano cercando. Una volta accertato ciò, sarebbero tornati a Mosca e avrebbero chiuso la faccenda. Maxim estrasse il telefono dalla tasca e compose il numero di Yuri. La chiamata fu risposta al primo squillo.

"Tornate subito qui", disse Maxim. "Ho parlato con il direttore. Abbiamo un nuovo piano...".

Capitolo Quarantasei.

"Come avete dormito?", chiese Chris.

"Molto bene, grazie", risposi.

"Come un sasso", disse Joe. "Molto comodo".

Ci eravamo incontrati sulla veranda della casa alle 8:30 del mattino. Ero sveglio da due ore e mi ero seduto a bere un caffè sul balcone della mia stanza. All'inizio, quando mi ero svegliato, non avevo idea di dove mi trovassi. Poi tutto mi era tornato in mente lentamente. Gli eventi inaspettati degli ultimi giorni e il viaggio dal Portogallo a Dubai e poi alle Seychelles. Era stato un viaggio sulle montagne russe, ma con un lieto fine. Uscendo in veranda, trovai Joe e Chris che bevevano un caffè e chiacchieravano allegramente come se non si fossero mai separati. Mi informai su dove fosse Jimmy, mi risposero che era uscito per andare al lavoro, come di consueto. Chris ci raccontò dell'amore e della passione per il suo lavoro. Ci parlò della sua bellissima barca per la pesca d'altura e le immersioni, che aveva acquistato anni prima e che aveva mantenuto con amore. Si scoprì che Chris aveva guadagnato una discreta somma di denaro a Durban nel mondo degli affari e aveva deciso di trasferirsi alle Seychelles in cerca di una vita più tranquilla, lontana dall'avidità e dallo stress aziendale. Qui aveva trovato la sua pace, aveva costruito un'attività stabile e si era costruito una bella casa sulle alte montagne dell'isola. La sua vita era ormai scandita da ritmi tranquilli e pochissimo stress e non faceva più di quattro charter a settimana per portare i turisti nelle barriere coralline e nelle isole circostanti per la pesca d'altura e le immersioni subacquee. Facemmo colazione con una macedonia di frutta fresca e yogurt, seguita da uova strapazzate su pane tostato. Dopo aver finito di mangiare e di sorseggiare il caffè, Chris annunciò che quella mattina doveva andare al lavoro.

"Mi dispiace dovervi lasciare, ma il dovere mi chiama", disse. "Siete più che benvenuti a venire con me. Dopotutto sono il capo...".

"Certo, vengo con te", disse Joe. "Che ne dici, Jason?".

"Perché no?", risposi. "Sono curioso di dare un'occhiata alla tua barca".

"Bene, è tutto risolto", disse Chris con un sorriso. "Voi ragazzi rimanete seduti qui a finire il caffè. Io andrò a cambiarmi e partiremo tra circa 15 minuti. Vi va bene?".

"Perfetto", dissi. "A tra poco, allora".

Il viaggio ci ricondusse giù per la montagna, su una strada tortuosa che attraversa la giungla, fino a raggiungere nuovamente la strada costiera meridionale. Da lì girammo a sinistra e tornammo indietro verso Victoria, passando per l'aeroporto. Il viaggio durò 20 minuti, arrivammo al porto e uscimmo alla luce del sole del mattino. Il caldo era estremo e, sommato all'umidità, creava un'atmosfera fumosa. Non perdemmo tempo a far scendere Joe dal minibus e ci dirigemmo verso il comfort dell'aria condizionata dell'ufficio di Chris. Seduto lì, raggiante da un orecchio all'altro, c'era Jimmy. Si alzò e ci accolse come se fossimo vecchi parenti e ci offrì subito un caffè. Era un ufficio semplice, decorato con opere d'arte e poster delle isole e delle barriere coralline circostanti. Sul retro c'era una porta che conduceva all'officina dove venivano effettuate le riparazioni e la manutenzione. Chris ci fece visitare l'intera attività e ci spiegò che si trattava di una versione semplice e ridotta di alcuni dei più grandi charter dell'isola. Non aveva intenzione di espandere la sua attività e si accontentava di operare con una sola imbarcazione di lusso. Joe si sedette con Chris alla scrivania principale, mentre lui si occupava delle e-mail e io mi aggiravo per l'ufficio bevendo caffè e osservando le varie foto di spedizioni subacquee e di pesca. Era passata mezz'ora quando Chris si alzò e parlò.

"Bene, ragazzi, volete vedere la barca?", chiese.

"Certo", risposi. "Joe può venire con noi?".

"Certo", disse Chris. "Possiamo fare una passeggiata sul molo, non è lontano da qui".

Uscimmo al caldo di metà mattina e attraversammo la strada asfaltata che portava al molo. Jimmy rimase in ufficio per gestire il telefono e ricevere eventuali clienti che sarebbero potuti arrivare all'improvviso. Mentre camminavamo, Chris ci spiegò che il sito web che gestiva era la principale fonte di affari e che la maggior parte dei suoi clienti lo scopriva e prenotava da lì.

Mi disse che aveva diversi clienti facoltosi che erano clienti abituali e che sarebbero tornati anno dopo anno. Erano sia subacquei che pescatori ed era chiaro che Chris era felice di soddisfare entrambe le esigenze. Mi sembrava che alle Seychelles si fosse ritagliato uno stile di vita perfetto. Una bella casa, una piccola attività redditizia che andava a gonfie vele e il fatto che stesse facendo qualcosa che amava era un bonus. L'arrivo di Joe era chiaramente la ciliegina sulla torta. Superammo diverse imbarcazioni da diporto dall'aspetto costoso e alla fine arrivammo a quella di Chris. Era ormeggiata in un'acqua profonda e trasparente come il vetro. Joe si fermò con la sua sedia a rotelle sul molo, mentre io e Chris salimmo a bordo e lui mi fece fare un rapido giro. Era evidente che l'imbarcazione era fonte di grande orgoglio sia per Chris che per Jimmy, poiché tutti gli accessori brillavano alla luce del sole e l'intera barca era immacolata. Non volendo lasciare Joe escluso, Chris scattò alcune fotografie degli interni che mostrammo a Joe quando scendemmo. Chris promise a Joe che lo avrebbe portato in mare non appena avesse organizzato l'accesso alla sedia a rotelle. Una volta terminato il giro in barca, tornammo in ufficio e nel lusso dell'aria condizionata. Chris aveva ragione quando aveva detto che nella sua casa in montagna si stava molto più al fresco che giù al porto. Bevemmo un'altra tazza di caffè in ufficio e poi Chris suggerì di andare a Victoria per pranzare. Jimmy aveva preparato il suo pranzo al sacco e rimase in ufficio mentre noi guidavamo verso la pittoresca capitale dell'isola. Passammo davanti a una statua del Mahatma Gandhi e costeggiammo un vecchio cimitero prima di arrivare alla famosissima torre dell'orologio. Chris parcheggiò vicino a un ristorante sulla strada principale e ci incamminammo verso il locale con la facciata aperta per assaggiare un po' di cucina creola. Con grande orrore di Joe, Chris ordinò carne di pipistrello al curry mentre noi ordinammo cheeseburger e patatine. Ci sedemmo tutti e tre e ci godemmo un pranzo tranquillo sotto i vecchi ventilatori che giravano pigramente sopra le nostre teste, mentre io guardavo la città dal balcone del ristorante. Qui il ritmo era lento e molto simile al tempo dell'isola. Era lontano dal trambusto dell'Europa e la gente sembrava essere più amichevole e cortese nelle interazioni con gli altri. Si salutavano, sorridevano e si fermavano a chiacchierare per un po' prima di proseguire con i loro affari. Il cibo era eccellente ed erano appena passate le 14:00 quando salimmo sul veicolo per tornare in ufficio. Mi sentivo piacevolmente sazio mentre percorrevamo il lento tragitto attraverso Victoria per tornare al porto. Una volta lì, mi misi a sfogliare le riviste mentre Joe si era seduto con suo fratello alla scrivania a chiacchierare. Era chiaro che entrambi gli uomini erano a loro agio e felici della reciproca compagnia.

Era una buona cosa, visto che avrebbero trascorso insieme il resto della loro vita. Chris era impegnato a mostrare a Joe come utilizzare il computer, mentre Jimmy si occupava di alcune parti del motore nel retro. Verso le 14:30 il tranquillo mormorio delle loro voci fu interrotto dallo squillo del telefono. Chris rispose e sembrava che stesse parlando con alcuni potenziali clienti. Dopo una breve conversazione, riattaccò e mi sorrise prima di parlare.

"Sembra che oggi pomeriggio arriveranno un paio di clienti", disse. "Russi a quanto pare".

Gli feci un cenno e tornai a sfogliare la rivista che era piena di immagini di barche e yacht costosi.

Trascorremmo l'ora successiva in un confortevole silenzio con la televisione in sottofondo. Mi sentivo sazio, soddisfatto e piacevolmente assonnato, ma decisi di uscire a fumare. Verso le 15:30 il sole aveva superato la montagna alle mie spalle, mi misi all'ombra dell'edificio e accesi una sigaretta. Sentii il mio corpo che si rilassava e scivolava nel tempo dell'isola, mentre stavo lì a fumare e a guardare le barche all'ormeggio. Mentre spegnevo la sigaretta, vidi un veicolo fermarsi nel parcheggio vicino a noi. A bordo c'erano quattro uomini che, per qualche motivo, sembravano stressati e avevano un'espressione tesa. Questo era in contrasto con l'atmosfera rilassata e la felicità della popolazione circostante, che sembrava soddisfatta di svolgere le proprie attività quotidiane a un ritmo lento. Senza pensarci, tornai nel fresco dell'ufficio con l'aria condizionata, ripresi il mio posto e cominciai a sfogliare un'altra rivista. Pochi secondi dopo vidi la porta dell'ufficio aprirsi e tre degli uomini del veicolo entrare. La loro sola vista mi fece correre un brivido freddo lungo la schiena. L'uomo di fronte, chiaramente il capo, aveva una corporatura robusta, capelli biondi unti e un pallore leggermente malaticcio sul viso. Dietro di lui c'erano due montagne ambulanti di uomini. Dovevano essere alti un metro e novanta ciascuno e avevano una corporatura possente, rigonfia di muscoli. Tutti e quattro gli uomini avevano uno sguardo mortalmente serio, completamente privo di umorismo. Era uno spettacolo a dir poco inquietante. Rimanendo in silenzio, osservai gli uomini che si guardavano intorno nell'ufficio. Fu allora che Chris si alzò e avanzò per salutarli. Sorridente e gentile come al solito, offrì la mano a ciascuno degli uomini, che la strinsero con riluttanza.

Joe, vedendo che c'erano degli affari da sbrigare, spostò la sua sedia a destra e si mise a studiare le immagini e le mappe appese alla parete. Chris invitò gli uomini alla sua scrivania e propose loro di sedersi. Gli uomini lo seguirono a malincuore e presero posto come offerto. Ma c'era qualcosa in quegli uomini, c'era qualcosa di sbagliato in loro, questi non erano felici e spensierati vacanzieri che prenotavano una gita di pesca. *No*, pensai, *qui c'è qualcosa che non va, questo è certo, Green*. Da dove ero seduto, ero a portata d'orecchio della conversazione che seguì e, mentre fingevo di studiare la rivista, ascoltai con attenzione l'inizio della conversazione.

"Ora, signori", disse Chris. "Credo che stiate cercando un charter. Cosa posso fare per voi?".

"Esatto", disse il più anziano dei tre uomini, "vorremmo prenotare un charter subacqueo per domani, se possibile...".

"Certamente, possiamo farlo", rispose Chris. "Abbiamo una barca superba e posso portarvi in alcune delle migliori barriere coralline delle Seychelles...".

"Non sarà necessario", disse l'uomo più anziano tamburellando con le dita sul bracciolo della sedia.

"Capisco", disse Chris, con un'aria un po' confusa. "Quindi avete già una meta, presumo".

"È esatto", disse l'uomo.

"Può dirmi dove si trova questo posto?", chiese Chris. "Devo saperlo per poterle fare un preventivo ragionevole per il viaggio".

"È a 60 km a est dell'isola di Praslin", disse l'uomo. "Abbiamo una posizione GPS precisa".

Chris controllò lo schermo del computer come se stesse controllando una mappa.

"Solo un momento", disse studiando lo schermo, "sto guardando l'area generale che ha menzionato e non ci sono scogliere là fuori. Non sarà molto interessante per le immersioni sportive, è sicuro della posizione?".

L'uomo più anziano si schiarì la gola e vidi le vene del suo collo gonfiarsi per la frustrazione.

"L'ubicazione del sito di immersione e lo scopo del noleggio non sono affari vostri!", disse arrabbiato con un accento russo gutturale. "Stiamo semplicemente cercando una barca da noleggiare. Questo è tutto. Siete in grado di fornircene una o no?".

La voce dell'uomo era agghiacciante e subito sentii i peli che mi si rizzavano sulla nuca. *Questi stronzi non hanno nessuna buona intenzione, Green. Puoi starne certo*. Chris si schiarì la gola e sorrise prima di parlare.

"Certamente", disse porgendogli una brochure. "La nostra barca è completamente attrezzata per le immersioni. Possiamo anche offrire un servizio di catering per la giornata".

"Abbiamo la nostra attrezzatura!", scattò l'uomo. "Tutto quello che ci serve lo abbiamo già. Non avremo nemmeno bisogno del vostro catering".

Dall'espressione di Chris capii che si trattava di un incontro molto insolito e mi presi il tempo necessario per studiare gli uomini con la coda dell'occhio. L'uomo che parlava, che sembrava essere il capo, era piuttosto anziano. I suoi due compagni erano chiaramente dei "muscolosi". Buttafuori o guardie del corpo di qualche tipo. *Forse è semplicemente un oligarca russo di cattivo umore? Forse sta solo avendo una brutta giornata?* Eppure nel profondo sapevo che questi uomini non stavano tramando nulla di buono. Rimasi comunque in silenzio ad osservare e ad ascoltare.

"Molto bene", disse Chris. "Mi scuso. È insolito che i clienti vengano a bordo con la propria attrezzatura, ma non c'è assolutamente alcun problema. Posso farle subito un preventivo. Tutto quello che deve fare è firmare alcuni documenti, effettuare il pagamento e il suo charter è prenotato. Che ve ne pare?".

"Bene!" disse l'uomo. "È per questo che siamo qui...".

"Un momento", disse Chris avvicinandosi alla stampante. "Devo solo stampare un modulo di indennizzo e una ricevuta. Il noleggio per un giorno costa duemila dollari USA. Come pagherà, signore?".

"Paghiamo in contanti", disse l'uomo con impazienza. "Sì, vada avanti, ci dia i suoi moduli".

Vidi che Joe non era a portata di orecchio e che era intento a studiare un libro sul mare che aveva trovato in uno scaffale. Guardai Chris che stampava i moduli e li porgeva all'uomo seduto di fronte a lui. Questi li prese e li esaminò rapidamente, poi estrasse la penna dalla tasca superiore e li firmò entrambi.

Dopo aver fatto ciò, restituì i documenti a Chris e tirò fuori un portafoglio pieno di banconote da 100 dollari. Procedette a contarle in modo sprezzante e poi gettò le banconote sul tavolo in modo che si spargessero davanti a Chris. Il gesto era stato scortese e irrispettoso e, mentre lo guardavo, sentivo aumentare la tensione nelle mie braccia. Chris, da gentiluomo, raccolse le banconote e le contò una per una. Nel frattempo i due uomini enormi sedevano ai lati del loro capo, impassibili, con gli occhi fissi su Chris, freddi e privi di umorismo. Dopo aver contato il denaro e confermato che l'importo era corretto, Chris aprì un cassetto e vi mise dentro le banconote.

"Bene, signori, grazie mille", disse. "Il vostro charter è prenotato per domani mattina per un'intera giornata. Siamo a vostra disposizione in qualsiasi momento a partire dalle 6:00 e abbiamo molto carburante per portarvi ovunque vogliate andare. Il nostro sistema GPS è attivo e ben funzionante e non vediamo l'ora di accogliervi a bordo".

"I miei uomini saranno qui alle 7:00 in punto per caricare le nostre attrezzature sulla vostra barca. Assicuratevi che tutto sia in buone condizioni di funzionamento. Abbiamo già avuto problemi con un'altra barca e non vogliamo averne altri con la vostra. È chiaro?".

"Sì, signore", disse Chris, "la nostra nave è in ottime condizioni. Saremo qui alle 7:00 ad aspettarvi. Non si preoccupi, vi faremo arrivare alla vostra meta senza problemi".

L'uomo più anziano grugnì e si alzò, seguito dai suoi due scagnozzi. Fece un cenno a Chris come se lo stesse valutando un'ultima volta, poi si voltò per tornare verso la porta. Mentre mi passavano accanto, uno dei due omaccioni mi guardò negli occhi. In quel momento mi resi conto che non erano normali turisti. Si trattava di un militare. I suoi occhi erano quelli di un assassino, freddi e privi di emozioni. L'intero episodio era accaduto così in fretta che mi ritrovai perplesso e leggermente ansioso mentre uscivano dalla porta nella calura pomeridiana. Vedendo che gli uomini se ne erano andati, Joe tornò alla scrivania completamente ignaro dello strano e inquietante incontro. Con la rivista patinata ancora in mano, mi alzai e andai a sedermi davanti alla scrivania di Chris.

"È stato piuttosto strano", dissi. "Sono così i tuoi clienti abituali?".

Chris ridacchiò e alzò le mani come per liquidare l'incidente. Forse stava cercando di minimizzare l'accaduto di fronte al fratello e di farlo passare semplicemente per un cliente difficile.

"Erano diversi", ha detto scuotendo la testa. "Ma ehi, una carta è una carta. Chi sono io per discutere? Dobbiamo far girare le ruote dell'industria, no?".

"Credo di sì", dissi, sentendomi perplesso. "È normale che i clienti arrivino con la propria attrezzatura?".

"Alcuni arrivano con le proprie pinne e maschere, ma non certo con le proprie bombole e i propri erogatori. Comunque", disse, allontanando da sé lo schermo del computer, "come ho detto, un cliente è un cliente. Alcuni sono tranquilli, altri meno. Essendo nel settore dei servizi, dobbiamo soddisfare tutti i tipi di clienti. Di solito sono felici di visitare i nostri migliori luoghi di pesca e di immersione e lasciano a me la scelta di questi luoghi. Ma come ho detto loro, siamo qui per servire e se un cliente vuole andare in una località di sua scelta, chi sono io per discutere?".

Mi accigliai e annuii pensando al comportamento di quegli uomini. Non avevo dubbi che ci fosse qualcosa di estremamente sinistro in loro. Non erano i soliti vacanzieri. *Non interferire nei suoi affari, Green. Rovineresti un paio di giorni davvero gioiosi. Stia zitto e goditi i due fratelli che tornano insieme. Gli affari di Chris non sono affari tuoi...*

Capitolo Quarantasette.

Maxim Volkov rimase seduto in un cupo silenzio durante il viaggio di ritorno da Victoria al resort. La sua mente ripercorreva gli eventi della giornata, cercando di anticipare i potenziali problemi che sarebbero potuti sorgere l'indomani. Il fatto che Yuri e Sergei fossero entrambi all'oscuro del vero scopo della missione aumentava le sue preoccupazioni. Sapevano solo che si sarebbero immersi in un luogo specifico per scattare fotografie subacquee. Solo Maxim era a conoscenza del vero obiettivo della missione.

Sulla base delle informazioni raccolte dal sito web e dalla brochure, la nave a noleggio sembrava adatta alle loro esigenze. Tuttavia, non riusciva a togliersi di dosso la preoccupazione per il personale del charter. Erano l'anello più debole della catena e, a seconda dell'esito della missione, restava da vedere se sarebbe stato necessario eliminarli o meno. Mancavano informazioni vitali e il potenziale di ulteriori complicazioni pesava molto sulla sua mente.

In quel momento Maxim si decise e si girò per parlare con Yuri e Sergei.

"Ascoltatemi bene", disse. "Una volta che mi avrete riaccompagnato al resort, voglio che torniate alla società di noleggio e indaghiate con discrezione sui proprietari. Ho bisogno di tutte le informazioni che riuscite a raccogliere: nomi, indirizzi, il loro passato, tutto ciò che è rilevante. Non mi interessa quanto tempo ci vorrà, ma abbiamo bisogno di queste informazioni per garantire la nostra sicurezza. Assicuratevi che nessuno sospetti nulla. Capito?"

"Sì, signore", risposero all'unisono Yuri e Sergei.

Volkov si rivolse quindi all'autista.

"Tu li accompagnerai. Voi tre svolgerete questo importante compito. Solo quando avremo queste informazioni vitali la sede centrale sarà soddisfatta e la missione potrà procedere come previsto. Tu hai una conoscenza preziosa dell'isola e sei un volto familiare. Puoi muoverti senza essere notato e conosci bene il territorio e la sua gente. Assisti Yuri e Sergei finché non sarà tutto chiaro e poi fatemi rapporto. Tutto questo deve essere fatto entro stasera, prima che il charter della nave si avvii alle 7:00 di domani mattina. È chiaro?".

"Sì, signore", disse l'autista. "Nessun problema. Faremo come desidera e torneremo con le informazioni richieste".

"Bene", rispose Volkov. "Non ci possono essere altri errori. Dio sa che ce ne sono già stati abbastanza".

Capitolo Quarantotto.

Trascorremmo un'altra piacevole ora in ufficio, chiacchierando tra noi quattro. Alla fine decidemmo che Chris, Joe e io saremmo tornati a casa, lasciando a Jimmy il compito di completare i preparativi per il charter del giorno successivo. Sembrava una procedura standard per Chris e Jimmy, che sarebbero rientrato con il proprio mezzo una volta terminata la giornata lavorativa. Mentre tornavamo al minibus, caricando Joe sul retro, tutti sembravano allegri. Oltrepassammo lentamente l'aeroporto e la strada costiera prima di girare a destra e inerpicarci su per le ripide colline. Fu un sollievo raggiungere il clima più fresco della montagna. L'aria era più limpida e dolce, per non parlare dei pochi gradi in meno rispetto al caldo opprimente e all'umidità della costa.

Decidemmo di darci una rinfrescata e ci incontrammo tutti e tre nella veranda per l'aperitivo prima di cena. Joe e Chris sembravano non essersi mai separati, incantati dalla reciproca compagnia. Se da un lato mi faceva piacere vedere la loro felicità, dall'altro il ricordo dei tre uomini di prima, nell'ufficio, mi era rimasto impresso nella mente. Ero stato addestrato a individuare i pericoli e avevo avuto a che fare con individui pericolosi per tutta la vita. Non avevo dubbi sul fatto che quegli uomini fossero davvero pericolosi. Mi sembrava strano che Chris li avesse liquidati semplicemente come altri clienti. *Come ha fatto a non accorgersi del loro atteggiamento o del loro modo sgarbato di parlare? Forse era semplicemente contento di stare con Joe e questi dettagli non gli passavano per la testa.* Con questa preoccupazione, mi ritirai nella mia stanza per una doccia.

In seguito, portai il mio computer portatile sul balcone e controllai le mie e-mail mentre mi godevo una sigaretta. Come avevo previsto, non c'era nulla di importante, così chiusi il portatile e mi sedetti a guardare la magnifica vista dell'Oceano Indiano sottostante.

"Gesù, Green, ti cacci in situazioni strane", mormorai tra me e me. "Alcune buone, altre cattive e altre ancora decisamente strane".

Sorrisi, pensando all'interazione tra Joe e Chris.

Goditi il momento, Green. Hai fatto bene fin qui. Goditi il momento.

Mezz'ora dopo, ci ritrovammo tutti e tre sulla veranda e fummo presto raggiunti da Jimmy, che era tornato dal lavoro. Jimmy cucinò abilmente una deliziosa cena a base di bistecche, che gustammo sotto le stelle. Mentre sorseggiavo un buon whisky, erano quasi le 21:00 e decisi di affrontare l'argomento degli insoliti clienti che avevano visitato l'ufficio quel pomeriggio.

"Allora", esordii, "è tutto pronto per i vostri clienti di domani, questo charter misterioso?".

"Sì", rispose Jimmy. "È tutto pronto e saremo operativi dalle 7 del mattino".

"Dovresti venire con noi in uno di questi viaggi, Jason", suggerì Chris. "Puoi stare con noi sul ponte di comando mentre io guido e Jimmy si occupa dei clienti. Ti darà un'idea di come funziona il lavoro".

Guardai Joe, che contraccambiò il mio sguardo con un'espressione consenziente sul volto.

"Dovresti andare, Jason", disse. "Sono più che felice di sedermi qui e godermi il panorama. È passato molto tempo dall'ultima volta che sono riuscito a rilassarmi, e sono abbastanza felice di farlo".

L'offerta di accompagnare Chris sulla nave era inaspettata, ma aveva certamente suscitato il mio interesse. Non ero riuscito a pensare a nient'altro per tutto il pomeriggio e la sera e, il pensiero di unirmi a Chris nel suo charter subacqueo il giorno successivo, mi aveva davvero incuriosito.

"Non mi dispiacerebbe farlo", risposi. "Sei sicuro che andrà bene?".

"Certo", disse Chris. "Dirò loro che sei un membro dell'equipaggio. Io e te possiamo stare sul ponte di comando, mi farai compagnia e potrai vedere cosa faccio per vivere qui alle Seychelles".

"Bene", accettai. "Sono più che felice di venire con te. Stavo pensando a quei clienti di prima. Sembravano un po' strani, e quando hai detto loro che non ci sarebbero state né pesca né immersioni in quel luogo, hanno insistito per andarci comunque. Cosa ne pensi di loro?".

"Sai, Jason", rispose Chris, "il cliente ha sempre ragione. Se un cliente vuole andare da qualche parte, io ce lo porto. Chi sono io per discutere?".

"Credo che tu abbia ragione", ammisi. "Devi fare quello che devi fare".

"Allora è deciso", disse Chris. "Noi tre partiremo domani verso le 5:30 e prepareremo la barca per i clienti delle 7:00. Sei sicuro che starai bene qui da solo, Joe?".

"Starò benissimo", assicurò Joe. "Potrei stare seduto qui su questa veranda tutto il giorno, tutti i giorni, a fissare il mare. Adoro questo posto".

Chris fece una pausa e sul suo volto si formò un sorriso.

"Non so dirti quanto mi faccia piacere che ti piaccia questo posto, Joe", disse.

La serata proseguì chiacchierando e ridendo per le due ore successive. Si scoprì che Joe aveva una scorta di barzellette terribili ed era un po' un comico dilettante. Restammo seduti lì, rimproverandolo per le sue battute, ma lui continuava a proporne una dopo l'altra. Nel complesso, la serata era stata molto piacevole e, quando andai a letto, mi sentivo soddisfatto e appagato. Tuttavia, mentre mi sdraiavo sul letto e fissavo il soffitto, i miei pensieri tornarono ancora una volta ai tre strani uomini che si erano recati nell'ufficio di Chris quel pomeriggio. *C'era qualcosa che non andava, Green. C'era qualcosa di molto strano in loro. Quelle persone non stavano tramando nulla di buono, non c'è dubbio. Domani sarà davvero interessante. Tieni gli occhi aperti, mantieni le distanze e forse riuscirai a scoprire di cosa si tratta.*

Capitolo Quarantanove.

Mi svegliai alle 5 del mattino e aprii le ampie finestre a golfo per uscire sul mio balcone. Alla mia destra il sole stava sorgendo all'orizzonte e il cielo era di un incredibile rosa salmone. Le acque dell'Oceano Indiano sembravano di vetro ed erano perfettamente piatte fino all'orizzonte. L'aria era fresca, una brezza leggera mi sfiorava il viso e tutto era silenzioso. Mentre ero lì a fumare una sigaretta, gli uccelli iniziarono a cinguettare annunciando l'alba di un nuovo giorno. La bellezza sconvolgente in cui mi ero ritrovato era quasi travolgente e per un attimo mi dimenticai dei tre strani uomini che avrebbero preso la barca di Chris quella mattina. Spensi la sigaretta e tornai in camera per mettere su il bollitore per il caffè. Entrai nella doccia e rimasi lì per 5 minuti, a riflettere sugli insoliti modi di fare del più vecchio dei tre, che sembrava essere il capo, il giorno precedente. Aveva uno strano aspetto malaticcio e sembrava avere un pessimo carattere. Poi c'erano i due pesi massimi che lo accompagnavano. Erano delle vere e proprie montagne di muscoli, privi di qualsiasi emozione e, se non fosse stato per le particolari circostanze, li avrei considerati dei veri e propri assassini. *Stai facendo delle ipotesi, Green,* pensai. *Non riesci a vedere la foresta per gli alberi. Potrebbero essere esattamente quello che dovrebbero essere. Un gruppo di vacanzieri che fa immersioni. Perché devi vedere il peggio nelle persone? Perché non ti rilassi e non ti diverti, per l'amor di Dio?* Dopo essermi rimproverato, uscii dalla doccia e mi versai una tazza di caffè. Andai fuori in balcone per guardare l'alba mentre la bevevo. Scolata la tazza, mi vestii, presi il telefono e uscii dalla stanza dirigendomi verso il salone. Come se fosse stato un momento prestabilito, trovai Jimmy e Chris ad aspettarmi. Entrambi mi salutarono sorridendo.

"Buongiorno, Jason", disse Chris allegramente. "Sei pronto per uscire in barca?".

"Certamente", risposi. "Non vedo l'ora. Hai visto Joe stamattina?".

"Sì, prima ho fatto capolino nella sua stanza. Si stava rilassando guardando la TV. Ha detto che forse sarebbe tornato a dormire prima di andare a prepararsi la colazione".

"Eccellente", dissi. "Si sta ambientando bene".

"Sembra di sì", disse Chris. "Non potrei esserne più felice. Bene, se siamo tutti pronti, penso sia ora di uscire e dirigerci verso il porto".

Noi tre uscimmo dalla porta sul retro e salimmo sul minibus. La discesa dalla montagna era tranquilla a quell'ora del mattino e c'era poco traffico. Svoltammo a sinistra sulla South Coast Road e ci dirigemmo verso Victoria. Arrivammo nell'ufficio di Chris alle 6:00 in punto e Jimmy si mise a preparare la barca per i clienti. Io e Chris andammo in ufficio e preparai il caffè per tutti e tre mentre Chris controllava le sue e-mail. Jimmy tornò pochi minuti dopo e ci informò che tutto era a posto e che la barca era rifornita di carburante e pronta a partire. Passammo la mezz'ora successiva a chiacchierare e a tenere d'occhio la porta per l'imminente arrivo dei clienti russi. Come promesso, arrivarono alle 7:00 del mattino, questa volta in un minibus nero. Il più anziano si incamminò verso l'ufficio mentre io e Chris uscimmo fuori per andargli incontro.

"Buongiorno", disse Chris allegramente. "La barca è pronta a partire e non vediamo l'ora di trascorrere una fantastica giornata sull'oceano".

Ma l'uomo più anziano si limitò a guardarci e a grugnire.

"Bene", disse. "Speriamo che non ci siano problemi".

Senza aspettare una risposta, si girò e parlò ai due uomini muscolosi che erano scesi dal furgone. Diede una serie di istruzioni in russo e io guardai i due uomini enormi che recuperavano una serie di grandi borse di tela nera dal retro del veicolo. Fu allora che ricordai che avevano detto che avrebbero portato tutto il loro equipaggiamento e che non avrebbero avuto bisogno di quello di Chris. I due uomini si caricarono due borse ciascuno e furono condotti dal sempre sorridente Jimmy lungo il molo fino alla barca in attesa. Ci vollero due viaggi per completare il trasferimento del carico nella barca e, quando finalmente ebbero finito, tornarono indietro e parlarono al loro capo in russo. L'uomo più anziano fece un cenno di approvazione e si voltò a parlare con Chris.

"Ora siamo pronti", disse. "Andiamo...".

Ci incamminammo tutti verso il molo e Chris e io restammo in disparte mentre Jimmy saliva a bordo per primo seguito dai russi. Chris li seguì con me al seguito, ma fu allora che l'uomo più anziano si voltò di scatto verso Chris.

"Tutti e tre a bordo", chiese, "è normale?".

"Sì", disse Chris. "Il giovane Jimmy è il nostro marinaio, mentre io e Jason saremo al piano di sopra, in timoneria, a navigare e guidare la barca".

L'uomo più anziano mi guardò con occhi sospettosi e mi sentii subito a disagio. Tuttavia, la natura allegra di Chris e di Jimmy sembrò calmare la situazione e l'uomo si limitò ad annuire e a grugnire mentre si dirigeva verso la cabina della nave di lusso. Sentendo il bisogno di farmi notare, mi arrampicai sulla scala che portava al ponte di comando e iniziai a lucidare gli accessori, ascoltando con attenzione la conversazione tra il cliente e Chris.

"Ecco le coordinate", disse l'uomo. "Vogliamo andare in questo punto esatto e ancorare lì. Una volta arrivati, i miei uomini si immergeranno. Questo è tutto ciò che vi chiediamo. È chiaro?".

Chris prese il foglio dall'uomo e lo studiò brevemente prima di parlare.

"Nessun problema", rispose. "Siamo pronti quando lo siete voi".

"Bene", disse il russo. "Muoviamoci allora. Non abbiamo tempo da perdere."

Con l'autista in piedi sul molo e Jimmy che si occupava dei parabordi e delle cime d'ormeggio, Chris salì e accese i potenti motori che gorgogliavano e rombavano dietro di noi. L'autista russo rimase in piedi con un'espressione seria e lo guardai salutare in modo solenne mentre la barca lasciava l'ormeggio e si dirigeva nelle limpide acque mattutine del porto. I tre clienti rimasero da soli nella cabina sottostante, mentre Chris conduceva la barca fuori dal porto e verso il mare aperto. Il sole stava sorgendo in un cielo perfettamente azzurro e il mare era calmo, mentre i gabbiani volteggiavano sopra di noi. Alle nostre spalle, il grande panorama verde dell'isola di Mahe si stagliava nel cielo con i suoi picchi e le sue altezze drammatiche mentre, davanti a noi, lo splendore dell'Oceano Indiano si estendeva all'orizzonte su tutti i lati. Chris azionò l'acceleratore e l'imbarcazione cominciò a prendere velocità, i suoi potenti motori facevano vibrare l'acqua e la prua solcava le acque come un coltello caldo nel burro. L'acqua scintillante era cremosa ai lati e turbolenta dietro di noi mentre guadagnavamo gradualmente e costantemente velocità, fino a quando la nave si assestò e fummo in aperta navigazione. Era esaltante e per un po' mi dimenticai degli strani uomini nella cabina sottostante, tanta era la bellezza di ciò che ci circondava. Chris attivò il sistema GPS e inserì le coordinate che erano state scarabocchiate su un pezzo di carta.

"Quanto ci vuole per arrivare?", chiesi sopra il ronzio del motore.

"A questa velocità, circa un'ora e quindici minuti", disse Chris. "Una volta usciti dall'arcipelago, se l'acqua è piatta, potremmo fare più in fretta. Vedremo come sarà una volta usciti; è un'area in cui non sono mai stato prima, perché non ci sono né pesca né immersioni commerciali. Comunque, bisogna fare quello che vuole il cliente, no?".

"Certo", risposi. "Il cliente è il re".

Chris sorrise mentre azionava ulteriormente l'acceleratore e i potenti motori facevano sfrecciare la bella barca sulle onde. Il movimento ripetitivo della barca e il ronzio dei motori avevano l'effetto di farmi entrare in uno stato leggermente ipnotico e la mia mente vagava mentre viaggiavamo. Dopo circa 40 minuti vidi in lontananza l'isola di La Digue e Chris mi chiamò al di sopra del rumore del vento.

"Qui gireremo a destra e ci dirigeremo verso il mare aperto", gridò, indicando lo schermo del GPS.

Annuii mentre tiravo fuori dalla tasca gli occhiali da sole. Il sole cocente si rifrangeva sull'acqua perfettamente blu e capii allora che stavamo andando verso l'ignoto. Nonostante la velocità dell'imbarcazione fosse accompagnata da una costante raffica di vento, sentivo che la giornata diventava sempre più calda e ringraziavo la tettoia che sovrastava il ponte di comando. Tuttavia, i clienti se ne stavano per conto loro nella cabina sottostante e non si avventuravano mai sul ponte. Mi voltai e guardai l'isola di La Digue che scompariva lentamente in lontananza, mentre davanti a me il mare aperto, un po' intimidatorio, si estendeva all'orizzonte senza alcuna terra in vista. Chris sembrava rilassato e a suo agio al timone della sua amata barca e potevo percepire che si trattava di un uomo soddisfatto della sua sorte. Erano passati circa 40 minuti quando Chris iniziò a ridurre la velocità e si rivolse a me per parlare.

"Ci stiamo avvicinando al punto GPS che hanno chiesto", disse indicando lo schermo.

"Una bella distanza dalla terraferma", risposi. "Sembra che siamo in mezzo al nulla".

"Sì", disse, "e il profondimetro indica 60 metri di profondità sul fondo del mare".

"Cosa pensi che stiano facendo qui?", chiesi mentre rallentava i motori.

"Non ne ho idea", rispose Chris, "non lo so e non mi interessa. So solo che pagano bene. Chi sono io per fare domande?".

Annuii e feci un mezzo sorriso di assenso, ma in fondo alla mente sapevo che c'era qualcosa che non andava. Un minuto dopo Chris chiamò Jimmy e gli gridò di gettare l'ancora. Eravamo arrivati al punto. Una volta accertato che l'ancora aveva fatto presa e che eravamo assicurati e fermi, Chris spense il motore e scese la scaletta cromata per informare i clienti che eravamo arrivati. Sentendo la necessità di non intromettermi, rimasi al mio posto e osservai le operazioni dal ponte superiore.

I tre uomini uscirono dalla cabina e mi fu subito chiaro che il capo non stava bene. Il suo viso aveva assunto un colorito verdastro e sembrava che avesse vomitato più volte. Il cliente soffriva di mal di mare. I due omaccioni si affaccendarono e cominciarono a tirare fuori dalle borse gli autorespiratori e altre attrezzature. Fu allora che il vecchio parlò con un avvertimento.

"Non si faranno fotografie", disse. "È severamente vietato. È chiaro?".

"Certo, nessun problema", disse Chris.

L'uomo alzò lo sguardo su di me e poi su Jimmy, come se volesse mettere in chiaro questo punto e io annuii con entusiasmo in segno di assenso.

L'uomo appariva teso e tranquillo allo stesso tempo e questo mi aveva incuriosito. Non si trattava di una crociera di piacere. Non si trattava di immersioni sportive. Questi uomini erano qui per un motivo e per di più molto serio. Da dietro gli occhiali da sole, facendo finta di adoperarmi, continuai ad osservare gli uomini sotto di me. Fu allora che il capo parlò ancora una volta a Chris.

"Non abbiamo bisogno del vostro aiuto", disse. "Potete tornare sul ponte di comando".

Chris alzò le mani in segno di resa.

"Nessun problema", disse. "Vi prego di continuare...".

Guardai i due uomini muscolosi mentre sistemavano gli autorespiratori sul ponte insieme ai loro regolatori di galleggiamento, alle maschere, alle pinne e alle mute. Poi i due uomini iniziarono a spogliarsi fino ai pantaloncini. Solo allora vidi i tatuaggi. Uno dei due uomini lo aveva sulla parte sinistra del petto, mentre l'altro lo aveva sulla spalla destra. Entrambi i tatuaggi erano identici e mi resi subito conto di aver già visto quel simbolo da qualche parte. L'immagine era quella di un teschio dall'aspetto minaccioso su uno sfondo nero. Il teschio era bianco, con denti digrignanti, ed era circondato dalla sagoma di un mirino. La vista di questi tatuaggi mi indicava che quegli uomini facevano parte di un'organizzazione. Ed era un'organizzazione che mi era vagamente familiare. Immediatamente presi il telefono che avevo in tasca e lo uscii fuori con cautela. Tenendo i miei movimenti nascosti alla vista degli uomini, attivai la fotocamera e tenni il telefono basso mentre scattavo alcune istantanee. In totale scattai 15 fotografie, catturando immagini sia dei tatuaggi sia dei tre uomini. Sapevo che, se mi avessero beccato, sarebbero stati guai, quindi mantenni i miei movimenti e le mie mosse in modo furtivo. I due uomini più giovani indossarono rapidamente le mute e si aiutarono a vicenda con l'attrezzatura.

Rimisi il telefono in tasca mentre loro iniziavano a montare le bombole l'uno sulla schiena dell'altro. Jimmy si occupò di gettare una boa per le immersioni per segnalare il punto in cui la barca si era fermata. Nel frattempo Chris sembrava disinteressato e si dedicava ai lavori di manutenzione sul ponte di comando. Ma non riuscivo a togliermi dalla mente le immagini dei tatuaggi e avevo voglia di dare un'altra occhiata alle fotografie e studiarle. *Dove avevo già visto questa immagine? Che significato aveva e perché i due uomini avevano lo stesso tatuaggio?* Sapevo che una semplice ricerca su Google avrebbe trovato la risposta, ma per il momento non ne avevo idea. *Comunque, almeno hai delle immagini, Green. Potrai controllare più tardi, senza problemi. Per ora, continua ad andare avanti e a comportati come il membro dell'equipaggio allegro che dovresti essere.* Guardai il capo sedersi su una panchina, all'apparenza indisposto. Gridò a Jimmy di prendergli una bottiglia d'acqua, che lui aprì maldestramente. Nel frattempo i due pesi massimi si preparavano per l'immersione. Uno dei due uomini disimballò una serie di macchine fotografiche subacquee. Erano modelli di alta gamma e sapevo che non erano economici. Sembrava che, chiunque li stesse finanziando, non fosse a corto di soldi e sapevo che, qualsiasi cosa stessero facendo, era importante. Non si trattava assolutamente di un'escursione subacquea sportiva. Si trattava di qualcosa di molto serio.

Le telecamere furono attaccate alle cinture di peso degli uomini e finalmente si voltarono per parlare con il loro capo. L'uomo più anziano annuì e li liquidò con un gesto casuale della mano. Con ciò, i due uomini si sedettero sul lato della barca, si fecero il segno di "ok" e si tuffarono in acqua all'indietro. Rimasero a galla per un po', mentre aggiustavano l'attrezzatura, poi affondarono lentamente sotto la superficie. Osservai le loro figure che diventavano sempre più piccole man mano che scendevano nelle acque trasparenti delle profondità blu. Quando i due uomini se ne furono andati, il capo si alzò in modo precario e si diresse verso la cabina. Ero sicuro che era in procinto di star male di nuovo, perché sembrava disperato e il suo viso era diventato di un bianco spettrale. Perle di sudore si erano formate su tutto il suo viso e sulle sue braccia ed era chiaro che l'uomo fosse profondamente a disagio. Ovviamente, il caldo intenso e la luce solare lo avevano colpito duramente e io ero felice di essere all'ombra sul ponte di comando, ventilato dalla brezza. Improvvisamente fummo lasciati soli e tutto tacque intorno a noi, a parte il morbido sciabordio dell'acqua contro lo scafo. Il caldo calava come l'esalazione di un altoforno e l'umidità era pesante e opprimente.

Normalmente mi sarei buttato in acqua per rinfrescarmi, ma dovevo mantenere l'immagine di membro dell'equipaggio a disposizione, e avrei continuato a farlo. Fu allora che sentii i conati e i rigurgiti provenienti dalla cabina sottostante. I miei sospetti erano stati corretti e il russo stava vomitando violentemente. Guardai Chris che mi rivolse un sorriso e un occhiolino.

"Sembra che la vita sull'acqua non vada d'accordo con questo tipo", dissi a bassa voce.

"Puoi dirlo forte...", rispose Chris.

L'immobilità e il calore aumentavano costantemente mentre eravamo in attesa, dondolando sul lento moto ondoso. Nella mia mente immaginavo cosa potessero fare i due uomini sott'acqua. A 60 metri di profondità, non si poteva sapere cosa stesse accadendo negli abissi blu. Chris e Jimmy conversavano allegramente, scambiandosi battute che io considerai come le tipiche battute che si fanno a bordo di una nave in una normale giornata di lavoro. Mi tenni occupato ad aiutare Chris a svolgere i compiti che mi aveva assegnato sul ponte superiore, ma per tutto il tempo la mia mente era preoccupata. I minuti trascorrevano e passò mezz'ora prima che vedessi delle bollicine nell'acqua vicina a noi, le quali indicavano che gli uomini stavano affiorando.

"Sommozzatori in arrivo!" gridò Jimmy.

A questa chiamata, il capo si affacciò dalla cabina per verificare il motivo di tutto quel trambusto. Rimase in piedi appoggiandosi a un appiglio a lato del ponte e io studiai di nuovo la sua carnagione. L'uomo non sembrava essere migliorato rispetto a come stava in precedenza. Dopo aver applicato la crema solare, il suo viso era pallido e coperto di perle di sudore lattiginoso. Pochi istanti dopo i sommozzatori riemersero e si tolsero le maschere. Mentre si toglievano i boccagli, vidi che entrambi sorridevano.

Era chiaro che avevano trovato quello che stavano cercando. Gridarono qualche parola in russo al loro capo sul ponte, che li ammonì rapidamente e fece cenno di fare silenzio. Lentamente, i due uomini si diressero verso la poppa dell'imbarcazione e salirono sulla scaletta che portava al ponte inferiore. Una volta a bordo, rimossero con cura l'attrezzatura fotografica dalle loro cinture di peso e poi si aiutarono a vicenda con l'attrezzatura subacquea. Per tutto il tempo sembrava esserci un'accesa conversazione tra i tre, ma dal loro atteggiamento si capiva che c'era un senso di euforia e di realizzazione. Non erano uomini delusi. *No, assolutamente no, Green. Hanno trovato qualcosa, questo è certo.* Una volta tolte le mute, gli uomini rientrarono rapidamente nella cabina e si chiusero la porta alle spalle. Non c'era modo di capire di cosa stessero discutendo, ma era chiaro che la conversazione era direttamente collegata a ciò che avevano visto sott'acqua. Chris sembrava contento di pulire la parte superiore del ponte della barca e Jimmy continuava a svolgere i suoi compiti come al solito di sotto. Erano passati 20 minuti quando il capo uscì dalla cabina e alzò lo sguardo per parlare con Chris.

"Sembra che il nostro lavoro qui sia finito", disse. "Ora vorremmo tornare al porto. Andiamo subito".

"Sì, signore", disse Chris salutando allegramente.

Con queste istruzioni, Jimmy recuperò abilmente la boa per le immersioni e l'ancora mentre Chris accendeva i motori. Chris spinse l'acceleratore e sfrecciammo in un ampio arco verso l'isola di La Digue e la civiltà ancora una volta. Era un grande sollievo essere in movimento e il vento raffreddava il sudore che ricopriva ogni parte del mio corpo. Era rassicurante vedere la sagoma della terraferma in lontananza, all'orizzonte. Eravamo completamente isolati con i clienti e questo aveva qualcosa di profondamente inquietante. La barca sfrecciò sull'oceano calmo e alla fine il paradiso tropicale dell'isola di La Digue apparve all'orizzonte.

In prossimità dell'isola, Chris svoltò a sinistra e si diresse verso sud. Ben presto apparvero davanti a noi le alte cime di granito e le lussureggianti giungle tropicali delle montagne di Mahe. Mi voltai a guardare Chris che sorrideva mentre il vento gli scompigliava i capelli. Al di là del ronzio dei motori e del rimbombo dello scafo sulle onde, azzardai:

"Sembra che sia stata una giornata di lavoro facile".

"Sì", rispose. "Non posso lamentarmi. Possiamo tornare a casa, rilassarci e bere un cocktail. Che ne pensi?"

"Mi sembra una buona idea".

Un quarto d'ora più tardi, Chris guidò abilmente l'imbarcazione verso il porto di Mahe. Jimmy saltò giù e si occupò dei parabordi per assicurarla all'ormeggio. Solo allora i tre uomini uscirono di nuovo dalla cabina. Sembrava che il vecchio capo avesse dimenticato la sua malattia e che un po' di colore fosse tornato sul suo volto. Sembrava molto soddisfatto di sé. Sul molo c'era l'autista che li aveva portati la mattina. Sembrava ansioso e i due uomini si scambiarono diverse parole in russo. I pesi massimi impiegarono non più di 10 minuti per scaricare l'attrezzatura subacquea e fotografica sul molo. Gli uomini procedettero a riportare l'attrezzatura al minibus in attesa parcheggiato vicino alla facciata dell'ufficio. Fu solo allora che l'uomo più anziano tornò, desiderando parlare con Chris.

"Grazie", disse a malincuore. "Le faremo sapere se avremo ancora bisogno dei suoi servizi".

"Nessun problema", disse Chris allegramente. "Siamo al vostro servizio".

Quindi era quasi finita non appena era iniziata. Gli uomini tornarono al loro veicolo e se ne andarono. Dopo aver completato un ultimo controllo della barca, Chris e io lasciammo Jimmy a pulire la cabina e tornammo in ufficio. Erano appena passate le 13:30 ed era un sollievo trovarsi al fresco dell'aria condizionata. Nella mia mente non riuscivo a pensare ad altro che ai tatuaggi che avevo visto sui due uomini. Erano emblemi che avevo già visto da qualche parte, anche se non riuscivo a ravvisarli. Decisi comunque di non dire nulla e di seguire gli eventi della giornata. Chris si mise al computer mentre io sfogliavo una rivista. Jimmy tornò una ventina di minuti dopo e si decise che il negozio avrebbe chiuso prima e che saremmo tornati tutti a casa per raggiungere Joe. Dopo aver completato in modo soddisfacente il noleggio e aver chiuso l'ufficio, tornammo al veicolo per percorrere il breve tragitto verso sud e verso la montagna. La strada tortuosa era più trafficata a quell'ora del giorno, ma le temperature in costante diminuzione erano un sollievo e alla fine ci fermammo nel vialetto di Chris ed entrammo in casa dalla porta sul retro. Fu una sorpresa trovare Joe in cucina intento a preparare e marinare un pollo per il barbecue.

"Oh, ciao ragazzi", disse. "Siete tornati prima di quanto pensassi".

"Sì", disse Chris. "Strani clienti. Hanno prenotato un viaggio di 60 km nel mezzo del nulla, si sono immersi per mezz'ora e siamo tornati indietro. Non posso lamentarmi, è andato tutto bene. Vedo che ci stai preparando una delizia culinaria?".

"Oh sì, stasera mangiamo come dei re!".

Ma ero troppo preso dal ricordo dei tatuaggi per partecipare alla conversazione. Mi congedai e dissi a Joe e Chris che stavo andando a fare una doccia. Tornai rapidamente in camera mia e aprii il portatile mentre controllavo il telefono. Per fortuna la luce sull'acqua era stata perfetta e avevo catturato diverse immagini di buona qualità, sia degli uomini che dei tatuaggi. Riuscii a ingrandire le immagini e a mandarmele via e-mail.

Una volta fatto, iniziai una ricerca inversa su Google sull'immagine dei tatuaggi e il risultato fu immediato e inquietante allo stesso tempo. I tatuaggi erano il logo non ufficiale del gruppo di mercenari russi del Wagner. Sapevo di averlo già visto da qualche parte e ricordavo che era stato inserito in un documentario sulle attività del Gruppo in Africa centrale. Era ormai chiaro che i clienti stavano compiendo una missione molto seria. Questi uomini erano assassini addestrati. Soldati di ventura pagati. L'esercito privato di Vladimir Putin che operava con brutalità e impunità in tutto il mondo. *Che cosa erano venuti a cercare così in profondità nelle acque dell'Oceano Indiano? Perché avrebbero dovuto rischiare prendendo una nave a noleggio invece di usarne una propria?* Mi ritrovai a fissare il logo mentre la mia mente correva tra una moltitudine di possibilità. Decisi allora che avrei taciuto ciò che avevo scoperto. Non c'era motivo di turbare Chris o Joe in quella che probabilmente era la fase più felice della loro vita. *Non c'è motivo di farlo, Green. Tienilo per te. Lascia che si godano il loro riavvicinamento.* Ma dentro di me sapevo che sarei dovuto tornare in quello stesso posto nel mezzo dell'Oceano Indiano. Sapevo che sarei dovuto scendere per vedere con i miei occhi cosa c'era lì. Mi alzai, uscii sul balcone e mi accesi una sigaretta mentre elaboravo il tutto. *Cosa mai stavano facendo?* Mentre fumavo guardai verso la veranda a circa 20 metri di distanza. Chris e Joe erano intenti a preparare il barbecue e pennacchi di fumo si alzavano nella brezza. Entrambi mi sorrisero e mi salutarono.

"Ho una birra fresca che ti aspetta, Jason", gridò Chris.

"Conservala per me", risposi. "Arrivo subito".

Tornai nella stanza e chiusi il computer prima di fare una doccia veloce e di cambiarmi. Quando tornai in veranda, il giovane Jimmy era arrivato ed era raggiante da un orecchio all'altro. Portava con sé quattro grosse aragoste che aveva preso da alcuni pescatori vicino al porto. Chris mi passò una birra ghiacciata come promesso e io presi posto accanto a Joe.

La brezza mite e la piacevole atmosfera del tardo pomeriggio continuarono anche quando arrivarono il tramonto e poi la notte. In alto, la calotta di stelle, non contaminata dall'inquinamento luminoso, era chiara e distinta. Joe e Jimmy prepararono un pasto fantastico e tutti noi restammo in silenzio mentre mangiavamo. Di comune accordo, ci spostammo sul bordo della veranda per osservare il sorgere della luna sull'Oceano Indiano. Scelsi il mio momento e chiesi: "Hai del lavoro domani, Chris? Ti hanno prenotato qualche charter?".

"No", rispose. "Sembra che domani avremo un giorno libero. Posso sopportarlo...".

"Beh, è di questo che volevo parlarle", dissi. "Vorrei diventare un cliente pagante. Vorrei noleggiare la tua barca domani".

Chris mi guardò con un'espressione perplessa.

"Non devi pagarmi nulla, Jason", disse. "Ti porterò ovunque tu voglia andare, gratuitamente. Vuoi andare a pescare?".

"No", risposi seriamente. "Voglio tornare nello stesso punto in cui eravamo stamattina. Voglio immergermi lì e scoprire cosa cercavano quegli uomini".

Mentre parlava, sul volto di Chris si formò un cipiglio.

"Perché vorresti farlo?".

Avevo deciso di giocarmi le mie carte e di usare come scusa il fatto che lavoravo come investigatore di frodi assicurative.

"Chiamala curiosità", risposi. "Fa parte del mio lavoro. Immagino che quegli uomini fossero lì per cercare o trovare qualcosa e non riesco a smettere di pensarci. Potrebbe non essere assolutamente nulla, ma mi piacerebbe controllare".

La mia spiegazione sembrava avere un senso per Chris, che annuì in segno di assenso.

"Beh, certo, Jason", disse. "Io e Jimmy possiamo accompagnarti sul posto domani mattina. È il minimo che io possa fare, considerato quello che hai fatto per portare Joe qui".

"No", dissi. "Insisto. È una richiesta insolita. È giusto che paghi io".

"Bene, d'accordo. Ce ne occuperemo, ma certamente domani potremo andare là fuori e il giovane Jimmy si immergerà con te mentre io resterò a bordo".

"Ottimo", dissi, "grazie mille. Ora beviamo un'altra birra".

Capitolo Cinquanta.

Maxim Volkov si sentiva come se le sue viscere fossero state rivoltate. Non si era mai aspettato di soffrire un mal di mare così forte a bordo della nave e, di conseguenza, si sentiva debole e svuotato. Tuttavia, il fatto che Yuri e Sergei avessero fatto una scoperta sul fondo dell'oceano era sufficiente a stuzzicare ulteriormente il suo interesse e sapeva che avrebbe dovuto continuare una volta tornati al suo lussuoso alloggio. Yuri e Sergei avevano ricevuto l'ordine di non dire una parola all'autista su ciò che avevano visto, e ci sarebbe stato un incontro una volta tornati tutti a casa sua.

Nel caldo intenso del pomeriggio, l'autista li lasciò nel portico dell'elegante resort di Volkov e i tre uomini si diressero attraverso la reception verso la stazione delle buggy, dove potevano prendere un ascensore per le loro stanze. Volkov si diresse stancamente nel suo salotto e si accasciò sul comodo divano in attesa dell'arrivo di Yuri e Sergei, che stavano riponendo l'attrezzatura nelle loro stanze. I due uomini arrivarono poco dopo e il loro capo li incaricò di collegare le telecamere all'attrezzatura informatica sulla scrivania principale. Questa operazione durò 10 minuti e, alla fine, i due uomini si misero sull'attenti e lo chiamarono per visionare le riprese effettuate sott'acqua. Maxim aveva dato istruzioni esplicite di fotografare il nome della nave, se ci fosse stato, e poi di continuare con altre fotografie e video della sovrastruttura del relitto. Yuri e Sergei non avevano idea di cosa stessero cercando e stavano semplicemente seguendo le istruzioni per documentare ciò che avevano trovato.

Sentendosi leggermente meglio grazie all'aria condizionata, Volkov si alzò, si avvicinò alla scrivania e si sedette, mentre Sergei iniziava a scorrere le varie fotografie, immagini e video che avevano registrato sott'acqua. Fu nelle prime cinque fotografie che Maxim vide la targhetta sulla prua della vecchia nave arrugginita. Non c'era margine d'errore: si trattava della Perla di Alessandria. Il fatto stesso che avessero trovato il vascello lo fece alzare sulla sedia e studiare le immagini con rinnovato interesse. Per tutto il tempo aveva dubitato dell'esistenza di questo relitto, ma ora si trovava di fronte alla prova digitale che avevano effettivamente trovato la nave in questione. Questo cambiò tutto e, improvvisamente, il disagio e il dolore provati durante la giornata furono immediatamente dimenticati.

Volkov passò l'ora successiva a esaminare le fotografie, a studiarle e a copiarle sul disco rigido del suo computer. Per tutto il tempo,

Yuri e Sergei rimasero con flemma ai suoi lati, mentre lui lavorava. Alla fine, quando ebbe studiato tutti i file, li salvò sul disco rigido e disse a Yuri e Sergei di accomodarsi in sala.

"Voi uomini avete fatto un buon lavoro oggi", disse. "È della massima importanza che non diciate una parola a nessuno di ciò che avete visto. Compreso l'autista. Non deve sapere cosa avete visto sott'acqua. È chiaro?".

Entrambi gli uomini annuirono fermamente in segno di assenso.

"Devo dire che dubitavo dell'esistenza di questo relitto, ma quello che avete fatto oggi ha contribuito a dimostrare che esiste davvero. Questa è diventata una missione della massima importanza per lo Stato russo. Non so dirvi quanto sia cruciale, e voglio che lo capiate. Ora abbiamo un piccolo problema. Gli uomini che oggi ci hanno portato sul luogo dell'immersione devono essere eliminati. Come sapete, il piano originale prevedeva l'utilizzo di una barca del consolato. Purtroppo non è stato così e ora ci troviamo nella spiacevole situazione di avere dei testimoni dell'operazione di oggi. So che avete svolto i vostri compiti prestabiliti, ma stasera voglio che vi assicuriate che i tre uomini che ci hanno accompagnato stamattina vengano eliminati. Avete l'equipaggiamento per farlo e voglio che sia fatto entro la fine della giornata di domani. È chiaro?".

"Nessun problema", disse Yuri. "Inizieremo a lavorarci immediatamente e torneremo a riferirvi il nostro piano quando ne avremo uno".

"Bene, molto bene. Ora sono stanco e devo inviare queste informazioni a Mosca. Lasciatemi in pace ora e tornate da me quando siete pronti. Nessuno di quegli uomini deve essere vivo entro domani a quest'ora. Questo è tutto".

Maxim Volkov guardò i due uomini uscire dall'appartamento. Una volta che se ne furono andati, tornò alla scrivania e iniziò a compilare un'e-mail per il direttore.

Tuttavia, mentre lavorava, cominciò a pensare alle implicazioni della scoperta che avevano fatto quella mattina. Nessuno aveva più visto quella nave da oltre 85 anni. Nessuno sapeva più della sua esistenza. Era stata consegnata alla pattumiera della storia. Eppure era lì, alle Seychelles, e lui l'aveva appena trovata. Era tornata dalla morte e nelle sue stive c'era una fortuna in oro. Cinque tonnellate d'oro, per la precisione. Una quantità più che sufficiente per vivere per il resto della sua vita, e per di più in modo confortevole.

Mentre lavorava, nella sua mente cominciò a formarsi un piano. *Perché non poteva semplicemente mettere da parte una piccola parte di quell'oro per sé? Un fondo pensione, per così dire.* Era una possibilità molto allettante che non riusciva a togliersi dalla testa. Ma la data del pensionamento era imminente e non ci sarebbe stata la possibilità di recuperare l'oro per sé. *No*, pensò, *ci deve essere un modo*. Lo Stato avrebbe impiegato almeno sei mesi per organizzare un'operazione di recupero. Ci sarebbero state molte cose da organizzare e mucchi di burocrazia da sbrigare. *No, Maxim, tu conosci la verità. Conosci le procedure e conosci il premio che si trova alla fine dell'arcobaleno. Devi assicurarti una parte di questa fortuna. Te lo meriti dopo tutti questi anni di duro lavoro e dedizione. Oh sì, te lo meriti.*

Capitolo Cinquantuno.

Yuri e Sergei lavorarono diligentemente per tutto il pomeriggio e fino a sera, utilizzando i materiali di recupero che avevano portato nel Paese per costruire una bomba. Il dispositivo consisteva in un semplice ma efficace esplosivo al plastico Semtex collegato a un timer digitale. Il loro piano prevedeva di collegare il dispositivo al sistema di accensione della barca a noleggio che avevano usato quella mattina. Una volta avviati i motori dell'imbarcazione, il timer si sarebbe attivato e dopo due ore si sarebbe verificata una potente esplosione. In un colpo solo, tutti e tre gli uomini dell'equipaggio della barca sarebbero stati eliminati e la loro scomparsa sarebbe stata attribuita a un incidente in mare. Tuttavia, dovevano ancora occuparsi del quarto uomo, quello sulla sedia a rotelle. Avevano intenzione di occuparsi personalmente di lui dopo aver assistito alla partenza degli altri uomini sulla barca. Il piano era semplice, elegante ed efficace e garantiva la morte di tutti i testimoni entro la sera successiva.

Alle 19:00 telefonarono a Maxim per informarlo che erano pronti a presentare il loro piano. Maxim sembrava ubriaco e arrabbiato, ma non era una cosa insolita. Diede istruzioni di andare immediatamente a presentare il loro piano d'azione. Al loro arrivo, trovarono Maxim stravaccato sul divano con un bicchiere di cristallo di vodka in mano.

"Sedetevi, sedetevi", disse burbero. "Confido che abbiate escogitato qualcosa di fattibile".

Yuri e Sergei esposero il loro piano per l'eliminazione degli uomini, mentre Maxim si sedette annuendo e bevendo vodka. Ci furono alcune domande, come sempre, ma alla fine Maxim si sedette in avanti, sporgendosi verso di loro.

"Sì", rispose. "Mi sembra tutto a posto. Quando andrete a piazzare gli esplosivi?".

"Andremo questa sera", disse Yuri. "Partiremo alle 22:00".

"Molto bene", disse Maxim. "Fate attenzione. Non vogliamo problemi su quest'isola".

L'autista del consolato arrivò alle 22:00 in punto. Yuri e Sergei salirono sul veicolo dopo aver caricato le loro borse nere sul retro. Le istruzioni erano semplici: sarebbero stati lasciati in un luogo a 2 km dal porto e sarebbero stati prelevati solo dopo una telefonata. In questo modo, sarebbero stati liberi di muoversi nell'oscurità per entrare nel porto, localizzare la barca e piazzare la bomba.

Consapevole dell'importanza della missione, l'autista rimase in silenzio mentre guidava attraverso la giungla buia verso la piccola città di Victoria. Yuri e Sergei scesero in un punto prestabilito e si fecero strada furtivamente nelle strade buie.

La sicurezza del porto era minima, quasi inesistente, e ci vollero solo due minuti con un paio di tronchesi per entrare e muoversi nell'ombra verso il lungomare. Si accovacciarono nell'oscurità, scrutando l'area alla ricerca di guardie di sicurezza, ma sembrava che, se c'erano, fossero occupate o dormissero, dato che non c'era anima viva in vista. Gli uomini osservarono e aspettarono per un'altra ora prima di fare la loro mossa. La bella barca era a portata di mano e vi entrarono rapidamente, riponendo discretamente l'equipaggiamento accanto alla porta della cabina. Come soldati addestrati, iniziarono il loro lavoro quasi immediatamente.

Accedere al vano motore della moderna nave fu relativamente semplice, così come individuare l'impianto elettrico. In un minuto aprirono i sigilli e trovarono una posizione adatta per la bomba di fortuna. Collegare il dispositivo ai cavi e ai fili di accensione era stato semplice e nel giro di un'ora la bomba era attiva e pronta. Yuri e Sergei passarono un'altra ora a ricontrollare il loro lavoro e a nascondere qualsiasi traccia della loro presenza. A meno che non ci fosse stato un grave problema al motore, non ci sarebbe stato motivo per nessuno di entrare nel vano motore o ispezionare l'impianto elettrico, assicurando così che le loro azioni sarebbero rimaste ignorate. Una volta attivato l'interruttore di accensione, il timer avrebbe iniziato il suo conto alla rovescia e, dopo due ore, l'imbarcazione sarebbe stata cancellata da una tremenda esplosione.

Svolto il loro compito, Yuri e Sergei tornarono con cautela al molo, confondendosi nell'oscurità e nelle ombre degli edifici vicini. Ripercorsero il loro cammino, passando attraverso il buco nella recinzione e uscendo dal porto senza lasciare traccia. Erano le 2:00 del mattino quando telefonarono per avvertire l'autista, che li andò a prendere nello stesso punto in cui li aveva lasciati prima. Agli occhi di chi li guardava, sembravano solo una coppia di turisti ubriachi che si godevano la loro serata in città. Entrarono nel veicolo e guidarono nella notte fino al resort, a missione compiuta.

Capitolo Cinquantadue.

Mi svegliai alle 6:00 del mattino e presi una tazza di caffè sul balcone. Ancora una volta, la bellezza sconcertante dell'arcipelago delle Seychelles mi si parò davanti. Il lussureggiante giardino tropicale era pieno di frutti e fiori, e la rugiada sull'erba appena tagliata luccicava come un diamante al sole del mattino. Ma quella mattina sentivo l'attesa e l'eccitazione dell'ignoto. *Cosa stavano cercando quei russi? Che cosa li aveva spinti a recarsi nel bel mezzo del nulla in una posizione GPS non rivelata e a immergersi a 60 metri di profondità? Oggi lo scoprirai, Green. Oh sì, lo scoprirai.*

Dopo un'altra tazza di caffè e una doccia, mi diressi verso il corridoio e il salone, dove trovai Joe impegnato a girare per la cucina, preparando frittelle per tutti. Era un piacere vederlo felice nel suo nuovo ambiente domestico ed era chiaro che tutti gli altri si divertivano a vederlo ambientarsi. Non mi sarei mai potuto aspettare gli eventi bizzarri che mi avevano condotto lì, ma non avrei voluto che fosse andata diversamente. Mi sentivo eccitato ed euforico, pronto per le avventure della giornata. Chris e Jimmy erano allegri e parlavano animatamente al tavolo della colazione mentre mangiavamo e bevevamo altro caffè. Alle 8:30 salutammo Joe e salimmo sul veicolo per andare al porto. Il cielo era perfettamente azzurro sopra di noi e gli abitanti dell'isola continuavano ad occuparsi dei loro affari nel loro inimitabile modo rilassato. Entrammo nel porto poco dopo le 9:00 e Chris trascorse 10 minuti a sbrigare le pratiche di posta elettronica in ufficio, mentre Jimmy preparava la barca e l'attrezzatura per le immersioni.

Era passata mezz'ora e la mattina era già insopportabilmente calda quando accendemmo i motori e attraversammo il porto per entrare in mare aperto. Utilizzando le stesse coordinate GPS del giorno precedente, stabilimmo la rotta per l'isola di La Digue e Chris spinse l'acceleratore. La brezza che spirava nell'imbarcazione era ben accetta e ancora una volta sentii l'euforia e l'eccitazione formicolare nel mio corpo. Quel giorno il mare aperto era tranquillo e arrivammo sul luogo dell'immersione con 15 minuti di anticipo rispetto al giorno precedente.

"Bene", disse Chris studiando il GPS. "Ora siamo nel punto esatto in cui eravamo ieri".

Jimmy gettò l'ancora mentre io scesi sul ponte inferiore per indossare la muta. Chris scese ad assisterci e solo allora mi accorsi che Jimmy intendeva immergersi senza muta.

"Non pensi che farà freddo laggiù?", chiesi.

"Jimmy non usa mai la muta", disse Chris. "Preferisce vivere l'esperienza autentica dell'immersione sulla pelle".

"Come vuoi", dissi. "Io, per esempio, non ho intenzione di prendere freddo".

"Qual è la profondità esatta di questo posto?", chiesi.

"Ti aspettano circa 60 metri, quindi dovrai fare una sosta sulla via del ritorno per decomprimere. Sei abbastanza sicuro di te e di essere in grado di farlo, Jason?".

"Sì, sono sicuro al 100%", risposi. "E poi ho qui il giovane Jimmy che mi assiste".

"Beh, allora non c'è alcun problema. Vi auguro una piacevole immersione e vi aspetto quando avrete finito. Buon divertimento".

Chris ci aiutò a fissare gli ultimi pezzi dell'equipaggiamento e io attaccai il mio telefono alla cintura, all'interno di una custodia di plastica impermeabile che Chris ci aveva fornito. Infine, io e Jimmy ci sedemmo sul lato della barca e ci demmo il segno di "ok" prima di tuffarci all'indietro nell'acqua calda. Con un ultimo saluto a Chris, scendemmo sotto la superficie. Guardai giù nella distesa blu profonda apparentemente infinita, priva di pesci visibili. Il blu diventava sempre più scuro man mano che scendevamo in profondità, affascinandomi. Tenendo d'occhio la corda dell'ancora, Jimmy e io continuammo la nostra discesa. Jimmy, abile subacqueo, dimostrava la sua esperienza mentre i suoi muscoli si delineavano sotto la pelle color caffè. La temperatura dell'acqua si abbassò notevolmente nei primi 10 metri. Scrutai le profondità sotto di me, ma non si vedeva nulla in mezzo al blu profondo.

Al limite dei 20 metri, mi soffermai a guardare Jimmy ancora una volta. Sembrava completamente nel suo elemento e a suo agio sott'acqua, come se fosse il suo habitat naturale. Ci scambiammo il segno dell'ok e continuammo la nostra discesa nei misteriosi abissi. Fu oltre questa profondità che la avvistammo: un'enorme struttura scura che si estendeva per oltre 100 metri nel blu. Man mano che scendevamo, divenne chiaro che stavamo osservando una nave affondata. Mi voltai verso Jimmy per valutare la sua reazione e, i suoi occhi sgranati dietro la maschera, indicavano il suo stupore. *Che diavolo sta succedendo qui, Green? I russi sono venuti per questo. Non c'è dubbio.*

Raggiunta la profondità di 40 metri, mi soffermai a osservare lo spettacolo mozzafiato che avevamo davanti. La nave, in acciaio, appariva antica, con la sovrastruttura parzialmente spezzata come se si fosse fratturata durante l'affondamento, ordinatamente divisa in due sezioni. Incuriositi, nuotammo verso la prua, alla ricerca di una targhetta, una caratteristica comune sulle navi. Nonostante la nave fosse appoggiata su un fianco, riuscii a distinguere chiaramente la timoneria e le ringhiere che la circondavano. Alcuni istanti dopo arrivammo a prua. La sabbia sotto di noi era di un bianco immacolato, intervallata solo da rocce e detriti della nave. La prua triangolare incombeva su di noi mentre guardavamo verso la superficie, che a quella profondità assomigliava a un gigantesco specchio celeste argentato. La visibilità era eccezionale, con moltitudini di pesci tropicali che nuotavano con grazia intorno a noi. Consapevoli della potenziale presenza di murene e altri predatori marini, il nostro fascino superava ogni paura.

A un tratto la vidi: la targhetta con il nome, chiaramente rivettata nello scafo d'acciaio. Qualcuno aveva ripulito meticolosamente i sedimenti, rivelando le parole "Perla di Alessandria". Senza esitare, sganciai il telefono dalla cintura e scattai diverse fotografie. Soddisfatti, Jimmy e io ci allontanammo dalle vicinanze della nave, scattando altre foto dello scafo e della timoneria da diverse angolazioni. La nave era stata sommersa per un periodo significativo, come dimostravano la ruggine, i sedimenti diffusi e l'assenza di resti umani.

Con cautela, ci avvicinammo alla porta della timoneria, anch'essa arrugginita e con il vetro andato in frantumi da tempo. Feci segno a Jimmy di non muoversi mentre mi dirigevo con cautela verso l'interno, facendo attenzione agli spigoli vivi e alle schegge di metallo pericolanti. I miei occhi si adattarono gradualmente alla luce fioca, permettendo alla scena interna di rivelarsi. Tra la desolazione, erano rimasti tre scheletri, con i vestiti e la carne deteriorati dal tempo. Uno di loro sembrava riposare su un divano della plancia, con le orbite degli occhi agghiaccianti vuote. Un minuscolo granchio uscì da una delle due orbite e scomparve tra i sedimenti. Le mani scheletriche di uno degli uomini dell'equipaggio stringevano una ringhiera d'acciaio arrugginita, era messo nella mia stessa posizione. Alla ricerca di ulteriori indizi o informazioni, non trovai altro che la presenza di questi marinai senza vita. Ancora una volta, recuperai il mio telefono e scattai diverse fotografie dell'inquietante scena all'interno della timoneria.

Fu allora che il mio sguardo cadde su una collana che adornava uno degli scheletri sotto di me. Era d'argento e luccicava nella penombra. Curiosamente, il ciondolo aveva la forma di una svastica. Accigliato all'interno della mia maschera, mi allungai in avanti per recuperarlo. Tirando delicatamente, le vertebre del collo cedettero e il teschio cadde nel fondo. Guardai verso la porta e notai Jimmy in bilico, che mi osservava. Avvertendo l'oscurità e l'inquietudine del luogo, decisi di scattare qualche altra fotografia e di uscire.

Jimmy e io, nuotando lungo lo scafo, salimmo per altri 5 metri fino a raggiungere la parte spaccata della sovrastruttura. La nave era scesa a picco, la prua aveva colpito la sabbia e, il peso del carico, aveva spezzato la struttura.

Il metallo arrugginito e frastagliato segnava il punto di rottura, come se una forza colossale lo avesse fatto a pezzi, tipo un cracker di Natale. Con grande cautela, scendemmo tra i bordi taglienti dello scafo tranciato, entrando all'interno della stiva, oscura e inquietante. Era chiaro che, qualsiasi cosa vi fosse stata conservata, si era decomposta da tempo. Rimpiansi di non aver portato con me un'attrezzatura di illuminazione supplementare per esplorare meglio. Mentre scendevamo verso la sabbia coperta di detriti, notai delle casse d'acciaio, otto in tutto. Sette erano rimaste incastrate nella stiva, mentre una era fuoriuscita durante la rottura dello scafo ed era parzialmente sepolta nella sabbia. Jimmy mi seguì da vicino mentre mi avvicinavo alla cassa. In tutta l'area circostante si potevano vedere le tracce dei sommozzatori russi del giorno prima. Due robuste maniglie d'acciaio fiancheggiavano la cassa. Afferrai una maniglia con la mano destra e puntai le pinne nella sabbia per fare leva. Nonostante i miei sforzi, la cassa si rifiutava di muoversi, suggerendo un carico straordinariamente pesante. Mi chiesi se questo fosse stato l'obiettivo principale degli uomini del Wagner. Il mistero mi incuriosiva e mi affascinava completamente, facendo scivolare via il tempo mentre guardavo il baule e l'interno della stiva, con la mente che vorticava.

All'improvviso, una potente esplosione squarciò l'acqua, che percepimmo più come un colpo fisico piuttosto che udito. Sembrava che un peso colossale fosse stato scaricato sulla superficie dell'acqua sopra di noi. Il suono che si riverberava era estraneo e fuori luogo per quell'ambiente in cui, fino a qualche attimo prima, si sentiva solo il rumore delle bolle dei nostri erogatori e il nostro respiro regolare. La confusione mi si dipinse sul viso mentre guardavo Jimmy, che rispecchiava la mia stessa espressione sconcertata con occhi spalancati e impauriti. Avvertendo un pericolo imminente, feci segno di risalire verso la barca. Tuttavia, quando guardai verso l'alto, vidi dei detriti che scendevano lentamente nell'acqua blu, accennando al caos che si stava svolgendo sopra. A quel punto, non avevo più dubbi sul fatto che qualcosa fosse andato storto. Guardai Jimmy, solo per scoprire che mi fissava allarmato. Senza perdere tempo, gli feci un segno col pollice in su, indicando che dovevamo risalire immediatamente. Cominciammo a nuotare verso l'alto, lasciando il gigantesco scafo d'acciaio sotto di noi. Tuttavia, mentre risalivamo, divenne chiaro ciò che era accaduto in superficie. C'era stata un'enorme esplosione e i frantumi della barca cadevano intorno a noi. Pezzi di vetroresina, metallo contorto, tessuto e parti del motore piovevano come in una scena di un film dell'orrore.

Nonostante il caos, rimasi concentrato e continuai a nuotare verso l'alto, passando davanti ai primi segni della tragedia: una gamba mozzata che affondava lentamente nell'acqua cristallina, lasciandosi dietro una scia di nebbia rossa. Poco dopo, una mano, mozzata al polso, seguì l'esempio. Guardai Jimmy e vidi che era ormai in preda al panico. *Che cazzo sta succedendo?*

Sapendo di dover mantenere il sangue freddo, afferrai Jimmy per un braccio e lo scossi, incrociando il suo sguardo. Gli feci il segno di "ok", anche se ero ben consapevole del fatto che ogni cosa era tutt'altro che a posto. Proprio in quel momento vidi il busto di

Chris scendere lentamente nell'acqua, ad appena cinque metri da noi. Una nebbia rossa di sangue offuscava l'acqua intorno. Sapevo che questo avrebbe attirato i predatori dell'oceano, ma non mi sarei mai aspettato che arrivassero così rapidamente.

All'improvviso apparve il primo, come una visione infernale. Era uno squalo martello, lungo almeno 4 metri e mezzo, che nuotava lentamente verso di noi. Fissai il suo occhio nero, freddo e gelido, mentre passava a meno di 10 metri da noi. Sentendo il panico salire dentro di me, mi costrinsi a rimanere immobile ma, all'improvviso, lo squalo martello ruotò il corpo e si diresse verso la carne bianca e lacerata del torso sanguinante di Chris. Afferrò la cassa toracica con i suoi denti affilati, scosse violentemente la testa e scomparve negli abissi, lasciando dietro di sé una nuvola di sangue. *Ma che cazzo? Gesù Cristo!*, pensai, rendendomi conto dell'entità della situazione in cui mi ero ritrovato. Fu allora che sentii le urla sommesse di Jimmy accanto a me. Mi voltai per vedere cosa avesse attirato la sua attenzione e fui inorridito nel vedere altri tre squali emergere dal profondo blu. Il primo girò intorno a noi, in modo costante e cauto. Le creature più audaci si lanciarono in avanti, impegnandosi in una frenesia alimentare sugli intestini e su altre parti del corpo che piovevano intorno a noi.

In quel momento mi resi conto di essere intrappolato in quello che sembrava un film dell'orrore da incubo. Tutto cominciò a muoversi al rallentatore e sentii il vomito e la bile salirmi in gola, bruciando nella risalita. Jimmy, ormai in uno stato di puro panico, si dimenava con il busto per sfuggire alla mia presa, scivolando tra le mie dita. Nuotava freneticamente, cercando di sfuggire agli squali.

La perturbazione dell'acqua attirò immediatamente la loro attenzione e altre vili creature sembrarono apparire dal nulla. Era come se fossi piombato in un incubo surreale, con creature enormi che si materializzavano intorno a noi nell'acqua cristallina. Ma poi si concretizzò la mia peggiore paura. Uno degli squali bianchi più grandi si allontanò dagli altri e si diresse verso Jimmy. Guardai con orrore la sua bocca cavernosa aprirsi, rivelando centinaia di denti a forma di diamante e affilati come rasoi. La bocca gigante addentò Jimmy intorno alla vita nuda e io potei solo guardare impotente mentre i denti affondavano nella sua carne e la creatura si dimenava da una parte all'altra. La bile e il vomito riempirono il mio regolatore mentre vedevo almeno altri sei squali correre verso la frenesia alimentare, facendo a pezzi il corpo di Jimmy che si spargeva in mezzo a una nuvola di nebbia rossa e carne bianca e sminuzzata.

Capitolo Cinquantatre.

Portando con sé un pesante tumbler di cristallo di vodka, Maxim Volkov inciampò avvicinandosi alle grandi porte scorrevoli di vetro. Le aprì, lasciando che l'aria calda e umida della notte si riversasse nel salone climatizzato intorno a lui. Poteva sentire l'odore della salsedine nell'aria e il fruscio del vento tra le palme ai lati della casa. Essendo vicina la mezzanotte, l'aria era leggermente più fresca ed egli uscì sulla terrazza di legno, dirigendosi verso la vasca idromassaggio. Una volta lì, scese con cautela e immerse il suo corpo nudo nell'acqua calda. Mentre si accomodava, emise un profondo sospiro e guardò l'oscurità della notte sull'Oceano Indiano.

Nella sua mente, in preda all'alcol, non riusciva a pensare ad altro che all'oro che giaceva sul fondo dell'oceano da quasi cento anni. Cinque tonnellate di metallo prezioso, indisturbato e intatto, dimenticato dal mondo e in attesa che qualcuno lo trovasse. E quel qualcuno era stato lui. *Sì, Maxim*, pensò, *sei tu che hai trovato questo tesoro. Sei tu che devi trarne beneficio. Non fare errori, questo fa parte del tuo destino. Sì, possiederai una parte di quell'oro. La domanda è come, non quando o se"*. Maxim portò il bicchiere alla bocca e inghiottì una boccata della costosa vodka. L'alcol gli bruciava piacevolmente la gola, rafforzando ulteriormente la sua determinazione.

Rimase nella vasca idromassaggio per un'altra mezz'ora, mentre la sua mente continuava a rimuginare sull'idea delle cinque tonnellate d'oro in fondo all'oceano. Era l'una di notte quando cominciò a ridere istericamente, con la voce che risuonava nella notte come quella di un pazzo. Rise fino a quando non svenne, con il ventre rotondo che si agitava nell'acqua spumeggiante della vasca idromassaggio.

Capitolo Cinquantaquattro.

Era successo tutto troppo in fretta, e mi ero ritrovato in una scena di orrore inimmaginabile: da solo, nell'oceano, circondato da squali, a 60 km dalla terra più vicina. Il mio compagno di immersione, che avevo appena visto fare a pezzi da un branco di squali affamati. Il capobarca, che era stato dilaniato sopra di me, e la barca in frantumi, i cui detriti piovevano intorno a me cadendo sul fondo dell'oceano sottostante. A più riprese mi ero detto che doveva trattarsi di una specie di incubo bizzarro, che non stava accadendo davvero a me. Purtroppo era tutto troppo reale e rimasi immerso nell'acqua, congelato dal terrore. Capii allora che rimanere immobile sarebbe stata la mia migliore possibilità di sopravvivenza e che agitarmi in preda al panico sarebbe servito solo ad attirare i superpredatori che mi circondavano.

Ingoiando la bile che mi riempiva la bocca, mi irrigidii e regolai lentamente il mio dispositivo di galleggiamento per aiutarmi a risalire lentamente in superficie. La scena e l'orrore inimmaginabile, provato nel vedere il giovane Jimmy fatto a pezzi dagli spietati predatori, si erano impressi nella mia mente e, in quel momento, lottai per mantenere la mia salute mentale. Ci volle uno sforzo enorme per distogliere lo sguardo dagli squali che volteggiavano e guardare verso l'alto ma, alla fine, quando lo feci, vidi lo specchio bianco e scintillante della superficie non molto sopra di me. *Ma cosa avrei fatto una volta arrivato lì?* Non c'era nessuna barca, nessuna zattera di salvataggio, niente, solo acqua aperta per chilometri e chilometri. Non avevo altra scelta che continuare a risalire e mi guardai ancora una volta intorno, osservando con cautela le orrende creature che si erano moltiplicate in modo esponenziale, attirate dall'odore del sangue. Quel giorno avevano perso la vita due umani e la frenesia alimentare era in pieno svolgimento sotto di me. La mia paura più grande era quella di essere il prossimo a finire nel menù.

Stai calmo, Green. Per l'amor di Dio, stai calmo. Se vuoi superare i prossimi minuti, è meglio che tu stia calmo. Ma tutto ciò a cui riuscivo a pensare erano quelle fauci sorridenti e spalancate che mi laceravano la carne. Il terrore non si placava, qualunque cosa facessi o mi dicessi. Non avevo idea di quanto tempo fosse passato, ma alla fine riuscii a emergere, accecato all'istante dall'intensa luce del sole e dal riflesso dell'acqua. Nella mia mente, però, tutto ciò a cui riuscivo a pensare erano i mostri che giravano sotto di me. Bastava una scalfittura sulla mia pelle, una goccia di sangue, e sapevo che mi avrebbero sbranato senza pietà.

Con grande sforzo, adattai la mia vista nel passaggio da sott'acqua alla superficie e mi guardai intorno alla ricerca di qualcosa che potessi afferrare per aumentare il galleggiamento. Ma non c'era nulla, non c'erano tracce della barca in vista. Mi girai lentamente, sperando disperatamente di trovare qualcosa a cui aggrapparmi, consapevole del fatto che, sbattere gli arti in superficie, mi avrebbe reso un bersaglio appetitoso per gli squali. Mi costrinsi a calmarmi e a respirare. Poi lo vidi: uno scafo di un metro e mezzo, in fibra di vetro, attaccato a uno spesso isolante giallo, che galleggiava a soli 10 metri da me. Immediatamente capii che era la mia unica speranza di uscire dall'acqua e allontanarmi dagli squali. La corrente mi spingeva sempre più lontano e sapevo che, se non avessi agito immediatamente, sarebbe presto scomparso dalla mia vista e si sarebbe allontanato per sempre.

Abbassai di nuovo la maschera nell'acqua e vidi gli orrori sotto di me che continuavano a volteggiare, avvicinandosi lentamente. Non sarebbe passato molto tempo prima che si rendessero conto che la frenesia alimentare era finita e che, se avessero voluto continuare, il prossimo sarei stato io. Con il più lieve dei movimenti, iniziai a pinneggiare verso il pezzo di vetroresina galleggiante, tenendo sempre d'occhio l'incubo sotto di me. Dopo quella che mi sembrò un'eternità, la mia testa urtò contro il bordo frastagliato dello scafo. *Per l'amor del cielo, Green, ti sei appena fatto uscire un po' di sangue nel peggior posto possibile*, pensai tra me e me. Ma mantenni la calma e mi tirai lentamente su, sopra il pezzo di vetroresina. Per fortuna lo spessore dell'isolante sollevò il mio corpo e rimasi a pancia in giù con le gambe ancora a penzoloni nell'acqua.

Rimuovere il mio autorespiratore sarebbe stato difficile e pericoloso, perché avrebbe richiesto molti movimenti e schizzi che potevano attirare le creature sottostanti. Ma non avevo scelta, così perseverai fino a quando non lo rimossi e lo posizionai di fronte a me sulla vetroresina. Fu allora che mi resi conto che c'era solo una persona al mondo che sapeva che eravamo là fuori quel giorno: Joe. Ma non aveva idea di dove fossimo, e nessuno si aspettava che lo sapesse. Per la prima volta in vita mia, mi sentii assolutamente solo.

Deciso a non entrare nella catena alimentare, avanzai con cautela sulla lastra instabile di vetroresina. Il peso extra della parte superiore del corpo, combinato con l'autorespiratore, fece immergere parzialmente la parte anteriore della lastra e, accidentalmente, respirai e ingoiai l'acqua del mare. Passai i successivi 5 minuti a tossire e ad emettere suoni striduli, con il sapore della bile che mi bruciava in fondo alla gola. Non volendo rischiare che una parte del mio corpo rimanesse in acqua, portai i piedi in alto e li tenni in quella posizione. Finalmente ero fuori dall'acqua, anche se la maggior parte del mio corpo era ancora parzialmente sommerso a una profondità di circa 10 centimetri.

Una volta calmato l'attacco di tosse, cominciai a valutare la mia situazione. Era a dir poco desolante. Mi trovavo a 60 km di distanza dalla terraferma più vicina, senza che nessuno fosse a conoscenza della mia posizione o di ciò che era accaduto. Ero in balia dell'oceano e delle correnti. Sentendo già la sete, mi guardai cautamente intorno alla ricerca di bottiglie d'acqua galleggianti o di qualcosa da bere, ma non c'era nulla. Solo un'infinita distesa d'acqua a perdita d'occhio. Il terrore di ciò che avevo visto non mi abbandonava e la mia mente mi giocava brutti scherzi, intravedendo pinne di squalo in ogni onda appuntita che vedevo. Ancora e ancora mi ripetevo che non era reale. *Devi concentrarti, Green. Se vuoi avere qualche possibilità di uscire vivo da questa situazione, devi concentrarti, cazzo!*

A quel punto mi resi conto della potenza del sole e del calore rovente che esso generava, circondandomi. Per fortuna avevo scelto di indossare una muta, ma la gomma nera del neoprene attirava ancora di più il calore e, il sole, mi batteva addosso senza pietà. Era una situazione tutt'altro che ideale, ma almeno ero fuori dall'acqua, momentaneamente al sicuro dai predatori affamati che si aggiravano sotto di me.

Capitolo Cinquantacinque.

"Il lavoro è stato eseguito?", chiese Volkov.

"Sì, signore. Tutto è stato fatto secondo le sue disposizioni", rispose Yuri.

"E sei sicuro che non ci siano questioni in sospeso da risolvere?".

"No, signore. Tutto è stato sistemato. Al cento per cento".

"Molto bene", disse Volkov con soddisfazione. "Mi sono messo in contatto con Mosca, che è molto soddisfatta di quanto abbiamo scoperto qui. Li contatterò di nuovo e credo che potremo partire entro 24 ore. Complimenti per il vostro lavoro, vi manderò un messaggio non appena saprò l'ora della partenza. Ora potete andare".

Yuri e Sergei annuirono bruscamente, poi si diressero verso la porta e uscirono dalla lussuosa casa. Volkov gemette e si strofinò gli occhi. Aveva i postumi di una sbornia tremenda, mai provata prima. Tuttavia, una cosa positiva era che la sua sindrome dell'intestino irritabile sembrava essersi risolta. I terribili sintomi si erano attenuati e lui li attribuì al cibo più sano che aveva mangiato da quando era arrivato sull'isola. Era un vantaggio inaspettato, ma la sua mente era preoccupata da ciò che lo aveva consumato dopo la scoperta nell'oceano.

I due muscolosi uomini del Wagner non avevano idea del motivo per cui si trovassero lì, ma Volkov capì che entrambi sarebbero stati fondamentali per i suoi piani futuri. Adesso il suo problema era in che modo eseguire il piano che aveva formulato nella sua mente. Si alzò tremando e si diresse verso il bar per prendere una bottiglia di acqua minerale. Arrivato al bancone, notò la bottiglia di vodka quasi vuota della sera precedente e trasalì visibilmente.

Portò il bicchiere d'acqua con sé verso le grandi porte scorrevoli e guardò le acque blu brillanti dell'Oceano Indiano. Aveva già deciso di prendere una parte dell'oro scoperto. Il problema era come farlo, il ché rappresentava un proposito difficile dal momento che era ancora alle dipendenze dello Stato russo. Tuttavia, da un po' di tempo, stava maturando nella sua mente un'idea fattibile, soprattutto in considerazione delle sue attuali condizioni di salute. Il macchinatore era ben consapevole di non essere un uomo sano e, questo, poteva essere sfruttato a suo vantaggio, se fosse riuscito a pianificare attentamente tutto. Se ci fosse riuscito, avrebbe potuto mettere in pratica la sua idea e Maxim Volkov sarebbe stato sistemato per il resto della sua vita. *Sì*, pensò tra sé e sé, *certo che te lo meriti, Maxim. Una vita di duro lavoro e dedizione. Te lo meriti e lo avrai. Dio mi è testimone, l'avrai...*

Capitolo Cinquantasei.

Il panico e l'orrore per la situazione cominciarono a diminuire verso le 15:00 di quel pomeriggio. Le caviglie, le mani e la nuca erano già terribilmente scottate dal sole a causa della scomoda posizione sulla lastra di vetroresina. Il mio corpo prudeva in modo incontrollabile sotto il neoprene della muta ma, almeno, ero al sicuro dagli squali. Finalmente riuscii a valutare con calma la mia situazione, a riflettere e ad allontanare dalla mia mente, almeno per un po', l'orribile ricordo della morte di Jimmy.

Guardai l'orologio e vidi che ero bloccato in mezzo all'oceano da ben sei ore e, in tutto questo tempo, non avevo visto un solo segno di vita. Nemmeno un gabbiano era volato sopra di me, per non parlare della vista della terraferma. Mi resi conto di non avere idea della direzione in cui stavo andando alla deriva. E di sicuro stavo andando alla deriva, ne ero certo. Mi resi conto che sarei potuto andare alla deriva sempre più al largo, una prospettiva troppo terribile da contemplare.

In alcune occasioni avevo indossato gli occhialini e avevo guardato cautamente sott'acqua per verificare la presenza di squali. Fortunatamente sembravano scomparsi e, questa, fu una breve ma gradita tregua dal terrore della mattina. Fino a quel momento non avevo avuto tempo di pensare alle circostanze che avevano portato a questa situazione. Ma di una cosa ero certo: l'esplosione non era stata un incidente, e il gioco sporco era davvero parte di ciò che era accaduto. La colpa era quasi certamente dei russi e non avevo dubbi che avessero intenzione di ucciderci tutti.

Tuttavia, fu in quel momento che vidi un'ombra nell'acqua sotto di me. Il mio cuore affondò ancora una volta mentre rivivevo il terrore di vedere gli squali che mangiavano Jimmy ancora vivo. Per essere sicuro, indossai gli occhialini e feci una breve capatina in acqua. Ma quello che vidi non era uno squalo, bensì un barracuda gigante. La brutta creatura sembrava essere emersa dagli abissi direttamente verso di me e mi accorsi delle doppie file di denti che potevano infliggere terribili ferite. Sentendo l'urgenza di proteggermi, afferrai l'autorespiratore e lo tenni per la valvola, pronto a colpire il naso della creatura se si fosse avvicinata troppo. Il pesce doveva essere lungo almeno un metro e mezzo e mi girava intorno con il suo esile corpo argentato che scintillava alla luce del sole, mostrando i suoi due grotteschi gruppi di denti affilati come lamette. Sapevo che i barracuda sono pesci aggressivi e sono noti per i loro attacchi agli esseri umani. La mia preoccupazione era che, se fossi stato morso in una qualsiasi parte del corpo, avrei sanguinato, ponendo un altro grave problema: altri squali.

Sentendomi completamente impotente, urlai ad alta voce e spinsi l'autorespiratore verso di lui. Chiaramente spaventato, il pesce si allontanò nel blu e non lo vidi più. Così, in quella posizione scomoda, a pancia in giù e con i piedi sollevati, rimasi sdraiato, immerso nell'acqua per metà, per le due ore e mezza successive. In quel lasso di tempo, cominciai a cercare di capire in che direzione stavo andando alla deriva, ma non c'era verso di capirlo. Per farla breve, ero lì, intrappolato e solo, completamente isolato nel mezzo dell'Oceano Indiano, con poche o nessuna speranza di essere salvato.

Rimasi sdraiato in questa situazione disastrosa, con l'acqua che lambiva i bordi frastagliati della lastra di vetroresina, mentre il sole iniziava a tramontare. Strangamente, era uno dei tramonti più belli che avessi mai visto. A ovest si era formata una serie di nuvole basse e l'intero cielo era diventato giallo oro, con i raggi del sole che scendevano con una bellezza celestiale. Ma l'oscurità imminente portava con sé le proprie paure. Molte creature del mare sarebbero salite in superficie per nutrirsi durante la notte.

A quel punto avevo molta sete e sentivo la lingua gonfiarsi in bocca. Era pericoloso essere bloccati in mezzo all'oceano e l'unica consolazione era che, la morte, sarebbe stata molto più lenta. Per mitigare il terrore assoluto che provavo, chiusi gli occhi e cominciai a immaginare tempi più felici. Mi ripetevo di stare calmo, perché il panico non mi avrebbe aiutato. Rimasi così, semisommerso nell'acqua salata per un bel po' di ore e, quando aprii gli occhi, era notte. In alto, un baldacchino di stelle punteggiava il cielo con una tale bellezza che era impensabile che io fossi sotto di loro a soffrire di una così grande paura. L'acqua si era calmata fino a diventare un leggero moto ondoso e tutto era tranquillo.

Sentendomi impotente e stranamente annoiato, allungai la mano sulla lastra di vetroresina immergendo il braccio dentro l'acqua. Quasi immediatamente, dietro la traiettoria della mia mano, si era acceso un bagliore verde di plancton microscopico. Il colore era simile allo smeraldo e appariva onirico e psichedelico. Mi ritrovai a farlo più volte con entrambe le mani. Fu allora che ebbi l'idea di nuotare verso il punto in cui sapevo che si sarebbe trovata la terraferma. Avevo visto la direzione del sole al tramonto e sapevo che eravamo a 60 chilometri a est dell'isola di La Digue quando avevamo gettato l'ancora.

Con cautela, abbassai le gambe e iniziai a pinneggiare verso ovest. Mentre lo facevo, guardai dietro di me per vedere la massa vorticosa di plancton verde incandescente nell'acqua. Ma poi mi venne in mente che stavo creando una specie di faro sulla superficie dell'oceano, che avrebbe attirato qualsiasi creatura marina in agguato nelle profondità.

Mi stavo rendendo inutilmente un bersaglio, così cambiai immediatamente idea e smisi di farlo. Il fatto di non poter nuotare mi provocò un'ulteriore sensazione di disperazione e, afflitto, sollevai di nuovo i piedi e mi sdraiai in silenzio.

Ad ogni modo, provenendo dal caldo del giorno, l'atto di smettere di nuotare fece abbassare improvvisamente la mia temperatura corporea e cominciai a sentire freddo. Dopo mezz'ora di stallo, i miei denti cominciarono a battere in modo incontrollato e non potevo fare altro che tendere il corpo, chiudere gli occhi e fare del mio meglio per superare la notte da vivo. Sebbene fossi stanco morto, estremamente assetato e affamato, dormire era del tutto impossibile. In effetti non osavo dormire dato che, se mi fossi addormentato, avrei rischiato di cadere dalla precaria lastra di vetroresina e di finire in acqua. Nell'oscurità, avrei potuto perdere la lastra e sarei sicuramente annegato.

In questo stato semicomatoso e onirico, rimasi lì, mezzo fradicio, per sei ore. All'improvviso, nel cuore della notte, sentii un colpo sul fondo della lastra di vetroresina. Mi svegliai di soprassalto e mi resi conto di avere la bocca serrata. Qualcosa aveva colpito la lastra di vetroresina da sotto e non avevo idea di cosa fosse. Aprii gli occhi in preda al panico e combattei l'impulso di urlare quando vidi che ero circondato da grandi vortici di plancton microscopico e luminoso. Ma non ero io a creare quei vortici e non avevo idea di quali creature li stessero provocando.

Intorno a me c'erano vivide esplosioni di luce nell'acqua. Mi alzai per osservarle e notai che apparivano a caso in un raggio di 10 metri da dove mi trovavo. La paura che provavo era incredibile e mi aspettavo di essere colpito da una creatura gigante da un momento all'altro. In quell'istante, sapevo di aver toccato il fondo come mai in tutta la mia vita. Non mi aspettavo davvero di sopravvivere alla notte, tanto meno di riuscire a raggiungere la terraferma.

Capitolo Cinquantasette.

I tre uomini russi attraversarono il piazzale di cemento sotto il sole cocente, diretti verso l'aereo in attesa. Salirono una breve scalinata ed entrarono nell'elegante jet, mentre il pilota chiudeva la porta dietro di loro. Ci vollero circa 30 minuti perché l'aereo decollasse in un cielo perfettamente azzurro e senza nuvole. Maxim Volkov era seduto a rimuginare, fissando fuori dal finestrino l'oceano infinito sottostante. Nella sua mente aveva formulato un piano, ma aveva bisogno dell'aiuto dei due uomini del Wagner per metterlo in atto. Per oltre 24 ore aveva elucubrato e si era occupato di questo piano, ma alla fine sapeva che era il momento giusto per fare la sua proposta.

Yuri e Sergei erano entrambi completamente ignari del motivo del loro viaggio alle Seychelles e delle successive immersioni al relitto. Il piano di Volkov consisteva nel convocare una riunione con i due uomini e spiegargli il vero scopo del viaggio. Poi gli avrebbe proposto l'idea, offrendo un'ingente somma di denaro per unirsi a lui nella missione di recupero di almeno una delle casse d'acciaio.

Una hostess uscì dalla cambusa e servì agli uomini bevande e cibo, che Volkov consumò in silenzio. Era passata un'ora dal decollo quando Maxim fece capolino nella cabina anteriore e parlò ai due mercenari seduti.

"Entrambi", disse, "tornate nella mia cabina. Ho bisogno di parlarvi".

I due uomini si alzarono, con un'espressione sorpresa, e lo seguirono nella sua cabina privata. Una volta lì, Volkov, solitamente burbero, offrì loro dei posti a sedere e chiese se erano comodi. Un po' confusi, Yuri e Sergei annuirono, indicando che erano perfettamente a loro agio. Intuendo che era il momento giusto, Volkov decise di esporre il suo piano ai due uomini. Con un rapido sguardo verso la cabina anteriore, si chinò in avanti sul sedile, appoggiando i gomiti sulle ginocchia prima di parlare.

"Ora, Yuri e Sergei", disse, "voglio che mi ascoltiate molto attentamente. Non conoscete lo scopo della nostra visita alle Seychelles e non avete idea del perché vi sia stato ordinato di immergervi in quella nave affondata. Beh, vorrei informarvi che la nave è di grande importanza. Talmente importante che lo Stato ha deciso di mandarci qui per verificare se fosse reale o meno".

Incuriositi, Yuri e Sergei si chinarono in avanti, ascoltando con attenzione il loro capo.

"Ora, ascoltate", continuò. "Quella nave, la Perla di Alessandria, è scomparsa subito dopo la Seconda guerra mondiale. Da allora è stata persa e quasi completamente dimenticata. Questo fino a quando una delle nostre navi russe non ha rilevato un'anomalia sul fondo dell'oceano, che corrispondeva alle dimensioni e alla forma della suddetta nave. Ora, signori, devo dirvi che la nave trasportava 8 tonnellate di oro puro. Infatti, la cassa che avete fotografato, quella che avete cercato di sollevare, è una di queste. Sono sicuro di non dovervi dire quanto vale quest'oro, ma lasciatemi dire che si tratta di circa 360 milioni di dollari americani. Ora, signori, come avrete capito, la mia salute non è molto buona in questi giorni e sto pensando di ritirarmi dall'FSB. Ma quello di cui voglio parlarvi, in privato, è l'oro. Nessuno al mondo sa che c'è, tranne noi tre e il direttore dell'FSB. Quello che sto suggerendo è che nulla ci impedisce di tornare lì e rimuovere una di quelle casse. Se lo facessimo, non si saprebbe mai e diventeremmo tutti molto, molto ricchi. Naturalmente, lo Stato lancerà un'operazione di recupero prima o poi, ma ci vorranno almeno 6 mesi, forse anche di più, per organizzarla e avviarla. La mia proposta è che noi tre formiamo un'alleanza, una sorta di impresa commerciale. Io chiederò il pensionamento anticipato per motivi di salute. Voi due lascerete il gruppo Wagner e scomparirete. Ora, signori, ho i soldi e le risorse per finanziare un'operazione di recupero. Non sto suggerendo di tentare di rimuovere tutte le casse, che sono 8 in totale. No, sarebbe avido, capite? Quello che suggerisco è di tornare prima che lo Stato possa arrivarci e di prendere solo una cassa. Ho fatto i calcoli e ritengo che l'oro contenuto in una sola cassa valga quasi 60 milioni di dollari. Signori, sono certo che non c'è bisogno di dirvelo, ma si tratta di una fortuna, diversa da qualsiasi altra cosa possiate sperare di vedere nella vostra vita. È alla nostra portata. Possiamo tornare qui entro un mese, 6 settimane al massimo. Sarà una semplice operazione di recupero rimuovere una di quelle casse. Pensateci. Nessuno se ne accorgerà. Scompariremo semplicemente con i nostri soldi e non ci vedranno mai più".

I volti di Yuri e Sergei erano fissi e concentrati. Era evidente che gli argomenti trattati da Volkov avevano scatenato la loro curiosità.

Il loro capo aveva ragione: si trattava di una somma di denaro sbalorditiva, una cifra mai vista prima. Abbastanza da permettere a ciascuno di loro di vivere in qualsiasi parte del mondo. I due uomini si sedettero, completamente assorti nei loro pensieri, ma fu Yuri a parlare per primo.

"E non ci sarebbe il rischio di essere scoperti?", chiese.

"Assolutamente no", replicò Maxim. "Come ho detto, lo Stato impiegherà almeno 6 mesi per organizzare un'operazione di recupero di quella portata. Potrebbe anche volerci un anno prima che ci arrivino. Voi due non avete legami e siete liberi di andarvene in qualsiasi momento. Per quanto mi riguarda, ho a disposizione una carta per uscire di prigione. La mia salute non è buona da un po' di tempo e, con una semplice lettera del mio medico, sono sicuro che mi verrà concesso il pensionamento anticipato di cui ho bisogno e che merito. Una volta fatto questo, nulla ci impedirà di tornare qui. Come ho detto, ho i soldi e le risorse per finanziare un'operazione di recupero di una sola di quelle casse. Non saremmo in concorrenza con lo Stato o con qualsiasi altra cosa che io conosca. Arriveranno a tempo debito e recupereranno semplicemente le casse, completamente ignari del fatto che li abbiamo preceduti. Vedete bene questo quadro, signori? È troppo bello per essere vero!".

Yuri si girò sulla sedia e fissò brevemente Sergei prima di parlare.

"Beh, signore", disse, "non posso parlare a nome di Sergei, ma le dico subito che può contare su di me. Non ci sarà mai un'altra occasione come questa e sembra quasi troppo facile. Sì, capo, sono d'accordo al 100% con questo piano".

Passarono meno di 10 secondi di contemplazione prima che Sergei parlasse.

"Entrambi abbiamo diritto a una licenza quando torneremo a Mosca", disse. "Ci dia le istruzioni su dove andare e noi saremo lì. Mi unirò a voi in questa missione e sono molto felice di farlo".

Capitolo Cinquantotto.

Ripresi conoscenza qualche tempo prima dell'alba e, nell'oscurità, accettai che sarei morto là fuori. Avevo pensato di lasciare semplicemente che il mio corpo cadesse dalla lastra di vetroresina e andasse alla deriva, così almeno la mia morte sarebbe stata più rapida. Questi pensieri si erano susseguiti nella mia mente per un'ora buona, finché una voce dal profondo dentro di me mi disse di non arrendermi. Mi lasciai scivolare di nuovo in uno stato di semi-coscienza in cui le mie paure mi disturbavano meno e la mia sete bruciante era dimenticata. Non avevo idea di quanto tempo fosse passato da quando ero stato svegliato dal sole nascente.

Dopo ore di buio, la semplice vista dell'orizzonte che diventava rosa dietro di me fu una delle più grandi benedizioni che avessi mai sperimentato. Quella vista mi aveva dato speranza, anche se il mio corpo era vicino a spegnersi. La speranza dentro di me crebbe e iniziai a pianificare una possibile via d'uscita. L'esplosione della barca era avvenuta a 60 km a est dell'isola. Non avevo idea della direzione in cui ero andato alla deriva durante la notte ma sapevo che dovevo provare a nuotare per raggiungerla. Finché avessi tenuto il sole nascente dietro di me, avrei nuotato verso ovest e ci sarebbe stata una possibilità, per quanto minima, di vedere la terra.

Prima ancora che il sole si stagliasse all'orizzonte, lasciai cadere le pinne nell'acqua dietro di me e cominciai a scalciare. Nonostante il mio corpo completamente esausto e la paura degli squali, continuai a muovermi, calciando lentamente con gli occhi chiusi, aprendoli solo per controllare se mi stavo ancora muovendo nella giusta direzione. Qualche ora dopo iniziò il caldo del giorno e mi sembrò che tutto il mio corpo fosse disteso sui carboni di un altoforno. La pelle esposta delle caviglie, delle mani e della nuca bruciava ferocemente sotto il sole.

Eppure, nella mia mente, non c'era altro da fare che perseverare e andare avanti. Non avevo idea di quanto tempo fosse passato ma, diverse ore dopo, aprii gli occhi per vedere il sole direttamente sopra di me. A quel punto, mi sembrava che il mio corpo venisse mangiato vivo dall'acqua salata e il dolore che provavo era lancinante. Malgrado ciò, scalciai e scalciai, stringendo i denti mentre stavo lì ad arrostire sotto il sole di mezzogiorno.

In quel momento guardai davanti a me nella direzione in cui stavo nuotando e, con mia grande sorpresa, vidi un piccolo ciuffo verde all'orizzonte. *Poteva essere l'isola? Poteva essere davvero La Digue o stavo solo avendo delle visioni?* Ci vollero diversi minuti per convincermi che non si trattava di un sogno e che, quella che vedevo in lontananza, era proprio l'isola di La Digue. La sua vista fu un tonico per la mia anima e capii subito che c'era speranza. Tuttavia, non avevo idea della distanza che mi separava dall'isola. Sapevo solo che dovevo farcela, a qualunque costo. Ma il fatto era che, a quel punto, avevo superato le 24 ore, ero esausto e pericolosamente disidratato.

Fu allora che cominciai a sentire di stare perdendo la mia salute mentale e, il mio cervello, si era riempito di pensieri irregolari. Per quanto cercassi di combatterli, continuavo a scivolare in uno strano tipo di sogno a occhi aperti. A un certo punto, per poco, non caddi dalla lastra di vetroresina, ma mi raddrizzai subito, mi schizzai il viso con l'acqua del mare e ricominciai a scalciare. Con la lingua due volte più grande del solito e le labbra doloranti e piene di vesciche, continuai a proseguire nel caldo torrido della giornata.

A quel punto, ogni centimetro della mia pelle era rugoso e si stava sfaldando e, ancora una volta, mi sentivo come se fossi stato mangiato vivo dall'acqua salata. La mia vista si offuscò e persino il suono dello sciabordio dell'acqua intorno a me cominciò a riecheggiare nelle mie orecchie. Non sapevo quanto tempo fosse passato, ma sentii un suono che riconobbi dietro di me. Non c'era dubbio che si trattasse del rumore di un elicottero. Immediatamente mi girai per guardare in alto e fui accecato dal sole, ma vidi ugualmente l'elicottero che si stava avvicinando da est. Non c'era da sbagliarsi e sapevo di non avere le allucinazioni.

L'altitudine del velivolo era tale che dubitavo che potesse vedermi in mezzo all'immensa distesa blu dell'Oceano Indiano. Sapevo però che dovevo cercare di mandargli dei segnali con qualcosa di riflettente. Tirai la mia bombola verso di me e cercai freneticamente di usare il quadrante del mio orologio e il mio regolatore per far riflettere la luce del sole verso il pilota. Improvvisamente una molla di speranza si era fatta strada dentro di me, quando pensai che avrei potuto salvarmi. Purtroppo però, l'elicottero continuò a volare lungo la sua traiettoria e non rallentò nemmeno una volta. Lo guardai passare sopra di me e proseguire verso l'isola, mentre un terribile senso di cupezza e di disperazione scendevano ancora una volta su di me. *Non ti stanno cercando, Green. Non sanno che sei qui. Non sanno che c'è stata un'esplosione. Se fosse stata una squadra di ricerca, non si sarebbe mossa in una sola direzione e così velocemente. Era un normale volo commerciale e non aveva nulla a che fare con una missione di ricerca e salvataggio.*

Sentendomi completamente sconfitto, mi girai di nuovo a pancia in giù e ripresi la terribile fatica di scalciare verso l'isola lontana. Non avevo idea di quanto tempo fosse passato quando alzai di nuovo la testa e guardai verso l'isola. Con mia grande sorpresa, il terreno era raddoppiato e mi resi conto che stavo facendo dei veri progressi.

Pensai che la corrente mi stesse aiutando e questo mi spronò a continuare. Cominciai a spingere sempre più forte, muovendo le pinne nel tentativo di ridurre lo spazio tra me e l'isola.

A mia insaputa, le pinne mi stavano sfregando le caviglie, le quali avevano cominciato a sanguinare copiosamente nell'acqua. Sapevo che gli squali possono sentire l'odore di una goccia di sangue in un milione di gocce d'acqua di mare ma, poiché non avevo idea del fatto che stessi sanguinando, continuai a scalciare. Circa 20 minuti dopo, vidi un'orribile pinna triangolare alla mia sinistra. All'inizio avevo pensato che fosse una specie di giocattolo, forse un pezzo di plastica che galleggiava nell'acqua. Ben presto, invece, mi resi conto che si trattava di uno squalo, per di più di grandi dimensioni. Il mio cuore affondò alla vista di quell'orribile creatura. Come potevo essere tormentato per due giorni di seguito da queste vili bestie?

Solo allora guardai dietro di me e vidi il sangue che scorreva sulla mia muta. Ancora una volta non potevo scalciare, non potevo nuotare ed ero ormai in balia delle correnti. Gli squali che mi circondavano scomparvero, per fortuna, e io rimasi lì, in uno stato di completa stanchezza e disperazione, aggrappato ad un lato della lastra. La cosa più difficile era la consapevolezza che gli squali erano vicini e che, ogni mio tentativo di nuotare, li avrebbe riportati numerosi. Mi sdraiai ancora una volta e scivolai in uno stato semi-comatoso.

Nel tardo pomeriggio sentii il rumore delle onde. A quel punto, ero alla deriva nell'oceano da 29 ore consecutive e le forze rimaste in me erano davvero poche. Sollevai la testa e aprii lentamente gli occhi, solo per vedere un altro orrore davanti a me. Non c'era nessuna spiaggia sabbiosa dove poter galleggiare dolcemente. La corrente mi aveva trascinato verso il lato nord dell'isola, dove le onde si infrangevano su enormi rocce frastagliate. Affilate come lame, nere e scintillanti, emergevano dall'acqua come i denti di una bestia gigantesca. L'acqua sbatteva ripetutamente contro queste rocce e gli spruzzi si alzavano in aria come code di gallo.

In quel momento non potei fare altro che ridere, rassegnandomi al mio destino. Lottare contro la corrente avrebbe solo attirato gli squali, mentre seguire la corrente avrebbe portato a una morte certa e dolorosa.

Capitolo Cinquantanove.

Maxim Volkov sfoggiava un mezzo sorriso sornione mentre spalava il mangime per maiali nel recinto riscaldato della sua piccola aia, situata sul retro della sua modesta abitazione a Mosca. Fuori, le temperature rimanevano pericolosamente fredde, spingendolo a trasferire il suo bestiame di maiali, galline e capre nella stalla per i lunghi e bui mesi invernali. L'aia era una fonte di conforto e di fuga dalle pressioni del lavoro e del mondo esterno. Maxim amava questo spazio, dove poteva prendersi cura dei suoi amati animali e trovare tregua dalle continue prese in giro e sollecitazioni della moglie Ulyanka.

Cinque giorni prima, Maxim aveva presentato la sua lettera di dimissioni all'FSB, adducendo gravi problemi di salute. Questo segnava la fine della sua carriera nell'agenzia. La notizia del ritrovamento della nave scomparsa, la Perla di Alessandria, aveva attenuato in parte il colpo. Nonostante il dispiacere e le promesse di bonus, Maxim sapeva che sarebbero stati insignificanti nel grande schema delle cose. Con una lettera del suo medico curante che lo esonerava da ogni incarico, aveva trascorso il giorno seguente a impacchettare il suo lussuoso ufficio e a trasferirne il contenuto a casa.

Tuttavia, le sue dimissioni non avevano fatto affatto piacere a Ulyanka. La sua reazione immediata fu di delusione, scherno e disprezzo. Lo accusò ripetutamente di debolezza e lo rimproverò ogni giorno dal momento in cui lui le aveva comunicato le sue dimissioni. Ciononostante, il pensiero di tornare alle Seychelles con i due uomini del Wagner, per recuperare una delle casse d'acciaio, occupava completamente i pensieri di Maxim. La prospettiva di un'ingente somma di denaro lo attendeva, una fortuna sfuggente che credeva di meritare come ricompensa per i suoi anni di duro lavoro e dedizione. Il fatto che nessuno avrebbe scoperto il loro segreto lo rendeva ancora più dolce.

Durante l'ultima settimana si era imposto di stare lontano da Ulyanka. Spesso usciva in macchina la mattina presto, lavorando al cellulare e al portatile per prendere gli accordi necessari con Yuri e Sergei. Quando tornava a casa, la maggior parte dei pomeriggi, cercava invece la solitudine nell'aia, lontano dalla moglie assillante. Immaginava un futuro in cui Ulyanka si sarebbe ritrovata da sola, vivendo in un monolocale nella zona sud di Mosca. *Che stronza!* pensò. *Si merita ogni minuto di solitudine che avrà da quel momento in poi. E può cucinare tutto il suo disgustoso borscht che vuole. Grassa puttana!*

Maxim aveva anche frequentato i suoi fast-food preferiti, che avevano scatenato nuovamente i sintomi della sindrome dell'intestino irritabile (IBS).

Eppure, nulla poteva smorzare la sua eccitazione per il futuro: una riserva di denaro così immensa che non avrebbe più dovuto preoccuparsene. Aveva persino pensato di acquistare un nuovo yacht a motore, per di più grande e costoso. Sebbene avesse già la sua amata barca da crociera ormeggiata nel porto di Zara, in Croazia, l'ingente somma di denaro che avrebbe presto acquisito gli avrebbe permesso di ampliare i suoi orizzonti. *Sì, la vita è bella in questo momento,* pensò mentre spalava un altro carico di mangime nel recinto. Chiuse la parte interna delle porte della stalla, soddisfatto del suo lavoro nel fienile, e tornò verso le porte principali. Mentre camminava nell'aria fredda e pungente, si fece coraggio, sapendo che presto il freddo sarebbe stato un ricordo del passato e che avrebbe trascorso i suoi anni d'oro in climi più caldi. Tuttavia, proprio mentre stava per appendere la pala alla rastrelliera con gli altri attrezzi, sentì il gelido scricchiolio di passi provenienti dall'esterno. Si fermò e, con sua grande sorpresa, vide sua moglie Ulyanka entrare nel fienile.

Ulyanka, vestita con il suo pesante cappotto invernale, gli spessi gambali e gli stivali, si avvicinò con le mani guantate sui fianchi, fissandolo con un misto di disprezzo e rabbia. Le guance rosee e paffute, e il naso a forma di bottone, sembravano perdersi nella distesa del viso. Sfogandogli addosso la sua voce stridula, parlò.

"Sempre qui dentro con questi animali schifosi! O al lavoro o qui dentro, a nasconderti dal mondo. È questo che intendi fare per il resto della tua miserabile vita, Maxim?".

Lui, mantenendo la sua compostezza, rispose tranquillamente. "Gli animali devono essere nutriti, mia cara, soprattutto in inverno".

Irremovibile, Ulyanka lo interruppe. "Stai zitto, Maxim!"

Il suo viso diventava sempre più rosso ogni secondo che passava.

"Mentre tutti i tuoi colleghi sono saliti di grado e hanno ottenuto qualcosa, questo sarai tu! Il povero Maxim, che dà da mangiare alle sue galline e aspetta di morire! Sei sempre stato un marito inutile. Come diavolo ho fatto a finire così? Mia madre aveva ragione su di te!".

Scuotendo la testa, le guance di Ulyanka ballonzolarono, mostrando il suo profondo disprezzo. Senza un'altra parola, si voltò e cominciò a risalire il sentiero ghiacciato verso la casa. Maxim strinse la presa sulla pala mentre la guardava avanzare lungo il sentiero. Anni di tormento e sofferenza, per mano sua, fermentavano dentro di lui come un calderone in ebollizione. Una nebbia rossa offuscò la sua vista periferica mentre sollevava il pesante attrezzo, tenendolo dietro la schiena. Senza pronunciare una sola parola, lo fece roteare con tutta la sua forza e la lama colpì la nuca di Ulyanka. La forza del colpo fece correre brividi dolorosi lungo le braccia di Maxim e, il rumore, riecheggiò come una cupa campana di chiesa.

In silenzio, Ulyanka si accasciò con il viso sulla terra ghiacciata del sentiero. Maxim rimase lì, a fissare il corpo senza vita della moglie. Lentamente e con calma, girò intorno alla figura rotonda fino a posizionarsi parallelamente alla testa della moglie caduta. Con determinazione mirata, sollevò la pala sopra la sua testa e colpì ripetutamente il cranio di Ulyanka. I ripetuti impatti stridenti non gli procurarono alcun fastidio alle braccia, mentre continuava il suo spietato assalto. Era passato un minuto intero quando Volkov cadde in ginocchio, ansimando, con il volto arrossato e luccicante di sudore.

La parte posteriore della testa di Ulyanka era diventata un macabro pasticcio di materia cerebrale, sangue e ossa frantumate. Tuttavia, Maxim guardò il suo lavoro con un mezzo sorriso sornione. *La puttana è morta*, pensò. *La puttana è finalmente morta!*

Capitolo Sessanta.

Mi sdraiai mentre, ridendo, fissavo la massa di rocce frastagliate che ricoprivano la costa. Le onde vi si infrangevano contro, lasciando tutt'intorno vortici di schiuma cremosa. A quel punto la mia pelle era così molle per la costante esposizione all'acqua di mare che sarebbe bastato pochissimo per lacerarla. Sapevo allora che la mia unica opzione sarebbe stata quella di provare a girarmi e nuotare alla ricerca di un punto di approdo migliore. *Forse c'è una spiaggia o una striscia di sabbia nelle vicinanze.* Ma sapevo che, nel cercarla, avrei esposto le mie caviglie insanguinate all'acqua e agli squali che si aggiravano nei dintorni. Oltretutto, ero più debole che mai, ed era uno sforzo anche solo sollevare la testa, per non parlare del fatto che, nuotare via, significava rischiare tutto ancora una volta. In uno stato di completo esaurimento, abbassai la testa e chiusi gli occhi. *Solo qualche momento di riposo, Green. Poi devi andare. Devi uscire da questo cazzo di incubo!* Ma in quel preciso istante sentii un rumore. Non si poteva sbagliare, era il suono di un piccolo motore fuoribordo. I suoi giri si alzavano e si abbassavano mentre si muoveva tra le onde che si infrangevano su di esso. Con un pizzico di speranza, alzai la testa e guardai alla mia sinistra. Ciò che vidi mi sollevò il morale e capii che c'erano buone possibilità di sopravvivere. Un vecchio peschereccio di legno, che si muoveva a fatica, lottava contro le onde in arrivo. A bordo c'erano due figure, un uomo anziano e uno più giovane. Entrambi indossavano camicie logore e malandate e stavano ovviamente uscendo per una giornata di pesca. Alzai il braccio sinistro e gridai a squarciagola. Tuttavia mi uscì solo un debole gracchio. La mia lingua era incollata al palato e si era gonfiata fino a raddoppiare le sue normali dimensioni. Salutai e urlai ancora e ancora, finché non vidi l'uomo più anziano voltarsi e, i suoi occhi, incontrarono i miei. *Mi ha visto! Mi hanno visto, cazzo! Grazie a Dio!* Mi accasciai sulla lastra di vetroresina e li guardai mentre giravano la barca e correvano verso di me nel mare. La cosa successiva che sentii fu la sensazione di mani addosso. Mani forti che mi afferrarono da sotto le braccia e mi tirarono fuori dall'acqua, portandomi sul trincarino della piccola barca. Crollai sul fondo scanalato della barca e sentii subito l'odore pungente del pesce. I miei occhi aperti fissavano il sole cocente mentre l'uomo più giovane issava il mio autorespiratore e il regolatore di galleggiamento nella barca e li metteva accanto a me. Sentii gli uomini parlare; sembrava francese, ma capii subito che si trattava di semplici pescatori seicellesi che parlavano in creolo. Consapevole del fatto che ero in cattive condizioni, l'uomo più anziano tornò verso il motore, mentre il più giovane mi passò una grande bottiglia d'acqua di plastica. Ci volle un certo sforzo per portarla alla bocca, ma era deliziosamente bagnata e sarebbe stata per sempre l'acqua dal sapore migliore che avessi mai bevuto. Ricordo di averne bevuti sei sorsi e, ognuno di essi, sembrava che penetrasse direttamente nelle mie cellule disidratate dando loro immediatamente vita. Poi, all'improvviso, fui circondato da un'ondata di oscurità e caddi in uno stato di incoscienza.

Capitolo Sessantuno.

Maxim Volkov rimase immobile, ansimando pesantemente, mentre guardava il corpo senza vita di sua moglie. La realtà si fece lentamente strada e i suoi occhi si allargarono mentre sbatteva ripetutamente le palpebre, osservando la scena intorno a lui. Fortunatamente, la sua piccola tenuta era abbastanza isolata da garantire che non ci fossero testimoni del selvaggio attacco appena avvenuto. A poco a poco, Maxim cominciò a mettere insieme gli eventi che lo avevano portato a quel punto. Non c'era stato nessun tipo di controllo e, l'intero incidente, si era svolto in modo puramente impulsivo. Non provava pietà o rimorso per il brutale omicidio ma, piuttosto, un profondo senso di sollievo e la convinzion che, finalmente, fosse stata fatta giustizia. Non sarebbe più stato ridicolizzato e deriso dalla misera Ulyanka. *No, aveva trovato il suo posto in un regno di gran lunga migliore.* Tuttavia, emerse un nuovo problema: cosa fare del corpo?

In quel momento, nella sua mente, si formò un'idea e si mise subito all'opera per realizzarla. Abbandonando la pala imbrattata di sangue e cervella, camminò lentamente fino a raggiungere i piedi di Ulyanka. Senza perdere tempo, le afferrò gli stivali, le sollevò i piedi ed iniziò a trascinarla verso il fienile, sorprendendosi del peso morto del suo corpo inanime. Era passato molto tempo dall'ultima volta che aveva avuto un contatto fisico con sua moglie ma, il peso, gli ricordò i loro incontri passati. Dopo alcuni faticosi minuti, riuscì finalmente a tirarla su e a portarla sul pavimento di cemento inclinato vicino al recinto dei maiali.

Al centro di questo pavimento inclinato si trovava un foro di scarico, che conduceva a una fossa settica e a un canale di scolo. Questo meccanismo veniva usato quando si sgomberava il recinto dei maiali, assicurando un'efficace rimozione di broda ed escrementi con un getto d'acqua concentrato da un tubo vicino. Il volto di Ulyanka, con la nuca fracassata, era ora visibile, ancora adornato dall'espressione sprezzante che aveva quando aveva lasciato la stalla. Questo non fece che intensificare la determinazione di Maxim a portare a termine l'operazione.

Lentamente e metodicamente, iniziò a spogliare la moglie defunta. Cominciò con gli stivali e continuò con i pesanti gambali di lana. Poi le tolse la biancheria intima, scoprendo con fastidio che, nella morte, aveva involontariamente svuotato l'intestino. Questo però non lo scoraggiò e procedette a toglierle ogni capo d'abbigliamento finché, il corpo della donna, non rimase completamente nudo sul freddo pavimento di cemento.

Maxim tornò sui suoi passi fino alla rastrelliera degli attrezzi vicino all'ingresso e prese un mazzo di chiavi dalla tasca. Avvicinandosi a un armadietto d'acciaio, posto alla sinistra della rastrelliera degli attrezzi, lo aprì per rivelare una serie di utensili elettrici tra cui una motosega Ryobi. In particolare, questo strumento lo aveva usato solo per tagliare la legna da ardere una volta all'anno prima dell'inverno. Non aveva mai pensato di utilizzarla per smembrare il corpo di sua moglie. Posizionando la motosega su una vicina panca di legno, la rifornì di carburante da un contenitore rosso di plastica. Soddisfatto del suo funzionamento dopo l'accensione con un paio di tiri della corda, Maxim, con un mezzo sorriso, si voltò e tornò verso la forma senza vita della moglie.

In soli dieci minuti aveva portato a termine il macabro compito, riducendo il corpo di Ulyanka Volkov in diciassette pezzi distinti, ora coperti di sangue e cosparsi di frammenti di ossa. Cominciò a sollevare ogni parte del corpo mozzata e a gettarla nel vicino recinto dei maiali. Questi maiali della Siberia settentrionale, un incrocio tra maiali siberiani dalle orecchie corte e grandi cinghiali bianchi, erano stati allevati per la loro fitta copertura di setole e il loro sottopelo, adatti a resistere al clima estremo della Siberia settentrionale. Questi animali si cibavano di qualsiasi cosa e lui sapeva bene che al mattino non sarebbe rimasta traccia della sua detestata moglie.

Mentre il cielo si oscurava fuori dal fienile, il lavoro continuava sotto l'inquietante luce gialla delle lampadine a vista appese al tetto della struttura fatiscente. La cacofonia di grugniti, rantoli, strilli e grida che proveniva dal recinto dei maiali indicava lo strano piacere degli animali per questo nuovo, insolito pasto. Quando l'ultima parte del corpo fu scagliata nel recinto, Maxim si avvicinò con calma al tubo avvolto e ne estrasse un pezzo dalla bobina. Rilasciò la valvola e un getto concentrato di acqua pressurizzata uscì dall'ugello. In piedi, con calma, spruzzò il pavimento di cemento, osservando come le pozze di sangue, ossa e grasso venivano lavate via, scomparendo per sempre nel foro di scarico. Completato il compito, arrotolò il tubo e tornò al recinto dei maiali, chiudendo ancora una volta la parte superiore della porta della stalla.

Infine, Maxim Volkov raccolse i vestiti della moglie e si diresse verso la caldaia a legna in fondo al fienile. La vecchia porta d'acciaio emise un forte sferragliamento quando la aprì, rivelando braci arroventate e carboni ardenti che brillavano vivacemente all'interno. Prima di gettare i vestiti raccolti nel fuoco, li portò al naso, inspirando per l'ultima volta il profumo della donna che un tempo aveva chiamato moglie. Gettò gli abiti nella camera del carbone, terminando con gli stivali. Una volta completato, si diresse con calma verso la porta del fienile, la chiuse dietro di sé e intraprese il breve cammino di ritorno verso la casa.

Capitolo Sessantadue.

Sentivo la sabbia scricchiolare sotto lo scafo di legno della piccola imbarcazione e la luce del sole che splendeva direttamente sui miei occhi chiusi, insieme al suono di voci maschili e femminili intorno a me che parlavano in creolo. Aprii gli occhi solo quando sentii delle mani forti che mi tirarono fuori dalla barca e che mi fecero mettere in piedi nell'acqua, immerso fino alle caviglie.

Sembrava che fossi arrivato in un piccolo villaggio di pescatori sulla costa nord dell'isola scarsamente popolata. Sotto le palme, oltre la spiaggia, c'era un gruppo di abitazioni rudimentali, fatte di mattoni di fango e paglia. I due uomini ai miei lati mi aiutarono mentre incespicavo verso di esse. Il pensiero di "andare all'ombra" era qualcosa che non immaginavo mi sarebbe capitato di nuovo; fu un gran sollievo sentire l'erba verde sotto i piedi nudi, mentre venivo condotto nell'oscurità di una delle piccole costruzioni. Una volta là, fui adagiato su un letto di canne e mi fu concesso di rimanerci sdraiato per un po'.

L'acqua che avevo bevuto, a quel punto, aveva compiuto il suo effetto miracoloso e riuscivo a sentire l'energia che stava tornando nel mio corpo. Le voci soavi degli isolani sembravano tubare e fare le fusa tutt'intorno e, quando riaprii gli occhi, vidi una donna che mi porgeva un'altra bottiglia d'acqua. Questa volta era ghiacciata e non so spiegare quanto fosse stato bello bere da quella bottiglia. Nella mia mente vedevo l'incubo vorticoso degli squali e del plancton luminoso, ma ero riuscito ad arrivare a terra tutto intero e avrei vissuto un altro giorno. Erano passati circa 10 minuti quando mi alzai e cominciai a togliermi la muta, che era ancora umida e aderente alla pelle. Ci volle un po' di sforzo, e provai un discreto dolore sulle zone della pelle scottate dal sole ma, alla fine, mi liberai del neoprene aderente e mi sdraiai di nuovo sul canneto, esausto.

Poco dopo arrivò un giovane che parlava fluentemente inglese. Si presentò come Edward, il figlio del vecchio che mi aveva tirato fuori dal mare. Parlò con calma e dolcezza, soprattutto per sapere come fossi finito dove mi trovavo. Gli dissi che c'era stato un incidente in barca e niente di più. Mi fece altre domande, chiedendomi da quanto tempo ero in mare aperto e se c'era qualcun altro disperso. Sapevo che dirgli la verità avrebbe coinvolto la polizia, così decisi di mentire e gli dissi che ero l'unica persona a bordo della barca.

" È stato molto fortunato, signore", disse Edward.

"Lo so", risposi, "lo so...".

Le mie forze tornarono a poco a poco nel corso dell'ora successiva e alla fine, una delle signore, arrivò con un piatto di frutta tagliata a fette. Mi misi seduto in posizione eretta ed iniziai a sgranocchiare alcuni pezzi di mango, ananas, papaya e carambola. Il cibo non fece altro che rinvigorirmi ulteriormente e, quando ebbi la pelle asciutta, Edward mi passò una camicia di cotone logora da indossare insieme a dei pantaloncini. Era passata un'ora quando finalmente mi sentii abbastanza in forze da alzarmi in piedi e fui condotto in un'area comune vicino alla capanna, dove mi sedetti all'ombra e bevvi altra acqua. Sembrava che fossi diventato una specie di novità, dato che ormai c'erano diversi bambini dei villaggi vicini che erano arrivati per vedere lo strano uomo bianco che era stato tirato fuori dal mare.

Lo scenario in cui mi ero trovato non sarebbe potuto essere più idilliaco e, se non fosse stato per le circostanze, sarei potuto rimanere lì per sempre. Ma gli eventi che mi avevano portato a quel punto erano impossibili da dimenticare e sapevo di dover tornare urgentemente sull'isola principale, Mahe. Quello che era successo non era stato un incidente, ne ero certo, e dovevo tornare a casa di Chris per controllare Joe. Usando il giovane Edward come interprete, parlai a lungo con il più anziano degli uomini, quello che mi aveva salvato. Essendo il capo del villaggio, aveva l'autorità di prendere qualsiasi decisione importante. Gli dissi che quel giorno dovevo tornare a Mahe, un'idea che all'inizio non accettò. Ma dopo avergli spiegato che dovevo informare i miei amici e la mia famiglia che stavo bene, la cosa sembrò acquistare un po' di credito. C'era un traghetto che partiva dall'isola di La Digue alle 15:00 quel pomeriggio e che sarebbe arrivato a Mahe alle 17:00, dopo aver fatto una sosta all'isola di Praslin. Dissi a Edward che dovevo prendere quel traghetto a tutti i costi.

Ma poi mi resi conto del fatto che non avevo nulla da offrire a questi semplici isolani. Non avevo un centesimo e nemmeno un paio di scarpe. Tuttavia, potevo offrire loro l'attrezzatura subacquea. La maschera, le pinne, l'autorespiratore e l'erogatore sarebbero stati sufficienti. All'inizio il vecchio rifiutò e si offrì di pagare il prezzo del biglietto, ma io insistetti sul fatto che era il minimo che potessi fare. L'attrezzatura sarebbe stata utile agli abitanti del villaggio. Mi serviva solo il biglietto del traghetto e poi mi sarei arrangiato da solo. Una delle donne più anziane, una figura enorme in un sarong arancione, mi portò un paio di sandali di gomma logori da mettere ai miei piedi bruciati dal sole e rugosi. Almeno così non sarei sembrato un pazzo, a piedi nudi e dall'aspetto logoro.

Alle 13:30, quando finalmente l'accordo fu concluso, fui condotto a un carro di buoi in attesa. A differenza delle isole principali di Mahe e Praslin, dove le automobili erano comuni, a La Digue c'erano pochissimi veicoli e, i principali mezzi di trasporto, erano carri trainati da buoi e biciclette. Edward aveva preparato un ombrello per ripararmi dal sole cocente del pomeriggio, cosa di cui gli sarei stato eternamente grato. Alla fine, con le forze all'80% circa, salutai i miei salvatori e mi sedetti sul retro del carro che si allontanò attraverso la rigogliosa giungla tropicale verso il sud dell'isola e il porto.

Quando finalmente arrivammo era passata un'ora e io avevo trascorso la maggior parte del tempo dormendo su un mucchio di bucce di cocco. Il piccolo porto era uno dei più belli che avessi mai visto, incastonato in una baia di acqua perfettamente blu, circondata da basse colline di fitta vegetazione. C'era un senso di calma serena nel luogo e anche le barche da diporto sembravano rilassarsi nei loro ormeggi, muovendosi solo di tanto in tanto quando si alzava la brezza. Il traghetto si rivelò una nave abbastanza moderna e pagai il biglietto in una piccola cabina arrugginita. I soldi che mi aveva dato il vecchio erano sufficienti per il viaggio fino all'isola principale e forse per prendere un taxi fino alla casa di Chris in montagna. Con le forze che aumentavano di minuto in minuto, feci del mio meglio per allontanare dalla mia mente l'orrore delle ultime 34 ore e mi concentrai sul compito da svolgere. *È una situazione molto seria, Green. Quello che è successo non è stato un incidente e quegli uomini sono responsabili di omicidio. Non illuderti, c'erano loro dietro tutto questo. Su quella nave affondata c'è qualcosa di molto importante per loro, tanto importante da voler uccidere. Maledetti bastardi!*

Mi sistemai su un sedile rivestito in vinile vicino alla timoneria del traghetto e rimasi lì a pensare mentre uscivamo dal porto e ci dirigevamo a sud-ovest verso l'isola di Praslin. L'oceano era calmo e i passeggeri del traghetto erano rilassati e chiacchieroni.

Avevo ricevuto qualche sguardo strano per il mio abbigliamento logoro e il mio aspetto malandato, ma tutti a bordo sembravano allegri e concentrati sui propri affari. Ci volle meno di un'ora per raggiungere il porto di Praslin e la sosta durò solo 15 minuti prima di salpare per Mahe. Fu un enorme sollievo vedere le cime imponenti dell'isola principale, cosa che - fino a poco tempo prima - dubitavo di poter rivedere. Mi alzai e cominciai a camminare sul ponte, desideroso di scendere dalla barca e di raggiungere la casa di Chris. Non riuscivo a pensare ad altro in quel momento e lo attribuivo al fatto che il mio cervello fosse ancora un po' fritto per l'orrore appena vissuto.

Mentre il sole stava tramontando, le gomme della vecchia auto malconcia che avevo noleggiato scricchiolarono sulle pietre del vialetto di Chris Fonseca e io consegnai frettolosamente i soldi all'autista. Lo guardai allontanarsi e mi precipitai verso la porta sul retro della casa. Attraversando di corsa il corridoio, notai con sollievo che non c'era nulla di strano: niente mobili danneggiati o finestre sfondate. Poi, quando raggiunsi il salotto incassato che si affacciava sulla terrazza, vidi Joe. Era seduto sulla sua sedia a rotelle in terrazza da solo, che ammirava il tramonto e guardava il mare. Immediatamente provai un'ondata di sollievo e rallentai fino a camminare mentre mi preparavo a quello che gli avrei detto. Sembrava che stesse dormendo, con la testa inclinata da un lato e il braccio destro teso esattamente come quando l'avevo visto per la prima volta a Faro, in Portogallo.

"Joe...", dissi avvicinandomi a lui, "Joe, svegliati!".

Joe Fonseca non si mosse e non reagì affatto. Solo quando mi misi di fronte a lui e lo guardai in faccia vidi il foro di proiettile al centro della fronte. Un rivolo di sangue secco e annerito gli colava sul lato sinistro del viso, sulla barba e sulla camicia nuova che gli avevo comprato solo pochi giorni prima. Improvvisamente fui pervaso da un'immensa tristezza e da un senso di colpa. L'avevo portato qui ed ero stato io, con la mia stupida curiosità e la mia propensione alla ricerca del pericolo, a provocare il suo omicidio. Non solo Joe, ma anche suo fratello e Jimmy. Improvvisamente le mie gambe si indebolirono e caddi in ginocchio stringendo la sua mano fredda e morta nella mia mentre, le lacrime, mi salivano agli occhi.

"No, no, no, no...", dissi a voce bassa e tremante. "Mi dispiace tanto, Joe. Non te lo meritavi, amico mio. Nessuno di voi se lo meritava...".

Girai la testa e guardai fuori, senza vedere, mentre la gigantesca sfera del sole al tramonto si scioglieva nell'Oceano Indiano. Soffiava una brezza tiepida e le fronde delle palme vicine frusciavano dolcemente. Il mare si era colorato di un arancione intenso e metallico, riflettendo le nubi vaporose che pendevano nel cielo che si stava rapidamente oscurando. C'era solo una cosa certa nella mia mente in quel momento: gli uomini responsabili di tutto questo avrebbero pagato. E non in rubli o in dollari americani. Avrebbero pagato con l'unica moneta che avrei accettato. Avrebbero pagato con le loro vite...

Capitolo Sessantatre.

Aprii la porta del mio appartamento e feci un passo nel corridoio. Sebbene gli eventi delle ultime 72 ore fossero completamente confusi nella mia mente, mi sentivo in qualche modo riposato grazie al sonno che ero riuscito a fare durante il volo da Nairobi. Dopo aver scoperto il corpo di Joe nella terrazza, avevo cercato immediatamente di eliminare ogni traccia della mia presenza pulendo tutte le superfici della mia stanza e della casa. Ero molto dispiaciuto di aver lasciato il mio amico così come l'avevo trovato, e per il fatto di non aver cercato di proteggere la sua dignità, ma sapevo che, così facendo, avrei confuso le indagini della polizia che ne sarebbero seguite.

Avevo trovato un volo in tarda serata dall'isola di Mahe a Nairobi e avevo acquistato una coincidenza per Londra Heathrow. Avevo raccolto rapidamente le mie cose e chiamato lo stesso tassista che mi aveva portato lì dal porto. Sapevo che il suo vecchio taxi non faceva parte di alcun sistema computerizzato e, anche se avrei potuto prendere uno dei veicoli di Chris Fonseca, mi dissi che farlo avrebbe ostacolato e confuso qualsiasi indagine. Dato che

Chris e Jimmy non si vedevano da nessuna parte, il fatto che in casa ci fosse un solo corpo avrebbe probabilmente dato il via a una lunga indagine. E non ero disposto a farne parte.

Una cosa che sapevo per certo era che gli uomini erano mercenari del Wagner provenienti dalla Russia e che probabilmente erano arrivati sull'isola usando documenti falsi. Il fatto che avessero usato la barca di Chris significava che la loro imbarcazione principale non era disponibile. Un altro fatto innegabile era che, qualsiasi cosa si trovasse sulla Perla di Alessandria, era abbastanza preziosa e importante da spingerli a uccidere quattro persone innocenti o, almeno, a tentare di farlo. Ero sopravvissuto solo per un pelo e non avrei mai permesso che rimanessero impuniti. *In nessun cazzo di modo!*

Avevo trascorso il tragitto dalla montagna all'aeroporto perso in pensieri profondi e avevo pagato il viaggio in contanti. Solo dopo aver fatto il check-in e superato i controlli di sicurezza avevo fatto una telefonata anonima alla stazione di polizia locale, denunciando un omicidio. Avevo fornito l'indirizzo e avevo riattaccato quando mi era stato chiesto il nome. Prima di riattaccare mi ero assicurato che l'operatore della polizia avesse registrato l'indirizzo corretto. Mi consolava sapere che, da quel momento in poi, il corpo di Joe sarebbe stato trattato con rispetto.

Durante le tre ore di volo per Nairobi ero caduto in un sonno simile al coma e, la stessa cosa, era accaduta durante la coincidenza per Londra. Sapevo di dovermi rimettere subito a lavoro ma, arrivato a casa, per prima cosa mi feci una doccia. Le visioni dell'incubo che avevo vissuto in mare erano ancora impresse nella mia mente e la mia pelle era gravemente ustionata. La doccia mi aiutò a rinfrescarmi un po' e ordinai cibo da asporto in modo che lo consegnassero prima d'iniziare una lunga notte di ricerche.

In ultimo, mi andai a sedere con una caffettiera che bolliva sul fuoco e mi misi al lavoro. La mia risorsa principale era il gruppo di fotografie che avevo scattato di nascosto agli uomini durante l'immersione esplorativa iniziale. Non avrei mai immaginato che sarei stato seduto nel mio appartamento di Londra a studiare queste fotografie e che, i tre uomini ritratti, erano responsabili di tanta violenza e di tanti omicidi. Avevo creato una serie di immagini per ciascuno degli uomini, alcune ingrandite e altre a distanza normale. Fui grato per la giornata limpida e per l'eccellente risoluzione della fotocamera del mio telefono, perché le immagini erano perfette e chiare come il giorno. Alla fine avevo accumulato più di 50 fotografie, che avevo archiviato e salvato su più dispositivi.

Avevo poi passato un'ora buona a fare ricerche sulla nave, la Perla di Alessandria. Non fu una sorpresa scoprire che era scomparsa subito dopo la Seconda guerra mondiale, ma ciò che mi aveva sorpreso fu il fatto che, si diceva, trasportasse un ricercato nazista di nome Rudolf Baumann. Quest'uomo era sfuggito alle forze alleate ed era semplicemente scomparso, insieme a un'enorme riserva d'oro rubata ai prigionieri dei campi di sterminio di

Auschwitz e Birkenau in Polonia. La scomparsa della nave era diventata una leggenda negli ambienti marittimi, così come il fatto che tanto oro fosse sparito con essa. *Quegli stronzi volevano l'oro, Green. Ecco la risposta! La quantità stimata di oro a bordo della nave egiziana era di cinque tonnellate, cinque tonnellate di oro puro! Non c'è da stupirsi che fossero disposti a uccidere per averlo!*

C'erano numerose immagini in bianco e nero della nave, dalla sua costruzione in Inghilterra e nei vari porti del mondo. Era sorprendente pensare che, solo pochi giorni prima, avevo nuotato sotto la prua di quella stessa nave, una nave scomparsa e non vista per tanti anni, che trasportava un carico estremamente prezioso.

A seguire, feci delle ricerche sul Gruppo Wagner. Pur essendo a conoscenza della sua esistenza, sapevo ben poco del suo funzionamento e dei suoi fondatori. Avevo scoperto che c'era una grande quantità di informazioni online sul gruppo. Il Gruppo Wagner, noto anche come PMC Wagner o semplicemente Wagner, era una compagnia militare privata con sede in Russia, nota per il suo coinvolgimento in vari conflitti militari tra cui Siria, Ucraina e numerosi Stati africani. Veniva spesso collegata a Yevgeny Prigozhin, un uomo d'affari russo con stretti legami con il presidente russo Vladimir Putin. L'azienda era stata accusata di svolgere operazioni segrete per conto del governo russo, compreso il sostegno ai ribelli separatisti nell'Ucraina orientale. Tuttavia, l'esatta natura e la portata delle attività del Wagner, così come i suoi legami con il governo russo, restavano incerti e soggetti a speculazioni e controversie.

Avevo letto diversi articoli sul gruppo, trascorrendo una buona ora nel farlo. Dopo aver fatto una pausa per cenare, ero tornato al mio portatile per tentare una ricerca inversa su Google utilizzando le immagini che avevo scattato sulla barca. Speravo che Google riconoscesse una delle immagini e ne rivelasse una simile insieme a un possibile nome. Non c'era dubbio che i nomi che gli uomini avevano usato quando avevano prenotato la barca fossero falsi. Erano professionisti e non avrebbero corso il rischio di usare i loro veri nomi. Purtroppo la ricerca non portò a nessun risultato e io rimasi seduto lì, perplesso e in rapido esaurimento per la stanchezza e i nervi logori.

C'erano migliaia di immagini da esaminare, ma la maggior parte erano sfocate o mostravano gli uomini con bandane o sciarpe per nascondere la loro identità. Questo accadeva in tutti i Paesi in cui il Gruppo Wagner operava, indipendentemente dal clima. Molti dei Paesi africani in cui operavano erano caldi e umidi, eppure in quasi tutte le immagini di questi mercenari gli uomini indossavano bandane o sciarpe che coprivano la parte inferiore del viso. Si trattava di un metodo di occultamento semplice ma molto efficace.

Ciò che mi era apparso chiaro era la portata della loro brutalità. Questi uomini erano soldati di ventura, pagati molto di più di quelli dell'esercito russo standard. Poiché lavoravano per un esercito privato, non c'era alcun legame diretto con lo Stato russo e, qualsiasi suggerimento di tale coinvolgimento, sarebbe stato replicato con una smentita. *I fottuti russi possono anche essere colti con le mani nel sacco ma continueranno a negare il coinvolgimento.* Mi vennero in mente diversi episodi recenti, tra cui l'attacco con il Novichok a Salisbury. Si trattava di un palese attacco chimico avvenuto sul suolo britannico e gli aggressori erano stati identificati. Eppure, come al solito, c'erano state smentite e gli ordini di estradizione erano stati categoricamente rifiutati.

Questo era il modus operandi standard dello Stato russo e non era stato diverso in questo caso.

Se fossi rimasto alle Seychelles, ci sarebbe stata un'indagine di polizia lunga e frustrante che alla fine avrebbe portato a un vicolo cieco. Ci sarebbero volute settimane, se non mesi, prima di giungere a una conclusione ufficiale e, a quel punto, qualsiasi traccia lasciata dai russi sarebbe diventata fredda come un inverno moscovita. *No, Green. Nessuno ti sarà d'aiuto qui. È tutto nelle tue mani.* Ma una cosa era certa: i responsabili dell'uccisione di Joe, Chris e Jimmy avrebbero pagato, e pagato caro. Non importava quanto tempo mi ci volesse o quanto lontano dovessi andare, me ne sarei occupato personalmente.

Era mezzanotte quando la mia vista cominciò ad offuscarsi e mi ritrovai ad appisolarmi alla tastiera. Nonostante le ore di lavoro, non ero arrivato a nulla. *Devi dormire adesso, Green. Stai perdendo il tuo fottuto tempo a forzarti in questo modo e potrebbe sfuggirti qualcosa di cruciale. Dormi ora, e ricomincia domani.* Sentendomi un guscio rinsecchito del mio vecchio io, completamente sconfitto, mi diressi verso il letto. Mentre ero sdraiato, i volti degli uomini che avevo fotografato mi balenarono nella mente finché non mi addormentai profondamente.

Capitolo Sessantaquattro.

Maxim Volkov era entrato di corsa nella sala partenze dell'aeroporto internazionale Sheremetyevo, situato a 29 km a sud di Mosca. Con passo spedito, si era diretto verso il bar più vicino, desideroso di concedersi un doppio shot di vodka Stolichnaya. Erano passati quattro giorni da quando aveva commesso il macabro atto di uccidere, smembrare e disfarsi della moglie Ulyanka. Sorprendentemente, Volkov provava un senso di euforia che non sentiva da anni.

Tutto stava andando al suo posto secondo i suoi meticolosi piani. I due uomini del Wagner, Yuri e Sergei, avevano già lasciato la compagnia militare privata e si erano dileguati nella vicina Ucraina. Aveva dato loro chiare istruzioni su cosa fare dopo. Dovevano trovare un albergo nella capitale Kiev, mimetizzarsi nell'ambiente circostante e attendere una telefonata con ulteriori indicazioni. Volkov li aveva pagati generosamente, fornendo fondi sufficienti per un mese di permanenza a Kiev, ma intendeva accelerare le cose molto più rapidamente di così.

La libertà di cui godeva da quando si era bruscamente dimesso dall'FSB era esaltante al di là dei suoi sogni più sfrenati. Non era più confinato alla sua scrivania nei rigidi corridoi dell'edificio della Lubyanka. Non era più uno strumento servile del direttore e dei suoi colleghi. Maxim Volkov era finalmente diventato un uomo autonomo, che aveva preso in mano il proprio destino e si era liberato dalle catene della sua precedente carriera e di sua moglie.

Nella sua mente il mondo appariva come un'ostrica aperta, colma di abbondanti opportunità, in attesa che lui le cogliesse. Pochi minuti dopo, l'altoparlante annunciò l'imbarco del volo Aeroflot per Parigi. Volkov recuperò la carta d'imbarco della business class dalla tasca superiore, con un sorriso stampato sul viso, e si diresse verso il gate. Presto avrebbe lasciato la desolata landa ghiacciata della Russia.

Ci sarebbe stato uno scalo di due ore all'aeroporto Charles de Gaulle prima di prendere il volo non-stop per Miami. Volkov assaporava il pensiero di crogiolarsi al sole, godersi il mare e incontrare belle donne americane. *Sì*, pensò tra sé e sé, questo nuovo capitolo della sua vita era promettente e ricco di avventure.

Capitolo Sessantacinque.

Mi svegliai di soprassalto alle 7:00 e, per un attimo, non capii dove mi trovavo. Lentamente mi tornò tutto in mente e mi alzai a sedere strofinandomi gli occhi mentre mi appoggiavo sul bordo del letto. Le immagini dei tre russi mi giravano ancora per la mente e ricordai la delusione che avevo provato la sera prima per non essere riuscito a identificarne nessuno. *Stai pescando in un mare molto grande, Green. Come puoi pensare di identificare questi uomini quando probabilmente sono in mezzo a migliaia di persone del Wagner? No, non c'è niente che ti sfugge. Pensa!* Mi alzai in piedi, sentendo le ossa dolere per la "messa a dura prova" subita in mare. Almeno le ferite alle caviglie stavano guarendo e la mia pelle bruciata dal sole era un po' meno ustionata.

Mi diressi verso l'angolo cottura e misi a bollire il bollitore per fare il caffè.

Sollevando la tazza fumante, la portai verso le tende e le aprii. Fuori era ancora buio, con la pioggerellina e il vento che battevano sulla finestra. Sotto di me, le strade erano immerse nella luce gialla e sporca dei lampioni. Aprii leggermente una delle finestre e sussultai quando sentii la temperatura esterna. Rimasi lì, a fissare il paesaggio urbano sottostante, mentre fumavo la prima sigaretta della giornata e bevevo il caffè. *Ok, cosa sai fin qui, Green? Tre uomini, tutti russi. Uno molto più vecchio degli altri. In altre parole, due soldati e un capo. Tutti in missione per trovare una nave affondata che si supponeva fosse piena di lingotti d'oro. Per di più oro nazista. Uomini pronti a uccidere per mantenere il segreto sulla scoperta. Agenti russi di sicuro. Ma se fossero semplicemente uomini del Wagner? Che cazzo di differenza fa? Gruppo Wagner o Stato russo. È lo stesso. Pensaci. Non c'è modo di scoprire chi fossero i due uomini più giovani. La maggior parte delle foto dei mercenari del Wagner ritraggono uomini con bandane che coprono il volto. No, Green. Hai cercato gli uomini sbagliati. Dovresti concentrarti sul più anziano dei tre. C'è più possibilità di trovare una foto di quell'uomo che di quelli più giovani. È lui il capo, l'uomo che comanda. È lui che devi cercare.*

Mi versai una seconda tazza di caffè e mi sedetti al portatile con rinnovata energia. La mia ricerca si concentrava ora solo sugli alti funzionari Wagner e sui funzionari statali russi. Non avrei più sprecato il mio tempo cercando di imbattermi casualmente in foto di uomini più giovani. Il problema era che c'erano letteralmente migliaia di siti web e un numero ancora maggiore di fotografie da esaminare. *Ci deve essere un modo migliore per affrontare questo problema, Green. Che ne dici di lavorare su una scala temporale? Quell'uomo era facilmente sulla sessantina. Forse era più vecchio, ma era piuttosto malato quando hai scattato le foto. Devi iniziare a guardare le foto dal 1985 in poi. Cazzo! Sarà un lavoro enorme, senza alcuna garanzia che venga fuori qualcosa.* Ma non avevo scelta e feci una colazione leggera prima di mettermi comodo per quello che sarebbe stato un periodo indeterminato e probabilmente lungo.

Ancora una volta, c'erano migliaia e migliaia di immagini sgranate che risalivano alla metà degli anni '80. Avevo deciso di studiare quelle dello Stato russo in quel periodo e, alle 10:00 del mattino, avevo gli occhi arrossati e pungenti per aver fissato tanto a lungo lo schermo. A quel punto ero diventato sempre più depresso e mi ero convinto che si trattava di un compito molto più grande di me. *Dopo tutto, qui hai a che fare con un colosso, Green. Si tratta di 35 anni di Stato russo. Non sarà una passeggiata nel parco, cazzo!* Sconfortato e arrabbiato, andai in bagno e mi lavai la faccia. Ma fu quando mi alzai e mi fissai allo specchio che vidi il mio volto sconvolto e bruciato dal sole che mi fissava. *Ecco cosa ti hanno fatto quegli stronzi, Green. E Joe, Chris e Jimmy? Non se la sono cavata altrettanto bene. Non arrenderti, cazzo. Mai!* Così, con questa nuova determinazione, tornai alla mia scrivania e continuai a spulciare la montagna di fotografie archiviate di volti senza nome dello Stato russo.

Verso le 11:30, mi imbattei in un'immagine che mi fece suonare un campanello. A quel punto, stavo sfogliando le immagini così velocemente che era stato incredibile non averla persa.

L'epoca che cercavo era quella della dissoluzione dell'Unione Sovietica e la fotografia in questione era stata scattata il 12 giugno 1991 in occasione dell'elezione di Boris Eltsin a presidente. L'immagine era a colori e sembrava provenire da un giornale russo dell'epoca. C'erano sette uomini nell'immagine, ma fu il volto dell'uomo all'estrema destra ad aver catturato la mia attenzione. Immediatamente, salvai l'immagine e la visualizzai in una nuova finestra. Ma quando la ingrandii, l'immagine era diventata sfocata e inutile. Sentendomi frustrato, ridussi ancora una volta lo zoom e mi sedetti a fissare lo schermo. *I capelli sono del colore giusto, anche se lo stile è diverso, e ce n'erano di più. Potrebbe essere lui?* Rimasi a fissare lo schermo sbattendo le palpebre, mentre la mia mente mi giocava brutti scherzi. *Guarda la struttura ossea, Green! È lo stesso uomo!* Rimasi lì a confrontare le immagini in due finestre separate per cinque minuti buoni, con la mente in preda a dubbi e adrenalina.

Alla fine decisi di fare una pausa e mi avvicinai alla finestra per fumare. Ma poco dopo averla accesa, spensi la sigaretta e tornai al portatile. La vecchia fotografia sembrava un ritaglio di giornale. Sotto di essa c'era una sezione di parole stampate in russo. In alto, c'era un elenco di nomi degli uomini ritratti nell'immagine. Ingrandii leggermente l'immagine per leggere il nome e apparvero due parole: "Maxim Volkov". La somiglianza c'era, ma la fotografia era sgranata e di scarsa qualità. Grattandomi il mento, aprii una nuova finestra e digitai il nome su Google. I risultati erano stati pochi e cliccai sul primo, che proveniva da un altro articolo di giornale russo. Questa volta la fotografia era molto più chiara e un brivido freddo mi salì lungo la schiena mentre fissavo il volto dell'assassino. Non avevo dubbi.

Era l'uomo che aveva noleggiato la barca alle Seychelles. Era l'uomo che aveva inviato i suoi uomini sul fondale marino il giorno seguente, e lo stesso uomo che avevo fotografato clandestinamente. Sebbene fosse più giovane, il suo era un volto riconoscibile e non si potevano assolutamente confondere la folta capigliatura bionda e i lineamenti robusti e affascinanti.

"Ma guardati", sussurrai a me stesso. "Guardati, figlio di puttana...".

Gli altri siti erano serviti solo a confermare che avevo trovato il mio uomo. Usando Google Translate, scoprii che si trattava di un membro di basso livello del governo russo, e questo era praticamente tutto quello che avrei potuto scoprire. Avevo bisogno di aiuto e c'era solo una persona che poteva aiutarmi in questa situazione. Era un'ipotesi azzardata ma, mentre fissavo le varie immagini dell'uomo, presi il telefono e scrollai i contatti fino a trovare il numero che mi serviva.

Conoscevo l'ispettrice Tracey Jones della Met. Police da oltre 10 anni. Ci eravamo incontrati durante un caso assicurativo di cui mi stavo occupando e che coinvolgeva un truffatore particolarmente violento che era stato poi incarcerato. Tracey si era assicurata che il criminale venisse tenuto in gabbia il più a lungo possibile. Dopo il caso ci eravamo frequentati per un breve periodo, ma la relazione era naufragata a causa della pressione del lavoro da entrambe le parti e del fatto che lei aveva figli adolescenti. Non c'era stato alcun rancore e da allora eravamo rimasti in contatto come amici. Nel corso degli anni mi aveva aiutato in numerose occasioni con il mio lavoro, cosa di cui le ero estremamente grato. Chiamai il numero e lei rispose nel giro di due squilli.

"Jason Green", disse a bassa voce con la sua voce roca. "A cosa devo questo piacere?".

"Ho bisogno del tuo aiuto, Tracey", dissi. "È una cosa importante". La sentii sospirare profondamente prima di parlare.

"Dimmi", disse. "Ho una penna pronta".

"Ho bisogno che trovi un nome per me", risposi. "Maxim Volkov. Un russo..."

"Non dirmi che sei coinvolto con la mafia russa, Jason!", disse ridacchiando.

"No", risposi. "Ma come ho detto, è molto importante, e urgente".

"Nessun problema", rispose lei. "Ti richiamerò a breve...".

Capitolo Sessantasei.

L'ampia spiaggia si estendeva fino all'orizzonte, con la sua sabbia bianca accecante che contrastava con le acque blu brillanti dell'oceano. Volkov osservava il pittoresco panorama dalla sua stanza affacciata sul mare al 25° piano del lussuoso Four Seasons Hotel di Fort Lauderdale, in Florida. Sotto, sul ponte della piscina, diverse giovani donne prendevano il sole e si divertivano in piscina, suscitando in lui più della semplice curiosità. Ad ogni modo, sapeva di dover rimandare la sua indagine perché aveva un appuntamento pomeridiano con una società nella vicina Lauderdale By The Sea.

Le dieci ore di volo in business class erano state tranquille e lui aveva consapevolmente evitato di consumare quantità eccessive di vodka. Di conseguenza, si sentiva rinvigorito ed energico. La ritrovata libertà che stava sperimentando dopo le dimissioni dall'FSB era stata una rivelazione. Lo stupiva la naturalezza con cui si era adattato a questa nuova fase della vita, anche se accompagnata dalla graditissima morte della moglie. Il sole del pomeriggio gli scaldava piacevolmente la pelle, spingendolo a ritirarsi nel lussuoso comfort della sua suite rivestita di moquette.

L'ottenimento del visto era stato un processo semplice e sembrava che fosse stato accolto negli Stati Uniti senza alcuna complicazione. All'aeroporto non c'erano state domande insistenti; era entrato semplicemente con il suo bagaglio e la sua carta di credito, pronto per nuove esperienze. Yuri e Sergei si erano tenuti in contatto con lui, seguendo diligentemente le sue istruzioni. Una volta conclusi i suoi affari in Florida, si sarebbe riunito con i due ex uomini del Wagner e avrebbero portato avanti il loro progetto. Le cose si stavano svolgendo in modo favorevole e ogni giorno sembrava migliore del precedente.

Nessuno aveva chiesto informazioni sulla sorte di Ulyanka. Volkov aveva scartato ogni preoccupazione per la sua assenza, pensando che nessuno avrebbe sentito la mancanza di quella donna. Dopo tutto, non aveva mai avuto amici. La sua assenza non lo preoccupava: se n'era andata e se n'era andata per sempre. Ultimamente il suo stomaco si era comportato bene e, dopo le dimissioni, si sentiva ringiovanito, come se avesse perso dieci anni di età. I giorni bui del pendolarismo da e per l'imponente edificio della Lubyanka, nella gelida Mosca, erano ormai alle spalle. Il futuro appariva luminoso e promettente.

Con una marcia in più, Volkov si vestì di cotoni pastello e uscì dalla sua suite, prendendo l'ascensore che scendeva fino all'area della reception, squisitamente arredata. Come promesso, il suo taxi lo aspettava fuori e, sentendosi un milionario, uscì e si accomodò nel comfort dell'aria condizionata del sedile posteriore. L'autista, una donna di mezza età, lo accolse con accento newyorkese.

"Buon pomeriggio, signore", disse lei. "Dove siamo diretti oggi?".

"Vorrei visitare un'azienda chiamata Alpha Marine", rispose Maxim, dando un'occhiata all'orologio. "Credo che si trovi a Lauderdale By The Sea...".

Capitolo Sessantasette.

"Jason, che diavolo stai facendo?", disse Tracey Jones, con voce allarmata.

"È stato veloce", dissi. "Che vuoi dire?"

Erano passati solo 10 minuti da quando l'avevo chiamata per chiederle assistenza con il nome di Maxim Volkov ed evidentemente aveva ottenuto qualche risultato. Mi alzai dalla scrivania e mi avvicinai alla finestra per ascoltarla.

"Questo Volkov è un pessimo soggetto, Jason", disse. "Si è recentemente ritirato dal Cremlino! Cosa mai stai facendo per avere interesse in quest'uomo?".

Mi presi un momento per riflettere sulla mia risposta. La notizia che Volkov fosse legato allo Stato russo non mi sorprendeva, ma dovevo stare attento a ciò che dicevo a Tracey, visto che era una Met attiva. Un'agente di Polizia della metropoli.

"È uno dei nomi che sto controllando in relazione a un vecchio caso di frode", dissi. "So che è russo, e questo è tutto".

"Gesù, Jason", rispose lei. "Non appena l'ho digitato nel sistema dell'Interpol sono apparse diverse bandiere rosse. Ho avuto lo spavento più grande della mia vita!".

"Mi dispiace", dissi a bassa voce. "Stai tranquilla, è tutto al sicuro con me. Non corro alcun pericolo. Cos'altro puoi dirmi?".

"Beh", disse lei, con voce un po' più calma. "Secondo il mio database, questo tizio si è da poco ritirato dopo una vita di lavoro per l'FSB. Per noi è l'ex KGB. Sembra che fosse un operatore di basso livello, ma si sospettano legami con il Gruppo Wagner. Ne hai sentito parlare?".

"Sì, credo di sì...", mentii. "Mercenari, giusto?"

"Esatto", disse lei, "e sono un gruppo maledettamente feroce!".

"Hai detto che è andato in pensione da poco?", le chiesi.

"Esattamente. Solo pochi giorni fa. Se non fosse stato per questo, ci sarebbero state domande a cui rispondere. Ti è sfuggito per pochi giorni!".

"Mi dispiace di aver fatto scattare le bandiere rosse sui vostri sistemi, Tracey", dissi a bassa voce. "Potresti tenermi aggiornato sui suoi movimenti?".

All'altro capo del filo ci fu un profondo sospiro prima che lei parlasse di nuovo.

"Il suo nome rimarrà nei nostri sistemi per altri 10 anni. Il fatto che ora sia formalmente in pensione significa che posso farlo, per te, anche se mi sento ancora piuttosto a disagio per questo, te lo posso assicurare!".

"Grazie, Tracey", dissi. "Come ho già detto, è molto importante per me".

"Bene", rispose. "Il tuo Maxim Volkov si sta godendo un po' di sole in Florida. Si è registrato al Four Seasons Hotel di Fort Lauderdale. Tra l'altro gli sta costando una fortuna. Forse avrei dovuto intraprendere una carriera nell'FSB!".

"Puoi monitorare anche i suoi movimenti futuri?", chiesi.

"Per ora sì, purché sia fuori dalla Russia e mantenga un basso profilo", rispose. "Abbiamo centinaia di persone dell'FSB, attuali e precedenti, nei nostri sistemi. Per favore, non chiedermi di cercare qualcun altro. Non voglio che mi si facciano domande!".

"Non lo farò, lo prometto", dissi. "E grazie, Tracey. Sei una stella...".

Capitolo Sessantotto.

Il cantiere di Alpha Marine era diverso da qualsiasi cosa Maxim Volkov avesse mai visto. Estesa su 25 ettari, la struttura all'avanguardia vantava quasi 300.000 metri quadrati di spazio produttivo coperto. Era un luogo dove i sogni prendevano vita. Da molti anni, Alpha Marine, era rinomata per la produzione dei migliori yacht a motore oceanici, destinati all'élite mondiale, compresi noti oligarchi russi. Incuriosito da questa reputazione, Maxim aveva deciso di visitare il cantiere e di esprimere il suo interesse per l'acquisto di una di queste straordinarie imbarcazioni. Il giovane responsabile delle vendite di Alpha Marine era stato più che disponibile a fargli fare un tour della loro vasta struttura e a mostrargli la meticolosa maestria artigianale che stava dietro a queste creazioni su misura. Questi enormi yacht di lusso venivano costruiti esattamente in base alle specifiche richieste dei loro clienti multimilionari, senza lasciare alcun desiderio insoddisfatto. Maxim si trovò a immaginare una vita tra gli oligarchi che aveva ammirato a lungo, concedendosi una tra le più belle imbarcazioni private al mondo. Anche se, a suo parere, i soldi li spendeva ancor prima di averli, per lui non aveva importanza. Si rallegrava della libertà che ora possedeva ed esplorava avidamente le magnifiche imbarcazioni, immaginando già di navigare nel porto croato di Zara e di ritirarsi a bordo del modello scelto. Ciononostante, Maxim era ancora affezionato alla sua barca attuale; tuttavia, l'imminente guadagno gli avrebbe permesso di fare un upgrade e di assaporare appieno i benefici della pensione. Dopo un giro di un'ora nel cantiere nautico, Maxim si sentì sollevato quando entrò nei lussuosi uffici di Alpha Marine e prese posto di fronte al giovane direttore commerciale. La conversazione continuò, accompagnata da offerte di champagne e vodka, che Maxim accettò volentieri. Alla fine concordarono che avrebbe versato un acconto per il modello Arianne entro pochi mesi, dando inizio alla costruzione della barca dei suoi sogni. Maxim avrebbe atteso con impazienza la telefonata che lo informava del suo completamento e, a quel punto, avrebbe organizzato un equipaggio per farla navigare dalla Florida attraverso l'Atlantico e fino all'Adriatico, dove avrebbe trovato la sua dimora definitiva. Con una stretta di mano decisa e con gratitudine, Maxim accettò gentilmente di essere riaccompagnato in albergo dalla compagnia e si sistemò nel veicolo, traboccante di eccitazione e di aspettative. Finalmente stava vivendo la vita che aveva sempre sognato, unendosi alla schiera degli uomini che aveva a lungo invidiato.

Era finalmente libero. Ora rimaneva il piccolo compito di recuperare uno dei bauli d'acciaio dal fondo dell'oceano al largo delle Seychelles, un'impresa che riteneva di poter portare a termine entro un mese al massimo. Da quel momento in poi, tutto sarebbe filato liscio. Per davvero. Il viaggio di ritorno all'hotel durò appena 20 minuti e Maxim attraversò l'area della reception, dirigendosi direttamente verso il ponte della piscina. Sperando di trovare le signore che aveva avvistato prima dal balcone, era pronto per un altro drink. Aveva programmato di godersi lo sfarzo dell'hotel per due notti prima di incontrare Yuri e Sergei, ed era determinato a sfruttare al massimo quel tempo. *Sì!* Pensò mentre un sorriso gli si allargava sul viso. *La vita è bella!*

Capitolo Sessantanove.

Uscii dall'aeroporto di Fort Lauderdale, con i suoi soffitti alti ed estremamente lussuosi, ed entrai nel caldo tropicale pomeridiano della Florida. Dopo aver saputo che Volkov era lì, avevo prenotato un volo tardivo con la United Airlines per Newark, che aveva una coincidenza per la Florida. I voli erano stati lunghi e scomodi, il che non aveva fatto bene al mio umore. Alla ricerca disperata di una sigaretta, trovai l'uscita più vicina, che per caso si trovava sotto un cavalcavia. Mi tolsi la giacca e la appesi al manico della mia piccola borsa, che avevo appoggiato accanto a una grande palma. Tirando fuori le sigarette dalla tasca, ne accesi una mentre un'auto della polizia mi passava accanto lentamente. La scritta "Ufficio dello Sceriffo della Contea di Broward" campeggiava sulla portiera ed io distolsi lo sguardo, non sapendo se quella fosse un'area non fumatori. Per fortuna il veicolo della polizia aveva proseguito senza rallentare e io la fumai senza problemi. Sentendomi un po' meno nervoso, tornai nell'edificio e mi sedetti sul bordo di un'aiuola di marmo per chiamare un Uber. Il breve tempo trascorso al caldo mi aveva riportato alla mente i ricordi del periodo passato alle Seychelles, e la maggior parte di essi erano negativi. Il mio Uber era a pochi minuti di distanza e il viaggio verso l'hotel che avevo prenotato sarebbe durato solo 15 minuti.

Ancora una volta, uscii dall'edificio e mi diressi verso la stazione dei taxi, che distava un centinaio di metri. L'auto era in attesa e, dopo aver confermato il nome dell'autista, vi salii. Il giovane era chiacchierone e cordiale, ma io non ero in vena di parlare. Ero lì per un motivo, per di più molto serio.

Il Blue Banana era un boutique hotel di 34 camere, situato nell'accogliente cittadina di Lauderdale-By-The-Sea, a pochi passi dalla spiaggia. Ringraziai l'autista e, sotto la luce accecante del sole, mi diressi direttamente alla reception per effettuare il check-in e il pagamento. La giovane e bruna direttrice dell'hotel era stata cordiale e mi aveva accolto con un ampio sorriso all'ingresso. Le formalità erano state sbrigate in meno di cinque minuti, poi avevo superato la piscina e bastò salire un'unica rampa di scale per raggiungere la mia camera. Il caldo del tardo pomeriggio era opprimente e fu un sollievo entrare nella stanza con l'aria condizionata già accesa. Per quanto semplice, sarebbe servita al mio scopo. Sentendomi esausto, mi sdraiai sul letto e fissai il soffitto di stucco. *Sei a meno di 15 minuti da quello stronzo assassino, Green. Datti una pacca sulla spalla. L'hai trovato e ora pagherà per quello che ha fatto.*

Combattendo l'impulso di addormentarmi, mi costrinsi a sedermi e a lavorare al mio portatile.

Il Four Seasons Hotel era situato sulla spiaggia, a circa 10 km da dove mi trovavo io. Tracey era stata in grado di dirmi solo in che zona si trovava e di darmi aggiornamenti occasionali sulle sue spese mentre era lì. I suoi spostamenti e i suoi piani di viaggio erano sconosciuti e questo mi preoccupava. Il motivo per cui si fosse recato in Florida era per me un completo mistero, così come il motivo per cui si era appena dimesso dalla sua posizione al Cremlino. *Chi cazzo lo sa perché, Green. Ma senza commettere errori, il suo tempo su questa terra sta per finire.*

Sentendo il bisogno di fumare, uscii sul balcone per farlo. L'hotel si trovava in una strada in fondo alla spiaggia, vicino al famoso molo turistico. Di fronte a me c'era una strada fiancheggiata da altre pensioni e alberghi. Il fatto che Lauderdale-By-The-Sea fosse una piccola città e non permettesse la costruzione di grattacieli dava al luogo un'atmosfera da piccola città. Il sole del tardo pomeriggio era splendente e osservai una serie di chopper e muscle car passare con a bordo persone abbronzate e che ascoltavano musica a tutto volume. La scena mi ricordava il vecchio programma televisivo Miami Vice. Controllai l'orologio e vidi che erano appena passate le 16:30. *È ora di muoversi, Green.* Sapevo che la copertura dell'oscurità sarebbe stata un vantaggio per monitorare e sorvegliare l'hotel in cui alloggiava Volkov. Il problema principale era che non avevo idea dei suoi piani. Era una preoccupazione seria, soprattutto perché avevo viaggiato così tanto per arrivare a lui. Purtroppo non c'era nient'altro che potessi fare, così feci una doccia veloce e chiamai un altro Uber. Era ora di trovare Maxim Volkov.

Capitolo Settanta.

"Vodka, doppia", disse Volkov al barista sul ponte della piscina.

"Certamente, signore", rispose il giovane dietro il bancone.

Il barista aveva mantenuto il suo solito sorriso ma, nel profondo, era sempre più preoccupato per il benessere e il comportamento di questo particolare ospite. L'uomo russo era seduto al bar del ponte della piscina dal tramonto, ed erano ormai le 20:00. Inizialmente era tranquillo e non aveva avuto grosse pretese ma, a ogni sorso di vodka, il suo comportamento era diventato sempre più aggressivo e lascivo nei confronti delle donne presenti. Di conseguenza, diversi ospiti avevano abbandonato la piscina in preda alla frustrazione. L'allontanamento delle ospiti femminili aveva ulteriormente irritato l'uomo che, adesso, era estremamente ubriaco e stava diventando aggressivo.

Oltre a borbottare da solo in russo, l'uomo aveva iniziato a lamentarsi amaramente di tutto ciò che riguardava l'hotel. La professionalità che il barista aveva affinato nel corso degli anni era ora messa a dura prova da questo ospite indisciplinato, che cominciava a fare scenate. Era stata fatta una telefonata discreta alla reception ed era stato allertato il direttore dell'hotel. Due addetti alla sicurezza erano stati inviati e si erano posizionati discretamente dietro un'aiuola per monitorare la situazione.

Gli ospiti ubriachi non erano rari nell'hotel, ma la maggior parte di loro venivano semplicemente assecondati e riaccompagnati nelle proprie stanze, dove li attendeva un minibar ben fornito. Tuttavia, sembrava che quest'uomo avesse un appetito insaziabile per la vodka Stolichnaya e si scolava rapidamente doppi bicchieri ogni pochi minuti. Diversi nuovi ospiti erano arrivati solo per essere accolti dagli scambi rumorosi e tesi al bar, i quali li avevano spinti a trovare rapidamente dei tavoli a distanza di sicurezza dalla confusione. Le scuse erano state profuse con discrezione ed era stato fatto il più possibile per farli rilassare nonostante la tensione crescente.

Alle 20:35 il primo bicchiere era andato in frantumi. L'uomo aveva afferrato il bicchiere di cristallo ma la sua presa era decentrata e il bicchiere era caduto, rompendosi sul pavimento piastrellato. L'uomo aveva semplicemente grugnito e aveva ordinato un altro drink. Il personale si era affrettato a ripulire il tutto ma, l'atmosfera del famoso ponte della piscina, era stata irrimediabilmente rovinata per quella sera.

Erano le 21:00 quando il direttore, finalmente, ritenne necessario avvicinarsi all'uomo ed informarsi con calma sul suo benessere.

Ben esperto nel gestire situazioni del genere, il direttore aveva intavolato una conversazione con il russo, facendo domande non pertinenti e cercando di distogliere la conversazione dalle circostanze spiacevoli. I membri del personale, con gli occhi spalancati, osservavano con discrezione i tentativi del manager di smorzare la situazione ma l'uomo, pesantemente intossicato, sembrava ignorare gli sforzi del manager.

Utilizzando tecniche ben collaudate, il direttore era riuscito a dare del tu all'uomo, scoprendo che si chiamava Maxim. Era uscito fuori che Maxim era arrabbiato perché le donne erano andate via prima e nessuna era presente in quel momento. Il direttore spiegò che la maggior parte degli ospiti si stava godendo la cena, giustificando così la loro assenza. Fu suggerito a Maxim di ritirarsi nella sua stanza per rinfrescarsi e, per placare gli animi, gli fu offerta una bottiglia di vodka in omaggio, nella speranza che bevesse fino a stordirsi e dormisse per tutta la notte.

Tuttavia, sembrava che l'uomo avesse un desiderio inesauribile per l'alcol. Alle 21:15 Maxim stava visibilmente gocciolando sulla sua camicia color pastello. Fu allora che il direttore fece un brusco cenno ai due addetti alla sicurezza, posizionati in attesa dietro l'aiuola, facendo loro segno di intervenire. I due uomini corpulenti si fecero avanti mentre il direttore continuava a rivolgersi al russo chiamandolo per nome con voce calma.

"Andiamo insieme in camera, Maxim", disse il direttore. "Avremo altra vodka nell'attesa e forse potremo tornare giù più tardi, quando ci saranno altri ospiti in giro".

L'arrivo degli addetti alla sicurezza dell'hotel sembrò far infuriare ulteriormente il russo, facendolo urlare e sputare per la rabbia mentre veniva tenuto saldamente per entrambe le braccia. Il direttore continuò a parlare mentre Maxim Volkov veniva sollevato dal suo posto e guidato verso l'uscita e gli ascensori. Un'altra guardia era pronta a dirigere gli ospiti lontano dal trambusto e a garantire un percorso libero verso gli ascensori.

Alla fine riuscirono a far entrare l'omone nell'ascensore e a premere il pulsante per il 25° piano. Con un gesto rapido, il direttore prese con discrezione la chiave magnetica dalla tasca di Maxim. A quel punto la sconcertante quantità di alcol consumata aveva fatto il suo effetto; Maxim camminava con la testa che pendeva in avanti e trascinava pesantemente i piedi sulla moquette. Il direttore si precipitò ad aprire la porta della suite di lusso e non perse tempo ad accompagnare i due uomini all'interno della camera da letto. Adagiarono delicatamente Maxim a faccia in giù sul letto, dove iniziò subito a russare.

I tre uomini rimasero lì a osservare l'ospite addormentato.

"Voglio che rimuoviate tutti gli alcolici da questa stanza", disse a bassa voce il direttore. "Questo dovrà andarsene domattina. Non possiamo avere ospiti che causano situazioni del genere. Pensateci voi, d'accordo?".

Le due guardie si misero a prelevare il contenuto del minibar, mentre il direttore scuoteva la testa e si dirigeva verso la porta.

"Fottuti russi", mormorò tra sé e sé uscendo dalla stanza.

Capitolo Settantuno.

L'Uber arrivò nel giro di cinque minuti e mi portò in centro, nella calda luce serale della Florida. Gli occhi mi bruciavano per la stanchezza e mi sentivo ancora disidratato mentre salivo sul taxi. Il viaggio ci portò a sud lungo la strada costiera, oltrepassando gli infiniti hotel sulla destra e le immacolate spiagge bianche sulla sinistra. L'atmosfera era calma e sembrava che gli abitanti della Florida si stessero preparando per la notte, dato che le strade erano molto più tranquille rispetto a quando ero arrivato poco tempo prima. Finalmente, la grandiosa facciata del Four Seasons Hotel si stagliò in lontananza sulla destra e l'autista la indicò.

"Non entrare con la macchina", dissi. "Puoi fermarti ovunque nelle vicinanze. Penso che prima farò una passeggiata sulla spiaggia".

La consapevolezza di essere vicino all'uomo che aveva causato così tanto dolore e morte mi scosse e, al solo pensiero, sentii un formicolio alle braccia e alle gambe. *Non hai un cazzo di piano, Green. Che cazzo farai se e quando lo vedrai?* Ma mi tolsi questi pensieri dalla mente mentre davo all'autista una mancia di 10 dollari e attraversavo la strada. Il sole era quasi tramontato dietro il gigantesco edificio e, mentre salivo sul marciapiede, schivai una signora di mezza età sui rollerblade. Indossava solo un bikini succinto e non disse nulla mentre mi passava accanto. *Attento, Green. Sei stanco.* Scesi lungo il marciapiede fino a trovare una panchina vicino all'ingresso della spiaggia immacolata sulla mia sinistra. Era parzialmente circondata da cespugli verdeggianti e offriva un buon punto di vista da cui osservare l'ingresso dell'enorme albergo. Mi sedetti e accesi una sigaretta mentre osservavo e aspettavo. Ma era la mia totale mancanza di un piano credibile che mi preoccupava. *Hai attraversato l'Atlantico in un'impresa folle, Green. Non hai un piano. Hai agito d'impulso, ed è stato un errore. Avresti dovuto stare ad osservare e aspettare piuttosto che saltare su un aereo.* Tuttavia, quest'uomo di nazionalità russa, sebbene si fosse apparentemente ritirato dalla sua posizione nell'FSB, era ancora noto e chiaramente pericoloso. *Avrebbe potuto tornare in Russia e non ci sarebbe stata alcuna possibilità di rintracciarlo. Hai preso la decisione, Green. Ora sei qui, quindi affrontala!*

Rendendomi conto di essere esausto e molto probabilmente ancora traumatizzato dal calvario che avevo subìto in mare, mi sedetti e mi misi comodo sulla panchina. Il cielo si stava oscurando sopra di me e le luci degli edifici intorno a me erano già accese. Sbadigliai mentre mi alzavo per spegnere una sigaretta e gettare il mozzicone in un cestino vicino. Erano le 18:30 e tirai fuori il telefono dalla tasca mentre mi sedevo di nuovo. Digitai il numero del Four Seasons Hotel Fort Lauderdale e attesi la risposta della reception.

"Questo è il Four Seasons. Come posso aiutarla?", disse la frizzante voce femminile.

"Ah, buonasera", dissi. "Potrebbe dirmi se il signor Volkov è ancora in albergo?".

"Certamente, signore", fu la risposta. "Potrebbe farmi lo spelling?".

Lo feci, indicando anche il nome di battesimo del russo.

"Un momento, per favore..."

Ci fu una breve pausa, poi la centralinista tornò in linea.

"Sì, signore", disse. "Il signor Volkov è ancora ospite dell'albergo. Vuole che la metta in contatto con la sua stanza?".

"No, grazie", dissi. "Sono un suo amico. Lo contatterò sul suo cellulare. Grazie mille..."

"È stato un piacere, signore. Le auguro una buona serata".

Ringraziai la signora, riattaccai e rimisi il telefono in tasca.

"Ti ho preso, stronzo...". Sussurrai tra me e me a denti stretti, mentre fissavo l'albergo dall'altra parte della strada.

A quel punto stava calando il buio e gli occhi mi bruciavano per la mancanza di sonno. Il mio cervello vorticava su vari scenari e possibili esiti.

Non c'era dubbio sul fatto che, se avessi messo le mani su quell'uomo, il suo tempo sulla Terra sarebbe finito all'improvviso. Questo era fuori discussione. Ma restava il fatto che sapevo ben poco della sua situazione attuale. *Era solo o in compagnia di altri? Cosa ci faceva in Florida, tra tutti i posti?* Un ex uomo dell'FSB russo. Nulla di tutto ciò aveva senso e questo era ulteriormente aggravato dalla mia stanchezza. Feci un respiro profondo e mi sedetti di nuovo sulla panchina. *Per ora tieni d'occhio l'hotel, Green. È tutto quello che puoi fare. Rifletti bene e decidi una linea d'azione. Non è il momento di commettere errori.*

Capitolo Settantadue.

Maxim Volkov aprì un occhio e sbatté ripetutamente le palpebre mentre la sua vista si schiariva. All'inizio non si era reso conto di dove si trovasse ma, nel giro di pochi secondi, gli tornò tutto in mente. C'era stata una visita al cantiere navale di Alpha Marine, seguita dal viaggio di ritorno all'hotel. Si accigliò mentre si sforzava di ricordare quello che era successo dopo, poi gli tornò in mente il ricordo della disfatta sul ponte della piscina. Si era arrabbiato ed era rimasto deluso dal fatto che, le donne americane che si trovavano lì, se ne fossero andate subito dopo il suo arrivo. In seguito aveva bevuto parecchio e la memoria gli era venuta meno. Con un gemito udibile sollevò la testa e, solo allora, gli fu chiara la reale gravità dei postumi della sbornia. All'improvviso, la testa gli rimbombò e un fiotto di bile gli arrivò dallo stomaco alla bocca inaridita.

Maxim si rese conto di essere ancora completamente vestito e di aver dormito tutta la notte sopra il letto. Non ricordava né come ci fosse arrivato, né gli eventi dell'ultima parte della serata. Lentamente, e con grande sforzo, si alzò e ondeggiò sui piedi mentre si portava le dita alle tempie per massaggiarle. Il fuoco nel suo ventre si alzò all'improvviso e capì che aveva bisogno di vomitare. Incespicando verso il bagno, Maxim Volkov tossì e tossì, e fu per pura fortuna che raggiunse il lavabo in tempo. Una volta lì, un torrente di vomito eiettato fuoriuscì dalla sua bocca, schizzando lo specchio e le superfici che circondavano il lavandino. Vomitò a più riprese, finché il suo stomaco martoriato non si svuotò e la bile bruciante gli colò dal mento non rasato.

Lentamente, e con grande cura, si tolse la camicia macchiata e si sdraiò sulle piastrelle fresche in posizione fetale. Rimase lì per 20 minuti, addormentandosi brevemente finché non si svegliò e guardò l'orologio. Erano appena passate le 7:45 e il sole della Florida entrava nella stanza dietro di lui. Volkov si alzò in piedi e si tolse le scarpe, sentendo le piastrelle fresche sotto i piedi. Poi lasciò cadere i pantaloni color crema ed entrò nudo nella doccia. Rimase lì, gemendo, per 10 minuti, con l'acqua che gli scorreva sul corpo e la testa abbassata. Infine, uscì dalla doccia indossando un accappatoio bianco e soffice e cercò nella sua borsa da toilette le pillole per il mal di testa e gli antiacidi. Dopo aver trovato i farmaci necessari, lanciò un'occhiata verso il basso, dove si trovava il minibar, solo per vedere che era stato svuotato. Chiunque fosse stato, non aveva lasciato nemmeno una bottiglia di acqua minerale da bere.

"Yebat!" gridò ad alta voce. "Cazzo!"

Ancora con le pillole in mano e con la testa che gli rimbombava per l'improvviso sfogo, si diresse verso il bagno, pieno di vomito, e riempì un bicchiere con l'acqua del rubinetto. Rimase lì a fissarsi mentre inghiottiva le pillole e beveva l'acqua dallo strano sapore. Il suo viso era pallido e sudato, gli occhi erano rossi e infossati nella pelle grigia e scura che li circondava. Con un altro gemito, tornò nella suite e si sdraiò con cura sul letto sgualcito. *Tempo*, pensò. *Tempo e silenzio, e starai bene. Potrai ancora goderti il tuo ultimo giorno in Florida*. Ma fu esattamente alle 8:30 del mattino, mentre Maxim Volkov si stava addormentando in un sonno semi-comodo, che il telefono del comodino squillò con uno stridente suono elettronico. Il rumore gli attraversò il cervello con una fitta ondata di dolore e la sua rabbia aumentò quando rispose.

"Sì", disse nel ricevitore.

La telefonata era del direttore dell'hotel e le notizie non erano affatto buone. Il suo comportamento della sera precedente era stato giudicato inaccettabile dalla direzione ed avevano deciso di chiedergli di lasciare immediatamente l'hotel. Era stato chiamato un taxi che lo stava aspettando vicino alla hall.

"Myagkiy chlen, amerikanskiye zasrantsy!", urlò nel ricevitore. "Stronzi americani dal cazzo moscio!".

Ma era troppo tardi e il fatto di essere stato cacciato da quel luogo sfarzoso non fece altro che incupire il suo umore e farlo infuriare ulteriormente.

"Dovrete aspettare finché non avrò preso altri accordi", sbottò in inglese. "Me ne andrò una volta fatto. Addio!".

Sbronzo, umiliato e in preda alla rabbia, Maxim Volkov fece alcune telefonate dal suo cellulare e iniziò a gettare i suoi vestiti sporchi nella valigia. Si era assicurato un posto sul volo di metà mattina per Parigi e avrebbe lasciato definitivamente il suolo americano. La caparra per lo yacht dei suoi sogni era stata versata e non c'era nulla che potesse fare per fermare l'acquisto. *Dopo tutto, c'è del lavoro da fare. Vattene subito da qui, Maxim! Le donne europee sono comunque molto meglio di queste scrofe americane!*

Capitolo Settantatre.

Verso le 23:30 la stanchezza mi aveva sopraffatto. Un camion della nettezza urbana di passaggio mi aveva fatto trasalire dal mio posto sulla panchina. L'aria notturna era calda e umida e il traffico si era calmato. Guardando l'orologio, mi resi conto di essermi appisolato. *Questo non ti aiuta, Green. Devi riposare un po'.* Mi alzai, sentendo le ossa stanche e doloranti, e uscii dall'oscurità dei cespugli. Chiamai un Uber e nell'attesa guardai l'enorme albergo. *Signor Volkov, so che è lì dentro. Tornerò presto.* L'Uber arrivò e facemmo un breve viaggio per tornare al mio albergo. Avevo a malapena le forze per fare una doccia, ma mi costrinsi a farla. Esausto, crollai sul letto con l'asciugamano umido ancora intorno alla vita. Mentre mi addormentavo, la mia mente si riempiva di visioni ossessionanti dei terribili eventi a cui avevo assistito alle Seychelles, eventi che sembravano impossibili da dimenticare, anche dall'altra parte del mondo.

Mi svegliai bruscamente alle 6:00 del mattino e, rigidamente, mi sedetti sul letto. Improvvisamente, tutto mi tornò alla mente e mi resi conto di quanto dovevo essere esausto. Il sonno mi aveva ristorato bene e la mia mente era molto più lucida del giorno precedente. Il sole del mattino filtrava da una fessura delle ampie tende e sentivo il bisogno di mangiare. Decisi subito che la mia prima priorità era trovare del cibo e poi formulare un piano. Il signor Volkov era rintanato nel suo hotel di lusso, a soli 15 minuti di distanza, e non potevo assolutamente lasciarmelo scappare. Avrebbe pagato per quello che aveva fatto. Questo era certo. Senza perdere tempo, feci una doccia veloce, poi scesi le scale e uscii in strada. Mi ricordai che a pochi minuti a piedi dall'albergo c'era un molo turistico, dove sicuramente avrei trovato ristoranti e locali che servivano la colazione. L'aria del mattino era calda e umida mentre camminavo, passando accanto a diversi bungalow tipici della Florida. Dalle mie brevi ricerche avevo appreso che Lauderdale-By-The-Sea era una città storica che vietava la costruzione di grattacieli, per preservare il suo fascino antico in mezzo agli sviluppi miliardari che la circondavano. Svoltai a destra dopo lo stop e feci una breve passeggiata verso il rinomato molo. Gli operai erano impegnati a pulire dopo quella che doveva essere stata una notte di festeggiamenti selvaggi, ma un ristorante era aperto e serviva cibo. Presi posto a un tavolo all'aperto, consultando il menu che mi era stato proposto. Ordinai una colazione con caffè e mangiai abbondantemente mentre riflettevo attentamente sulla mia situazione.

Sei qui, a pochi passi dall'uomo che ha ucciso i tuoi amici. Ora conosci il motivo della loro morte: l'oro. Una nave perduta che trasportava un'enorme quantità di lingotti d'oro. Quello che non sai è perché quest'uomo, Volkov, si sia dimesso dalla sua posizione nell'FSB russo. Ed è improbabile che tu riesca a scoprire questa informazione. Sei venuto qui in missione alla cieca con un solo obiettivo: fare giustizia su quest'uomo. È possibile in questo momento, ma potrebbe rivelarsi pericoloso. Non hai idea del perché lui sia qui o con chi sia. Queste sono le prime cose di cui ti devi accertare, Green.

Guardando l'orologio, vidi che erano appena passate le 7:15 del mattino. Nel Regno Unito era ancora notte fonda, *non puoi chiamare Tracey adesso. Devi tornare al suo hotel e iniziare le indagini. Scopri perché è qui, chi è con lui e stabilisci come raggiungerlo. Una volta ottenute queste informazioni, potrai elaborare un piano credibile e attuabile. È tutto, Green. Mettiti al lavoro!*

Dopo aver saldato il conto, mi recai in un negozio all'angolo per comprare un giornale. Poi chiamai un Uber e mi misi sotto al sole del mattino a fumare una sigaretta mentre aspettavo. Il veicolo arrivò nel giro di cinque minuti e ci avviammo lungo la vivace costa della Florida, verso il Four Seasons Hotel.

Il traffico mattutino aveva causato un leggero ritardo ed erano le 7:50 quando l'autista si fermò di fronte all'hotel. Gli diedi una mancia di 10 dollari e scesi sul marciapiede.

Capitolo Settantaquattro.

Il telefono squillò per la seconda volta mentre Maxim Volkov chiudeva la sua valigetta. Il suono intensificò il suo mal di testa pressante, facendogli pulsare le vene delle tempie. Con un furioso mix di frustrazione e disagio, rispose alla chiamata.

"Il suo taxi è ancora in attesa, signore", lo informò il direttore al telefono.

"Sarò lì subito, fottuto maiale!". Maxim urlò, con evidente rabbia nella voce, prima di sbattere di nuovo il telefono sulla sua base.

Maxim richiuse la valigia con le mani che gli tremavano e le ascelle umide di sudore. Imprecò forte, scrutando la stanza alla ricerca di qualsiasi cosa avesse dimenticato. La sensazione di nausea nello stomaco aumentò, risalendo come un'onda di fuoco nella gola. Emise un gemito di angoscia, poi tornò a fatica nel bagno, ancora sporco di vomito, per scolarsi un altro bicchiere d'acqua. Infine, si lavò il viso e gettò l'asciugamano sul pavimento per la frustrazione.

Fissò il suo riflesso nello specchio, osservando con tristezza il suo aspetto pallido e malaticcio.

"Devi cercare di ridurre il consumo di alcol, Maxim. Non ti fa bene", mormorò tra sé e sé.

Riprendendo la calma, tornò nella stanza, raccolse le valigie e si diresse verso l'ascensore. Nell'attesa, una coppia di americani anziani e apparentemente benestanti lo raggiunse alle porte dell'ascensore.

"Buongiorno", lo salutò la donna con un dolce sorriso.

Maxim grugnì in risposta e chiuse gli occhi, cercando di trovare un momento di calma in mezzo al caos.

Finalmente arrivò l'ascensore e Maxim si assicurò di essere il primo a entrare. La coppia lo seguì da vicino e lui premette il pulsante per il piano terra. Le porte si aprirono, rivelando l'area della reception dell'hotel, spaziosa ed elegantemente arredata. Ignorando i suoi anziani compagni, Volkov uscì con irruenza dall'ascensore e si diresse verso la reception, dove diversi dirigenti lo stavano aspettando nervosamente.

Capitolo Settantacinque.

La hall dell'hotel emanava un senso di grandezza, opulenza e meticolosa attenzione ai dettagli. Diedi un'occhiata alla reception prima di sistemarmi in un'area vicino agli ascensori. Scegliendo un tavolo sul lato opposto, mi posizionai in modo da avere una chiara visione sia degli ascensori che della reception. L'hotel brulicava di attività, mentre il personale e gli ospiti si muovevano, e fui sollevato dal fatto che il mio arrivo non avesse attirato l'attenzione di nessuno.

Poco dopo si avvicinò un cameriere e ordinai subito un caffè per me. Quando mi chiese il numero della mia camera gli dissi che stavo aspettando un ospite e che avrei pagato con la mia carta. Lui accettò senza fare domande e io aprii il mio giornale, preparandomi a un'attesa imprecisata. Seduto in silenzio, studiai l'ambiente circostante osservando discretamente da dietro il giornale.

Il cameriere tornò pochi minuti dopo con una tazza e un bricco di caffè, che posò sul tavolo davanti a me. Mentre lo faceva, notai le porte dell'ascensore aprirsi. Non ci si poteva sbagliare: era Maxim Volkov che stava uscendo dall'ascensore ed entrava nell'atrio. Il suo viso era pallido e una patina di sudore gli ricopriva la pelle. Le ascelle erano bagnate e la sua carnagione sembrava malata. La mia adrenalina salì mentre lo guardavo, chinandomi sulla sedia per seguire i suoi movimenti mentre si dirigeva verso la reception.

In un attimo, una tumultuosa agitazione scoppiò davanti ai miei occhi. Urla e proteste riempirono l'aria quando Volkov raggiunse l'area della reception. Ancora una volta, dovetti sporgermi alla mia sinistra per scorgere ciò che stava accadendo. Il cameriere, impegnato a versare il caffè, si allarmò per la mia reazione e mi parlò ma, le sue parole, rimasero inascoltate. Volkov trascinava una borsa e trasportava dei bagagli: stava chiaramente uscendo. *E adesso, Green? Qui c'è qualcosa che non va, cazzo!* Il trambusto alla reception sembrò placarsi e notai alcuni uomini eleganti che guidavano Volkov verso l'uscita dell'hotel. *Green, c'è un problema: lo stanno buttando fuori!* Gettando il giornale sulla poltrona vicina, mi alzai bruscamente, quasi facendo cadere la caffettiera dalle mani del cameriere.

"Torno subito", dichiarai correndo verso le porte.

Tuttavia, era troppo tardi e l'omone aveva già lasciato l'edificio. Consapevole del fatto che probabilmente sarebbe stato prelevato da un veicolo, accelerai il passo. Cinque membri del personale in giacca e cravatta erano riuniti davanti alle porte, dopo aver scortato il russo all'uscita. Erano come sentinelle, a protezione del loro dominio. Spingendoli, mi scostai in fretta e furia, nel tentativo di dare un'occhiata a ciò che stava accadendo fuori. Ma fu inutile. Nel portico, un taxi giallo con il fumo che usciva dalla marmitta era in attesa. Sul sedile posteriore c'era l'uomo per il quale avevo percorso 6.000 miglia per inseguirlo. Sembrava agitato e molto indisposto. Mentre attraversavo le porte, il veicolo si allontanò e io iniziai a corrergli dietro.

"Volkov!", gridai a squarciagola.

Sebbene il taxi fosse già a metà strada dal portico sopraelevato, il russo mi aveva sentito e si era girato sul sedile, lanciando uno sguardo breve ma allarmato nella mia direzione. Tuttavia, la distanza tra noi era troppa e il taxi girò a destra, dirigendosi verso sud sulla strada costiera. La sua destinazione era un vero mistero. Un terribile senso di sprofondamento mi si depositò nello stomaco mentre tornavo sui miei passi verso le porte dell'hotel, dove gli uomini che avevano facilitato la partenza di Volkov mi aspettavano, mostrando un misto di sollievo e curiosità sui loro volti.

"Dov'è andato?" chiesi loro disperatamente. "Maxim Volkov. Dov'è andato?".

Capitolo Settantasei.

Mi spostai sul sedile e aggiustai il cuscino dietro di me mentre mi chinavo verso il treppiede che reggeva il mio binocolo. L'elegante yacht a motore Galleon 800 di fabbricazione tedesca era ormeggiato, ormai da tre giorni, nel pittoresco porto sottostante la mia visuale. Il sole stava tramontando sopra la mia spalla sinistra e proiettava una calda luce gialla sulle numerose imbarcazioni che galleggiavano nelle acque fresche e trasparenti. La mia camera d'albergo, nella famosa città vecchia, era stata scelta appositamente per darmi una vista ininterrotta sul porto e sulla barca in questione. Avevo trascorso tre giorni ad osservare in silenzio la costosa imbarcazione da questa stanza ed i vari andirivieni da e verso di essa. I tre uomini a bordo trascorrevano la maggior parte del tempo nascosti nelle cabine, ma avevo iniziato a vedere uno schema nel loro comportamento ogni volta che si avventuravano sul ponte. Lo facevano in determinati momenti della giornata, la mattina presto e poi più spesso la sera, e le loro azioni erano prevedibili come un orologio. I tre uomini in questione erano Maxim Volkov e i due bruti che si erano immersi nel relitto alle Seychelles. Gli stessi uomini che avevano ucciso i miei amici e che avevano cercato, senza riuscirci, di fare lo stesso con me. Mi maledissi per la terribile gaffe che avevo fatto all'ingresso del Four Seasons Hotel di Fort Lauderdale. Mi ero reso conto che le mie azioni erano state alimentate dalle forti emozioni piuttosto che dal buon senso ed era stato un grave errore chiamare il taxi in partenza. La visione di Maxim Volkov che mi fissava attraverso il finestrino posteriore del taxi mi perseguitava da allora. *Mi aveva davvero riconosciuto? Una persona che credeva morta da tempo.* I nostri brevi rapporti alle Seychelles erano stati rapidi e commerciali e non avevo idea se avesse fatto due più due. Dovevo credere che quell'uomo non fosse uno sciocco. Dopo tutto, fino a poco tempo prima, era stato un membro di alto livello dell'FSB russo. *Di certo non è uno sciocco.*

Fingendo di essere un socio d'affari, avevo parlato brevemente con la direzione dell'hotel in Florida subito dopo aver visto Volkov allontanarsi. Erano stati molto professionali e abbastanza prudenti, ma avevano rivelato che la sera precedente c'era stato uno spiacevole incidente con un eccesso di alcolici e che era stato deciso che, date le circostanze, Volkov avrebbe dovuto lasciare la loro struttura. Le mie cortesi richieste di informazioni, su dove potesse essere andato, avevano avuto esito negativo. La direzione non aveva idea di dove fosse diretto.

Ero tornato al mio albergo e avevo passato le ore successive a maledire la mia stupidità. L'avevo perso in un attimo e nel frattempo avevo mostrato il mio volto. Se quell'uomo avesse avuto un po' di buon senso, mi avrebbe riconosciuto. Era un errore che non mi sarei mai perdonato e che non avrei certo ripetuto. Erano le 14:30 di quel pomeriggio quando finalmente riuscii a contattare Tracey Jones nel Regno Unito. Nella situazione in cui mi ero trovato, lei era la mia unica speranza di rintracciare quell'uomo. Sapevo benissimo che, se fosse tornato in Russia, avrei potuto perderlo per sempre. Tracey mi richiamò un'ora dopo con un prezioso aggiornamento. Maxim Volkov si era recato in Florida per versare un acconto su uno yacht a motore estremamente costoso. Il pagamento di 200.000 dollari era stato effettuato il giorno prima della partenza per Parigi. Era stata effettuata anche una prenotazione e un pagamento per un successivo volo da Orly a Zara, in Croazia. Tracey mi aveva informato che Volkov teneva uno yacht a motore nel porto della cittadina e aveva naturalmente pensato che fosse diretto lì. Il nome dell'imbarcazione con sede a Zara, "Krikun", ricordava una nave da guerra russa del 1800 e il nome era stato tradotto in inglese con la parola "Screamer".

Ancora provato dal senso di colpa per l'errore commesso in Florida, avevo preso un volo dal Miami International per Roma, in Italia. Da lì mi ero imbarcato su un Cityhopper per Zara e avevo preso subito un hotel con vista sul porto dove era ormeggiata la "Krikun". In quella stanza avevo trascorso gli ultimi tre giorni osservando e registrando le attività a bordo dell'enorme imbarcazione. Solo durante questo periodo avevo avuto modo di valutare mille possibili teorie su ciò che gli uomini stavano progettando. La principale di queste teorie era l'enorme quantità di oro a bordo della nave affondata, la Perla di Alessandria, che giaceva sul fondo dell'oceano a 60 km a est dell'isola di La Digue, nelle Seychelles. Questi uomini erano disposti a uccidere per esso e potevo solo supporre che, dato il suo valore, recuperarlo sarebbe stata la loro priorità principale. *Un ex uomo dell'FSB a piede libero che beveva molto. Finalmente libero dai vincoli del suo lavoro. Un uomo che aveva appena versato un acconto su un superyacht di fabbricazione americana di cui gli oligarchi russi vanno ghiotti. Devi fare due più due, Green. Lo stronzo pensa di essere in procinto di entrare in possesso di una grande quantità di denaro. Altrimenti perché avrebbe fatto una mossa così audace? Sanno che l'oro è lì. Lo stanno cercando. Non farti illusioni.* I movimenti degli uomini a bordo della "Krikun" mi avevano insegnato molto negli ultimi tre giorni. Durante le ore diurne i due uomini del Wagner più giovani salivano sul ponte allo scoccare dell'ora, ogni ora.

Una volta lì, eseguivano una perlustrazione della nave da poppa a prua. Questa operazione veniva ripetuta su entrambi i ponti. Dopo questi giri di perlustrazione, ogni uomo prendeva posizione su entrambi i lati della barca, a poppa e a prua. Questo per permettere loro di fumare le sigarette. Durante la notte un solo uomo effettuava questi giri di perlustrazione. A mezzanotte il turno cambiava per permettere all'altro uomo di dormire. Il loro comportamento era quello di uomini che agivano con un'estrema cautela. Lo scopo di queste ronde orarie era ovviamente quello di mantenere la sicurezza e rivelava che il loro capo, Volkov, era un uomo preoccupato. Se la mia intuizione era giusta, significava che ero stato effettivamente riconosciuto in Florida. Volkov si faceva vedere solo durante le ore di buio. Di solito era intorno alle 21:00 che saliva sul ponte inferiore, scarsamente illuminato, a poppa della nave. Una volta lì, trascorreva qualche ora nella jacuzzi sorseggiando bevande sconosciute e mangiando cibo da asporto che veniva consegnato in motorino a uno degli uomini del Wagner sul molo. Il cibo era solitamente McDonald's o pizza. Avevo preso nota del numero di targa del motorino che consegnava il cibo e avevo fatto diversi ordini dallo stesso fattorino. Sembrava che il servizio di consegna Uber Eats nella città vecchia usasse lo stesso rider per tutte le consegne. L'autista dello scooter in questione era un giovane ucraino con la pelle rovinata e i capelli lunghi e unti. Mi ero preso il tempo necessario per scambiare due parole con lui. Non avendo amore per nessuno di origine russa, e in cambio di una banconota da 100 dollari, mi aveva fornito volentieri il numero di telefono usato per ordinare le consegne regolari di cibo sulla "Krikun". Gli uomini a bordo dell'appariscente nave erano nel mio mirino e per di più avevo il loro numero di telefono. Non sapevo esattamente di chi fosse il numero, ma potevo solo sperare che fosse quello di Volkov. Gli schemi erano gli stessi ogni giorno e ogni notte e io avevo registrato e osservato tutto nei minimi dettagli.

Girai il polso per vedere l'orologio. Erano appena passate le 16:45 e la schiena mi faceva male per lo sforzo di guardare continuamente. Presi il pacchetto di sigarette e ne accesi una guardando il porto sotto di me. Feci un profondo tiro di sigaretta e osservai il fumo che si espandeva attraverso il telaio della vecchia finestra di legno nella leggera brezza marina. Lo schema delle attività sulla barca era lo stesso da giorni. Si poteva regolare l'orologio. Ma quella sera mi sarei perso almeno un'ora di questa attività. Avevo un appuntamento alle 19:00. Un incontro programmato in un bar in una zona squallida della periferia di Zara. Un luogo dove nessun turista penserebbe mai di avventurarsi.

Dovevo ritirare un pezzo di equipaggiamento il quale avrebbe garantito che, gli uomini nella barca di sotto, non avrebbero mai messo le mani sull'enorme tesoro d'oro sul fondo dell'Oceano Indiano. Un pezzo di equipaggiamento che avrebbe garantito che pagassero il prezzo più alto per i loro crimini efferati.

"Oh sì", sussurrai sporgendomi in avanti per guardare ancora una volta attraverso il binocolo. "Questa notte arriverà la fine per tutti voi...".

Capitolo Settantasette.

Maxim Volkov era un uomo preoccupato. Sebbene fosse finalmente libero dal lavoro a cui aveva dedicato la sua vita e non fosse più oppresso dalla moglie assillante, non riusciva a liberarsi dalle sue ansie. Nonostante avesse appena versato un acconto sulla barca dei suoi sogni, un'imbarcazione che gli avrebbe permesso di ritirarsi in tutta comodità e di navigare verso il tramonto; nonostante avesse organizzato un'operazione di recupero a noleggio nell'Oceano Indiano per impossessarsi di una cassa d'oro, rimaneva profondamente turbato.

Tutto era iniziato con un incontro a distanza di pochi secondi, mentre stava andando via con un taxi dall'hotel in Florida. Qualcuno aveva chiamato il suo nome e, quando si era girato a guardare, aveva visto un uomo che non si aspettava di rivedere, un uomo che credeva morto. *O era morto davvero?* L'intuizione di Maxim Volkov di quella mattina era diventata inaffidabile per lui, probabilmente a causa dei forti postumi della sbornia.

Poteva essere la sua mente a giocargli brutti scherzi? Forse tutte le sue preoccupazioni erano infondate e una perdita di tempo? Semplicemente non lo sapeva.

Da quando era arrivato nella città costiera di Zara, in Croazia, dove era attraccata la sua amata nave, la "Krikun", si era riunito con Yuri e Sergei e aveva immediatamente attuato un rigido regime di sicurezza. La paranoia lo aveva consumato e l'immagine del volto di quell'uomo era impressa nella sua mente. Ma forse si trattava solo di un'illusione, frutto di una mente in preda all'alcol e al jet lag? *Sì, potrebbe essere così!* Per contrastare questa fastidiosa paranoia, Maxim Volkov si rivolse ancora una volta alla bottiglia. Il suo consumo giornaliero di vodka era triplicato e presto le scorte del suo amato "Krikun" si sarebbero esaurite. Tuttavia, aveva mantenuto un bastevole buon senso che gli aveva consentito di completare il lavoro necessario prima di bere il primo bicchiere. L'etica del lavoro era radicata in lui.

Nei giorni precedenti aveva organizzato e pagato una nave da salvataggio completamente attrezzata nel porto di Victoria, sull'isola di Mahe, alle Seychelles. L'imbarcazione a noleggio era di proprietà di un poveraccio seicellese di nome Albert Pillay. Maxim aveva fatto ricerche approfondite e indagato a fondo sull'uomo e la sua nave, all'insaputa dell'ambasciata russa alle Seychelles. Il primo viaggio esplorativo era stato condotto utilizzando passaporti falsi forniti dallo Stato russo, ma questa volta avrebbero viaggiato in modo indipendente, utilizzando i propri passaporti. Il viaggio si sarebbe svolto entro 48 ore. L'operazione di recupero era prevista per il giorno successivo al loro arrivo.

Una volta portata a terra, la cassa d'acciaio sarebbe stata rapidamente spostata in un luogo sicuro. L'eliminazione in modo discreto di Albert Pillay e del suo equipaggio avrebbe seguito lo stesso schema dei proprietari del charter subacqueo. *Ma erano stati davvero eliminati?* Il ricordo assillante dell'uomo che inseguiva il taxi perseguitava Maxim, e lo spinse a versarsi un altro drink per calmare i suoi pensieri agitati. La vodka liscia gli bruciava la gola mentre andava giù.

Maxim aveva interrogato ripetutamente sia Yuri che Sergei, ma le loro risposte erano rimaste coerenti. Tutte le persone coinvolte nel progetto esplorativo originale erano state eliminate: erano tutte morte, senza alcun dubbio. Gli uomini del Wagner glielo avevano assicurato ripetutamente. I loro sorrisi e le loro battute private sulla salute mentale di Maxim si intensificavano man mano che lui continuava a chiedere. Sentiva le loro conversazioni e le loro risate nella loro cabina a bordo del "Krikun". Eppure, la paura e la preoccupazione persistevano, rifiutandosi di dissiparsi, indipendentemente da quanto bevesse. *Che si fottano quelle due teste di rapa!* Pensò mentre si alzava per versare un altro bicchiere. *Tanto li ucciderò quando avrò l'oro.*

Capitolo Settantotto.

Le antiche lastre di pietra che pavimentavano gli stretti vicoli della città vecchia di Zara erano di un intenso colore marrone e perfettamente levigate da millenni di traffico pedonale. Assomigliavano a massicce lastre quadrate di caramelle mou che erano state parzialmente risucchiate da giganti. Erano le 17:00 e avevo lasciato la mia stanza d'albergo, avventurandomi fuori dalla città vecchia verso il parcheggio situato oltre le alte mura nella parte settentrionale. Avevo deliberatamente scelto questo particolare parcheggio per evitare di essere visto vicino al porto dove era attraccata la "Krikun". Anche nella fievole luce della sera mi sentivo esposto e, in qualche modo, vulnerabile. Le luci dei numerosi ristoranti e bar si erano accese e il personale si stava preparando per l'afflusso di turisti che si sarebbero concessi vini pregiati e pizze al tartufo. Alla fine avevo raggiunto Five Wells Square e l'avevo attraversata, salendo verso il piacevole parco. Svoltando a sinistra, attraversai l'antico arco che conduceva fuori dalla città vecchia. Il veicolo a noleggio era parcheggiato proprio come l'avevo lasciato e, senza perdere tempo, salii e accesi il motore. Mi sedetti nella penombra, consultando Google Maps sul mio telefono. Il bar che stavo per visitare si trovava a sud della città di Zara, in una zona a basso reddito che raramente vedeva attività turistiche. Era frequentato da zingari e spacciatori di droga, quindi dovevo stare all'erta se volevo riuscire a ottenere ciò che stavo cercando. Il contatto che dovevo incontrare si chiamava Ivan. L'avevo scoperto grazie a un articolo sul dark web. Sorprendentemente, Ivan parlava un inglese fluente nonostante fosse un ex gangster jugoslavo. Era un pericoloso criminale da evitare, se non fosse che possedeva qualcosa di cui avevo disperatamente bisogno. *Stai attento, Green*, mi ricordai. Pigiai la scritta "Vai" sullo schermo del telefono e mi allontanai nella notte sempre più scura.

Il percorso mi aveva portato nell'entroterra dell'antica città, passando per una rotonda vicino all'aeroporto. Da lì le strade si erano fatte più strette e gli edifici erano diventati sempre più fatiscenti, con la vernice scrostata e le strade piene di buche. Gruppi di adolescenti magri si aggiravano agli angoli delle strade, tirando calci ai palloni nei vicoli. Quando raggiunsi il bar designato, l'oscurità aveva avvolto completamente i dintorni. Seguendo le istruzioni, parcheggiai il veicolo dietro un cassonetto vicino all'ingresso. Una scarica di adrenalina mi attraversò le braccia e le gambe mentre riflettevo sulle possibili conseguenze se l'incontro fosse andato male.

Sapevo ben poco di quest'uomo di nome Ivan, a parte le informazioni che aveva condiviso con me e la foto che mi aveva inviato su WhatsApp. L'immagine ritraeva un uomo sulla cinquantina, con capelli neri corti che mostravano segni di ingrigimento e barba. I suoi occhi erano neri e freddi e già dalla foto potevo capire che si trattava di un personaggio estremamente sgradevole. Toccai la busta che avevo in tasca, che conteneva dieci banconote da 100 dollari. Le istruzioni di WhatsApp erano di entrare nel bar, ordinare un drink, consegnare le chiavi al barista e prendere posto vicino alla porta del bagno. Una volta lì, dovevo aspettare che Ivan mi avvicinasse e mi fornisse ulteriori istruzioni. Scrutando l'area circostante il bar, per lo più avvolta nell'oscurità, notai un'insegna gialla e invecchiata sopra la porta che recitava "Lambik Lounge". Una delle lampadine dietro l'insegna in perspex tremolava in continuazione. Consultando l'orologio, vidi che erano le 18:00. *È ora di andare, Green. Fai con calma.* Feci un respiro profondo e uscii dall'auto. La porta del "Lambik Lounge" cigolò sui suoi cardini quando entrai. Il locale puzzava di birra stantia e di fumo di sigaretta, e le mie scarpe si attaccavano alla moquette sotto di me mentre camminavo verso il bar. Fu subito evidente che questo locale era un rifugio per gli elementi indesiderati della città. Ubriachi vestiti con tute da ginnastica lucide si mescolavano a donne magre con il viso schiacciato e i capelli unti. L'impianto audio suonava una canzone rock anni '80, "The Final Countdown" del gruppo svedese Europe. Il locale corrispondeva alle mie aspettative di buio e squallore. Ignorando gli sguardi sconcertati degli avventori, mi diressi verso il bar e ordinai una birra Ožujsko. L'uomo rotondo e calvo mi porse una bottiglia tiepida e io gli feci scivolare le chiavi e una banconota. Senza dire una parola, prese i soldi e le chiavi facendo un cenno verso una porta sul lato destro del locale. Portando con me la birra, mi avvicinai alla porta e mi sistemai su una sedia di vinile scadente con la schiena appoggiata al muro. Bevendo un sorso, scrutai la stanza, sollevato nel vedere che gli avventori avevano per lo più ripreso a conversare. Un minuto dopo osservai la porta d'ingresso aprirsi e riconobbi subito l'uomo che era entrato, era Ivan. Senza fermarsi al bancone, si diresse verso di me e parlò.

"Seguimi", disse a bassa voce, spingendo la porta del bagno.

Posando la birra sul tavolo, obbedii alle sue istruzioni. La porta conduceva a un corridoio poco illuminato, impregnato di odore di urina e vomito.

Sbattendo le palpebre nell'oscurità, individuai l'insegna "Gents" alla mia sinistra. Spinsi la porta e trovai Ivan in piedi davanti all'orinatoio, girato di spalle. La stanza era sporca e le piastrelle rotte e gli specchi in frantumi ornavano i lavandini sudici. Senza girare la testa, Ivan parlò.

"I soldi, per favore", disse allungando la mano destra. Feci un passo avanti e gli porsi la busta piegata.

"Troverai il tuo ordine nel bagagliaio del tuo veicolo; le chiavi sono nel quadro", disse a bassa voce. "Ora, vai a farti fottere...".

Capitolo Settantanove.

"Avete notato qualcosa di insolito, di sospetto?", chiese Maxim.

Yuri e Sergei si scambiarono un sorriso e scossero la testa contemporaneamente. La paranoia del loro capo permeava tutto e a loro sembrava quasi comica.

"No, signore", rispose Yuri. "Tutto è come dovrebbe essere. Non c'è stato nulla di insolito".

"Bene, bene", disse Maxim versandosi un bicchiere di vodka. "Bene, ho un briefing finale per entrambi. Sedetevi, cominciamo".

I tre uomini si sistemarono nella cabina principale del "Krikun" mentre iniziava il briefing. Il loro viaggio prevedeva un viaggio a Zagabria il mattino seguente con un'auto a noleggio, seguito da un volo commerciale per il Qatar e da una coincidenza per Mahe, alle Seychelles. Avrebbero avuto una mattinata per acquistare strumenti come torce da taglio e smerigliatrici, e lo stesso pomeriggio per ispezionare la nave di salvataggio e intervistare l'equipaggio. L'operazione era prevista per il giorno successivo. Ogni dettaglio del loro itinerario era stato meticolosamente pianificato e ricontrollato. L'attrezzatura subacquea e i veicoli erano stati preparati e si era deciso che solo due membri dell'equipaggio seychellese, il capitano e un marinaio, sarebbero stati a bordo della nave di recupero per ridurre al minimo i rischi. Una volta consegnata la cassa d'acciaio al porto di Mahe, questi due uomini sarebbero stati eliminati. Avevano noleggiato un camion da 3 tonnellate equipaggiato con una gru a benna Hiab, che avrebbe trasportato la cassa fino alla loro casa isolata sulla spiaggia, situata a nord dell'isola. La casa aveva pareti alte e un'area adibita a officina. Se tutto fosse andato secondo i piani, avrebbero aperto la cassa quella notte e avrebbero estratto i lingotti d'oro. Maxim sottolineò il peso e il valore dell'oro, sapendo che avrebbe acceso l'entusiasmo dei suoi uomini. Descrisse poi un piano elaborato per spedire i lingotti su una nave a noleggio a Mombasa, in Kenya, rendendo più facile la divisione equa del bottino.

Tuttavia quest'ultima parte era solo un'invenzione, poiché Maxim Volkov non aveva intenzione di condividere la ricompensa con nessuno. Infatti, aveva già acquistato dei sonniferi, che avrebbe usato per drogare Yuri e Sergei prima di ucciderli e gettare i loro corpi nell'oceano, poco dopo il successo dell'operazione di recupero. Avrebbe festeggiato in modo sfrenato con abbondanti quantità di vodka. Una volta che i due uomini del Wagner avessero perso i sensi, a causa dei sonniferi in polvere, sarebbero stati eliminati. Ogni aspetto di questo intricato piano era stato attentamente considerato e analizzato più volte. Erano, per quanto Maxim potesse determinare, completamente pronti a eseguire quello che sarebbe stato il più grande guadagno della sua vita. Se solo non fosse stato per quella paura assillante che continuava a persistere. Era il volto dell'uomo che aveva visto inseguire il taxi in Florida. L'immagine lo perseguitava, mettendo in dubbio tutto ciò che aveva pianificato. Ma nemmeno questo lo avrebbe scoraggiato. *No, Maxim Volkov avrebbe avuto la sua parte e si sarebbe assicurato la libertà per sempre.* Questo era il piano, almeno.

Capitolo Ottanta.

Le strette vie dell'antica città brulicavano di turisti che si affollavano nei vari bar e ristoranti. Seguendo le istruzioni di Ivan, andai via rapidamente dal nostro luogo d'incontro al "Lambik Lounge". Mi ero fermato solo un attimo per controllare il bagagliaio della mia auto quando avevo raggiunto il parcheggio. Come promesso, mi aspettava una lunga borsa di tela verde. Senza controllarne il contenuto, guidai frettolosamente per le strade, superai la chiesa vicino alle rovine del foro romano e proseguii verso la mia camera d'albergo che si affacciava sul porto. Anche se c'era la netta possibilità di essere stato truffato, visti i personaggi poco raccomandabili che avevo incontrato in quel bar malfamato, avevo deciso di procedere e presto avrei scoperto la verità. Il peso della borsa sulla spalla destra mi rassicurava ma, il suo contenuto, rimase un mistero fino a quando non raggiunsi la mia stanza.

Dopo aver trascorso gli ultimi giorni confinato nella mia camera d'albergo con il binocolo come unica compagnia, avevo provato la strana sensazione di essere esposto agli occhi del pubblico. Mi aveva quasi fatto desiderare il familiare isolamento. Tuttavia, mentre attraversavo il vicolo poco illuminato che conduceva all'ingresso dell'hotel, il mio telefono squillò. Era Tracey Jones, da Londra, che mi chiamava con nuove informazioni sui movimenti di Volkov. Riconoscendo l'importanza di queste informazioni, ma non potendo fermarmi a parlare, le chiesi di inviarmele via e-mail per leggerle al mio ritorno. Consapevole del fatto che gli uomini sullo yacht erano confinati come me da tempo, prevedevo che presto avrebbero fatto la loro mossa. Questi uomini non avrebbero semplicemente oziato sul loro yacht a Zara per i prossimi due anni. C'era una nave affondata e carica di lingotti d'oro che li aspettava e lasciarla in sospeso era fuori discussione. Sapendo che avevano ucciso per proteggere il loro segreto, ero ben consapevole del fatto che stavano tramando qualcosa. Tracey accettò di inviare immediatamente l'e-mail e, dopo averla ringraziata, proseguii verso l'hotel.

L'addetto alla reception mi salutò con un sorriso quando entrai e salii le tre rampe di scale ricoperte di tappeti rossi fino alla mia camera con vista sul porto. Quando arrivai in camera, mi si erano formate delle perle di sudore sulla fronte e ansimavo leggermente. Posata la borsa di tela sul letto scombinato, presi rapidamente il binocolo per controllare il "Krikun", che era rimasto esattamente dove l'avevo lasciato. *Ti aspettavi davvero che sparissero così in fretta, Green?*

Nondimeno, fu un sollievo vederlo ancora lì. Posato il binocolo, mi sedetti alla scrivania e aprii la posta elettronica. Fedele alla sua parola, Tracey Jones aveva inviato la mail. Cliccai sulla sua e-mail per leggere gli ultimi aggiornamenti sui movimenti e gli acquisti di Volkov. Le informazioni che trovai furono sorprendenti, ma non del tutto inaspettate. Erano stati effettuati diversi pagamenti, i più significativi dei quali riguardavano tre biglietti aerei per le Seychelles il giorno successivo, una prenotazione Airbnb sull'isola di Mahe e un pagamento sostanzioso a una società delle Seychelles chiamata Pillay Salvage Co. Annuendo tra me e me mentre leggevo i dettagli una seconda volta, mormorai sottovoce:

"Sei in movimento, Volkov, proprio come immaginavo".

Poi aprii una nuova finestra del browser e cercai Pillay Salvage Co. Apparve un sito web dall'aspetto faidaté, apparentemente intoccato negli ultimi dieci anni. Le immagini visualizzate mostravano un'imbarcazione d'acciaio di 18 metri equipaggiata con gru standard, compressori e attrezzature per il recupero marino. L'imbarcazione, di un antiestetico colore rosso rovinato dalla ruggine e dagli escrementi di uccelli, indicava chiaramente che la sua attività principale consisteva nel recupero su piccola scala di motori e imbarcazioni sportive abbandonate alle Seychelles. Era evidente che tutte le mie previsioni si stavano avverando. Non ci sarebbero stati ritardi nel recupero dell'oro; questi uomini erano pronti a tornare nell'Oceano Indiano per reclamare il tesoro perduto della Perla di Alessandria e io ero determinato a fermarli. La notizia diede un nuovo senso di urgenza alla mia missione. La partenza degli assassini a bordo del

"Krikun" era prevista per il mattino seguente, quindi il pacco di Ivan doveva contenere esattamente ciò che era stato concordato. Senza perdere tempo, mi avvicinai al letto e aprii la lunga borsa di tela. I miei occhi si allargarono quando ne scrutai il contenuto.

"Bene, bene, Ivan", sussurrai, "sembra che tu sia un uomo di parola, dopo tutto".

Procurarsi un'arma nell'ex Jugoslavia si era rivelato relativamente facile. Il fucile da cecchino Dragunov SVD, una reliquia dell'era sovietica, era stato progettato negli anni '60 per permettere tiri di precisione a lungo raggio alla fanteria, armata – in passato - solo di fucili d'assalto standard con cartuccia intermedia da 7,62 per 39 mm, ed era poi divenuta un'arma adottata dai paesi aderenti al Patto di Varsavia.

La versione smontata che giaceva nella borsa di tela verde davanti a me era un modello più vecchio, con un guardamano in legno e una copertura del tubo del gas, oltre a un calcio scheletrato standard. Conoscevo l'efficacia dell'arma dai tempi in cui ero stato in Africa. Sebbene fosse usato, il fucile sembrava in buone condizioni e mi invogliò ad assemblarlo rapidamente. Dotato di mirino telescopico PSO-1, progettato per i tiratori militari, e di un bipiede standard per migliorare la stabilità durante gli scontri a lungo raggio, era un pezzo d'equipaggiamento estremamente potente e letale. Il mio cuore affondò quando presi il caricatore curvo e mi accorsi che era vuoto. Tuttavia la mia delusione svanì non appena notai la piccola scatola di cartone di proiettili in fondo alla borsa. L'ultimo oggetto, che non era assolutamente un componente standard, era un pesante soppressore nuovo di zecca, prodotto da Brugger e Thomet. Serviva sia come efficace silenziatore che come parafiamma. Con il Dragunov e il soppressore combinati, sapevo di avere gli strumenti perfetti per il compito da svolgere.

L'illuminazione a bordo del "Krikun" era sufficiente per permettermi di scattare foto precise dalla finestra dell'hotel. Considerato che i tre uomini sarebbero partiti per le Seychelles il giorno successivo, era fondamentale che portassi a termine la missione quella stessa notte. La pressione iniziava ad aumentare ma mi sentivo più sicuro col mio nuovo equipaggiamento, grazie all'incontro con il decisamente sgradevole Ivan. Uno sguardo all'orologio mi disse che erano da poco passate le 19:00, un orario perfetto per le loro consuete escursioni notturne. Pensai che la cena sarebbe arrivata, come al solito, verso le 20:00 e poi sarebbe arrivato il momento. Dovevo sistemare tutto. Dopo aver spento le luci principali, lasciando accese solo le lampade del comodino per mascherare i miei movimenti, procedetti a posizionare il fucile. Spostai la scrivania mettendola ben lontana dalla finestra così, una volta posizionata l'arma su di essa, sarebbe stato più difficile vederla dall'esterno. Questo riduceva il campo di tiro ma non avevo bisogno di ampiezza. Mentre guardavo il "Krikun", caricai il caricatore con cinque dei proiettili che si trovavano nella scatola delle munizioni. Cinque colpi sarebbero stati sufficienti per il lavoro: due per calibrare il mirino. Completati i preparativi, mi concentrai sulla scelta di un bersaglio che avesse una distanza simile a quella dello yacht a motore. Ne trovai uno adatto al mio scopo, era una boa d'ormeggio di plastica a buon mercato, che galleggiava vicino a una piccola imbarcazione da diporto degli anni Settanta. Si trovava vicino a un lampione sulla passerella del porto. L'area sembrava deserta quindi il suono di un proiettile, che avesse colpito la boa o l'acqua nelle vicinanze, non avrebbe destato alcun sospetto. Era perfetto.

Dopo un ultimo controllo dell'arma e del soppressore, mi misi in posizione per sparare. Mi resi conto che questo momento sarebbe stato di tensione perché, qualsiasi malfunzionamento del soppressore, avrebbe attirato l'attenzione sulla mia posizione.

Teoricamente, quando l'arma avrebbe sparato, non ci sarebbe stato alcun bagliore di volata e il suono sarebbe stato appena udibile. La boa, di forma sferica e dipinta di rosso vivo, era chiaramente al suo posto da un bel po' di tempo, dato che la crescita delle alghe era visibile sulla sua metà inferiore attraverso il mirino. Sollevando brevemente la testa per esaminare i dintorni e verificare che l'area fosse tranquilla, tornai a concentrarmi sul mirino, puntando al centro della boa, dove il lampione proiettava il suo bagliore più intenso. Con una respirazione controllata, fissai il mirino sul bersaglio, espirando lentamente e premendo il grilletto. Il rinculo del fucile mi fece sobbalzare la spalla destra, accompagnato da un rumore simile al peto di un bambino, e osservai il breve sussulto della boa. Senza indugio, alzai lo sguardo verso il porto sottostante. Non ci fu alcuna reazione. Soddisfatto, riportai la mia attenzione al cannocchiale, dove la boa rimaneva chiaramente visibile nel bagliore del lampione. Il proiettile era penetrato nella boa tre centimetri a sinistra del centro in cui avevo mirato e a metà della linea di galleggiamento, lasciando dietro di sé un minuscolo foro nero appena percettibile. *Bene.*

Nei minuti successivi calibrai i mirini per correggere l'allineamento, rendendomi conto che stavo sudando molto. Lo attribuii all'intensa ansietà della situazione, soprattutto considerando l'imminente partenza dei russi. Tutto stava accadendo rapidamente e il peso del compito ricadeva sulle mie spalle. Avevo fatto una promessa a un amico assassinato e intendevo onorarla. La pressione era forte. Ancora una volta, esaminai rapidamente i dintorni, abbassai gli occhi sul cannocchiale e presi la mira sulla boa. Se i miei calcoli erano corretti, il colpo avrebbe colpito a pochi millimetri dal centro. Espirai delicatamente, premetti il grilletto e il Dragunov emise il suo familiare schiocco e rinculo. Senza guardarmi intorno, misi subito a fuoco il bersaglio. Il proiettile aveva colpito a pochi millimetri dal bersaglio previsto.

"Fottuto bersaglio", sussurrai a me stesso mentre una goccia di sudore mi colava dal naso.

Lasciando il fucile in posizione, mi alzai e andai in bagno per lavarmi il viso e le mani. Al ritorno, accesi una sigaretta e sollevai il binocolo davanti agli occhi. Presto sarebbe arrivata la consegna del cibo serale e i russi sarebbero apparsi sul ponte come al solito.

"Oh, sì", sussurrai, con gli occhi fissi sul vascello. "Quando calerà la notte, il volto del lupo si rivelerà".

Capitolo Ottantuno.

"Sergei!" gridò Maxim bussando alla porta della cabina dell'uomo del Wagner. "Dov'è la cena?"

La porta si aprì prontamente, rivelando una figura imponente con indosso solo i pantaloncini. Sergei diede un'occhiata al telefono prima di parlare.

"È stato ordinato, capo", disse. "Il rider è vicino. Mi dirigo subito al molo per aspettarlo".

"Bene", grugnì Maxim. "Sbrigati, sto morendo di fame...".

Sergei annuì e tornò nella sua cabina per indossare una maglietta, mentre Maxim tornò nella suite principale della "Krikun". La routine era rimasta la stessa da giorni. Il cibo da asporto veniva ordinato e consegnato entro un'ora, sempre dallo stesso fattorino, un giovane studente universitario ucraino. Mentre Yuri e Sergei preferivano pizza e insalate, il loro capo sembrava dipendente dal cibo di McDonald's, spesso ordinava due o tre pasti alla volta, innaffiati da abbondanti quantità di vodka. Non c'era da stupirsi che l'uomo fosse irritabile e malaticcio. Tuttavia, la missione li avrebbe sistemati a vita e sia Sergei che Yuri erano determinati a portarla a termine. Il fatto che avessero avuto pensieri subdoli, discutendo privatamente di uccidere Volkov dopo aver recuperato l'oro, era una questione da affrontare in seguito. Per il momento, la cosa più importante era che l'attesa era finita e che il ritorno alle Seychelles era previsto per il giorno successivo. Con i fondi e l'attrezzatura assicurati, sollevare la cassa dal fondale marino sarebbe stato un gioco da ragazzi. Vestito di tutto punto, Sergei si infilò le scarpe e uscì dalla cabina, dirigendosi a destra verso il ponte inferiore a poppa della "Krikun". Superata la vasca idromassaggio, saltò sul pontile di cemento dal ponte e scavalcò una cima di ormeggio, dirigendosi verso il punto di arrivo designato per il fattorino.

Lungo il molo erano state posizionate delle luci a intervalli di dieci metri per garantire un accesso sicuro alle imbarcazioni durante la notte. Mentre camminava, controllò l'applicazione per le consegne sul suo telefono e vide che il giovane rider ucraino era a soli due minuti di distanza.

Bene. Sto anche morendo di fame, pensò Sergei, ignaro del fatto che ogni sua mossa veniva seguita attraverso il mirino telescopico di un fucile di precisione Dragunov sovietico.

L'incontro con il fattorino avvenne, come sempre, nella strada vicina alle vecchie mura della città. Il giovane ucraino uscì fuori il grande sacchetto di carta marrone dal trasportatore termico e glielo porse. Senza perdere tempo, Sergei ringraziò il giovane e si avviò di nuovo lungo il molo verso il "Krikun". Una volta lì, saltò sul ponte inferiore e passò davanti alla vasca idromassaggio, dirigendosi verso la zona giorno dove gli uomini avrebbero cenato e discusso della loro missione. Yuri e Maxim aspettavano pazientemente al tavolo da pranzo. Maxim, che sembrava ubriaco come al solito, era ansioso di mettere le mani sul cibo. Fortunatamente, la sua paranoia sembrava essersi un po' attenuata, probabilmente a causa dell'imminente partenza per le Seychelles. Il cibo arrivò caldo e i tre uomini mangiarono in silenzio, salvo i grugniti e i rutti di Maxim. Quando ebbero finito, Sergei sparecchiò la tavola e smaltì le confezioni di cibo nella cambusa.

"Dobbiamo pulire a fondo questa barca domani mattina prima di partire", dichiarò Maxim alzandosi dal suo posto. "Questo include le vostre cabine".

I due uomini del Wagner annuirono imbronciati prima di ritirarsi nelle loro cabine in attesa del rintocco dell'orologio delle 21:00, che segnava l'inizio del loro pattugliamento di sicurezza di routine. Nessuno a bordo della "Krikun" aveva idea del caos che stava per scatenarsi.

Capitolo Ottantadue.

Ci sarebbe stata una sola occasione per portare a termine il lavoro in modo pulito. Le routine che avevo osservato nei giorni precedenti erano state precise e funzionavano come un orologio. Gli uomini del Wagner salivano sul ponte allo scoccare dell'ora, ogni ora. Eseguivano un giro di perlustrazione della barca e poi entrambi prendevano posizione ai lati della barca, uno a prua e l'altro a poppa. Una volta lì, entrambi si rilassavano e fumavano sigarette per circa 10 minuti prima di tornare nelle loro cabine. Volkov era un nottambulo e di solito si presentava sul ponte inferiore intorno alle 21:00. Una volta lì, trascorreva un'oretta nella vasca idromassaggio che era visibile dalla mia posizione alla finestra della mia stanza. Avevo assegnato tre proiettili a questi uomini. Tre proiettili che avrebbero dovuto trovare il loro bersaglio in una successione abbastanza rapida. Avevo ripassato tutto mille volte nella mia mente. Il primo sarebbe stato l'uomo a prua o davanti alla barca. Il colpo sarebbe stato inascoltato e non visto e gli altri a bordo ne sarebbero stati totalmente ignari. Poi ci sarebbe stato l'uomo del Wagner a poppa. Avevo osservato che quest'uomo mentre fumava, di solito, si appoggiava alla ringhiera cromata sul retro del ponte inferiore. Quest'ultimo si trovava al di sotto della linea visuale dalla vasca idromassaggio in cui, si sperava, si sarebbe seduto Volkov. Eliminati i due uomini del Wagner, il mio prossimo obiettivo sarebbe stato Volkov stesso. Con un po' di fortuna, si sarebbe goduto le calde bollicine della jacuzzi quando sarebbe morto. Era un piano semplice che speravo sarebbe andato a buon fine. *Nessun disordine, nessuna confusione. Tre proiettili per porre fine a tutto.* Ma la pressione cominciava a farsi sentire e mi aggiravo per la stanza fermandomi di tanto in tanto a guardare l'orologio e a scrutare il binocolo. Erano le 20:53 quando mi sedetti per imbracciare il fucile e attendere gli uomini sul ponte del "Krikun". Tirai fuori dalla tasca il telefono e lo feci scorrere fino a trovare il numero che mi aveva dato il fattorino ucraino. Con un po' di fortuna, sarebbe stato il numero personale di Volkov e gli avrei ricordato i suoi peccati prima di morire. Rimasi in silenzio con il binocolo puntato sul viso mentre guardavo e aspettavo. I secondi sembravano trasformarsi in minuti, e i minuti in eternità. *Concentrati, Green!* Alle 21:00 esatte vidi i due uomini del Wagner apparire sul ponte centrale vicino alla vasca idromassaggio. Lasciai cadere il binocolo, mi asciugai il sudore delle mani sui jeans e sollevai il fucile. *Bene, fottuti assassini. È arrivato il vostro momento.* Come era accaduto tante volte in precedenza, entrambi gli uomini fecero un giro di perlustrazione intorno all'intera nave e li persi brevemente di vista dietro le cabine aerodinamiche.

I mirini li inquadrarono non appena apparvero di nuovo e si divisero per prendere posizione alle due estremità della barca. *Questo è tutto, voi continuate come al solito. Dove cazzo è Volkov?* L'attesa era stata snervante, ma alla fine l'avevo visto emergere dalle cabine vicino alla jacuzzi. Con uno spesso asciugamano di cotone bianco intorno alla vita, sembrava pigro e scoordinato. Il caldo bagliore delle luci del ponte centrale dava alla sua sostanziosa pancia un aspetto cremoso mentre lasciava cadere l'asciugamano, appoggiava il telefono e un bicchiere sul lato e saliva goffamente nella vasca idromassaggio. Tutto cominciò ad apparire come se stesse accadendo al rallentatore. Mi soffermai a guardare Volkov che sollevava il bicchiere che aveva appoggiato all'angolo della jacuzzi. Nel mirino del Dragunov lo vidi portarsi il bicchiere alla bocca e bere. Il mio indice destro prudeva sul grilletto alla sua vista. *È arrivato il momento, Green! Fallo. Ora!* Abbassai il mirino sulla destra e vidi che uno dei due uomini del Wagner aveva preso posizione sul retro del "Krikun", sul ponte inferiore. Come al solito, era appoggiato al parapetto cromato e si era acceso una sigaretta. *Bene.* Poi spostai la mira a sinistra, per tutta la lunghezza della nave, finché non vidi il secondo uomo del Wagner a prua. Non aveva ancora acceso, stava con un piede appoggiato all'apice della prua e sembrava fissare i riflessi gialli e danzanti delle luci della città nelle acque increspate del porto. *Sembra annoiato. È ora di porre fine alle sue sofferenze, Green.*

Feci un respiro profondo ed espirai lentamente tenendo il mirino puntato sopra l'orecchio dell'uomo. Premetti il grilletto e sentii il calcio del Dragunov nella spalla destra. La detonazione fu esattamente la stessa di quando avevo calibrato il mirino. Niente di più del suono del peto di un bambino. Fissai il mirino e per una frazione di secondo pensai di aver mancato il bersaglio. L'uomo rimase lì, per com'era, impassibile. Ma fu allora che vidi apparire il piccolo buco nero sopra l'orecchio, mentre il suo corpo si accasciava in avanti e cadeva silenziosamente nell'oscurità dell'acqua sottostante. Non c'erano dubbi: l'uomo del Wagner era morto. Era stato un colpo perfetto e sentivo l'adrenalina scorrere e formicolare nel mio corpo. *Tu, dannata bellezza!* Poi spostai il mirino a destra e mi concentrai sul ponte centrale e sulla vasca idromassaggio. Volkov era rimasto seduto nell'acqua calda, a bere del liquido chiaro dal suo bicchiere. Il secondo uomo del Wagner era messo nella sua solita posizione e fumava appoggiato alla ringhiera cromata sul retro del ponte inferiore. Ma fu in quel momento che decisi di prendere di mira prima Volkov. Entrambi gli uomini erano rispettivamente fuori dal campo visivo dell'altro. *Non fa differenza chi va per primo.*

Con la mano sinistra sollevai il telefono e premetti "Chiama" sullo schermo, seguito dal pulsante dell'altoparlante. Ci fu una breve pausa mentre riponevo il telefono sulla scrivania e prendevo la mira sulla testa di Volkov mentre aspettavo che il telefono squillasse.

"Di' addio al mondo in cui vivi...", sussurrai tra me e me, mentre il mio dito si stringeva sul grilletto.

In quel momento sentii squillare il telefono e aspettai la reazione di Volkov. Passò un secondo e lui rimase immobile mentre squillava una terza volta. *Ma che cazzo?* Fu allora che sentii lo scatto della risposta e una voce che parlava al telefono.

"Privet...", disse la voce profonda. 'Ciao...'.

Ma che cazzo? Volkov era ancora felicemente seduto nella jacuzzi. Solo allora mi resi conto del mio errore. Senza aspettare, abbassai il mirino della pistola verso destra per vedere che l'uomo del Wagner sul ponte inferiore si era alzato e stringeva il telefono all'orecchio. Avevo sempre pensato che fosse il numero di Volkov che mi aveva dato il fattorino. Mi ero sbagliato di grosso. *Cazzo!*

"Privet!" disse l'uomo del Wagner, la cui voce tradiva allarme. "Kto eto?". 'Chi è questo?'

L'uomo era in piedi di fronte alle mura della città. La sua mano sinistra era sul fianco e potevo vedere un cipiglio di rabbia sul suo volto. In quel momento mille ricordi mi balenarono nella mente. Immagini del mio amico Joe che sorrideva e della gioia per il ricongiungimento con suo fratello Chris. L'allegro Jimmy con i suoi capelli neri e ricci che si muovevano al vento sulla barca a noleggio. Erano tutti morti. Assassinati dagli uomini nel porto sottostante. Poi c'erano le visioni degli squali. Visioni terribili, impresse nella mia coscienza per sempre. Visioni del giovane corpo di Jimmy fatto a pezzi sott'acqua in nuvole di nebbia rossa e ossa frantumate. Senza pensare, parlai.

"Guarda in alto...", dissi. L'uomo del Wagner fece esattamente come gli era stato ordinato, ma il suo sguardo era rivolto all'edificio accanto. Il mirino era puntato sulla sua fronte.

"Guarda alla tua destra...", dissi. Fu allora che mi scorse e vidi i suoi occhi allargarsi per l'orrore.

"Sì", dissi prima di premere il grilletto. "Sono io...".

Il Dragunov mi colpì la spalla destra e vidi apparire il buco sotto l'occhio sinistro dell'uomo. La nuca esplose in uno spruzzo di materia cerebrale e ossa in frantumi. La velocità del proiettile che colpì lo zigomo fece sì che il collo si spezzasse all'indietro e la parte superiore del corpo venne violentemente scagliata all'indietro oltre la ringhiera cromata. Le sue gambe per aria furono l'ultima cosa che vidi prima che il suo corpo inanime cadesse dentro l'oscurità dell'acqua sottostante. Sebbene ci fosse stata una frazione di secondo di soddisfazione, nel sapere che l'uomo del Wagner sapeva di stare per morire, c'era ancora Volkov di cui occuparsi. *Due eliminati, ne mancava uno.* Ma fu solo quando spostai il mirino in alto e a sinistra che mi resi conto del mio errore. Avevo sempre pensato che il ponte inferiore fosse fuori dalla linea della visuale della vasca idromassaggio sul ponte centrale. Purtroppo mi sbagliavo. O questo, o Volkov aveva sentito il nostro scambio al telefono, o il tonfo del corpo che cadeva. Il grosso russo rimase ingobbito nella vasca idromassaggio, con il corpo allarmato e lo sguardo fisso sul ponte inferiore.

Guardai la sua bocca che gridava rabbiosa e i tendini del collo che si mostravano fieri. Sapendo che c'erano ancora secondi preziosi da perdere, puntai il mirino sulla testa di Volkov e premetti il grilletto. Mi accorsi di essere arrivato una frazione di secondo troppo tardi. Il russo si era sporto di lato ed era scomparso dietro la vasca idromassaggio. Il proiettile l'aveva mancato e aveva aperto un solco nel ponte di legno lucido. *Cazzo!* Era andato tutto a puttane e dovevo agire in fretta. Lasciai cadere il fucile ed estrassi il caricatore curvo da sotto di esso. *Cazzo!* Senza perdere tempo, ci infilai altri 5 colpi e lo infilai di nuovo nel fucile. Alzando il mirino verso gli occhi, scrutai il ponte centrale della "Krikun" e aspettai. Sapevo che Volkov era ormai in preda al panico e che avrebbe fatto di tutto per salvarsi la pelle. Mille pensieri mi attraversarono la mente contemporaneamente. *È in trappola e lo sa. Se si fa vedere si becca una pallottola. Un topo in gabbia. Ma che cazzo farà adesso? Darà l'allarme? Se sì, a chi?* Sapevo che mi ci sarebbero voluti 5 minuti buoni per arrivare fisicamente alla barca. L'unica uscita dalla città vecchia era attraverso un arco che si trovava a metà della lunghezza del porto. *Se lo fai, Green, potrebbe facilmente scappare! No, hai fatto una cazzata, fattene una ragione! Prendilo da dove sei. Deve farsi vedere!* Con il sudore che mi colava dalle tempie, scrutai la barca alla ricerca di qualsiasi segno di movimento. Non ci fu nulla per altri 20 secondi, finché non vidi la sua testa spuntare da dove era atterrato dietro la vasca idromassaggio. Premetti ancora una volta il grilletto ma, ancora una volta, arrivai una frazione di secondo troppo tardi. Il proiettile si schiantò contro il bordo della vasca idromassaggio facendo volare frammenti di vetroresina e smalto bianco. *Cazzo!* Fu allora che vidi brevemente la schiena di Volkov mentre strisciava freneticamente nella cabina. Un attimo dopo era sparito. *Che cazzo farà adesso? Sa che non può scappare lungo il molo. È in trappola. Devi agire in fretta, Green!* Con il respiro accelerato e una sudorazione copiosa, lasciai cadere il fucile e sollevai il binocolo per avere una visione più ampia del 'Krikun'. Ma fu allora che ebbi la mia risposta. Era tanto sorprendente quanto prevedibile. Iniziò con una serie di luci che si accesero improvvisamente in cima al Krikun e lungo il ponte esterno centrale. Seguì subito un turbine di acqua spumeggiante nella parte posteriore del vascello. *Non è possibile, cazzo! No di certo!* Ma stava accadendo. In uno stato di panico totale, Maxim Volkov aveva acceso i motori dell'enorme yacht a motore e si stava preparando a farlo uscire dal porto con la forza. Appoggiai il binocolo sulla scrivania e sollevai di nuovo il fucile. Ma la postazione del timoniere era dietro le eleganti finestre annerite che circondavano il ponte centrale della nave. Non c'era modo di vedere dove si trovasse esattamente. Tuttavia, c'era solo un'area in cui poteva trovarsi il timone.

Devi farlo, Green. Riempi la timoniera di proiettili! Senza perdere tempo, premetti il grilletto tre volte, spedendo gli ultimi proiettili del caricatore in linea retta attraverso la timoneria. Guardai i fori grigi e smerigliati che apparivano sul vetro annerito e pregai che uno di essi avesse trovato il mio bersaglio. Ma non l'avevano trovato. Potevo solo supporre che Volkov si fosse messo al riparo in qualche modo, magari accovacciato sulle ginocchia mentre forzava l'acceleratore. Incredulo, osservai le corde di ormeggio spezzarsi sotto la forza dei massicci motori diesel e la "Krikun" avanzare di scatto verso il porto. Una volta liberata dai suoi legami, l'enorme imbarcazione girò verso destra, mancando di poco le imbarcazioni allineate sul molo successivo. Da lì proseguì a velocità sostenuta per altri 50 metri, finché non svoltò a sinistra e si diresse verso l'oscurità dell'oceano aperto. Maxim Volkov era scomparso...

Capitolo Ottantatre.

I fetidi confini del punto più basso della prua della nave di salvataggio erano completamente bui, angusti e soffocanti, anche alle 6:00 del mattino. L'aria era densa di fumi di gasolio e, una miscela tossica di olio e acqua, si agitava sotto i miei piedi nel minuscolo compartimento d'acciaio in cui avevo scelto di nascondermi. Avevo trovato il posto due giorni prima, durante una ricognizione notturna delle strutture della Pillay Salvage Co, nello stesso porto in cui Chris Fonseca aveva gestito la sua attività di noleggio fino a poco tempo prima. Il fatto che il mio nascondiglio fosse di difficile accesso era l'unica consolazione per quello che sapevo sarebbe stato un viaggio lungo ed estremamente scomodo. Avevo trovato il compartimento nascosto in fondo allo scafo, dietro due paratie d'acciaio, a cui avevo avuto accesso dalla sala macchine della vecchia nave arrugginita. Con i suoi 24 metri di lunghezza, l'obsoleta nave era ormai agli sgoccioli ed era adatta solo a lavori di recupero oceanico su piccola scala e in acque poco profonde. Tuttavia, era dotata di due gru per impieghi gravosi e di un buon sartiame e, nella stiva, avevo visto compressori, attrezzature subacquee e diverse pile di sacchi di galleggiamento. A mio parere, la barca veniva usata principalmente per recuperare motori e piccole imbarcazioni da diporto. Qualcosa che sarebbe stato richiesto nel paradiso tropicale delle Seychelles. La mia posizione attuale, però, era tutt'altro che idilliaca. Appollaiato su una stretta sporgenza d'acciaio, con solo lo scafo arrugginito a cui appoggiarmi, sentivo già le gambe formicolare per la mancanza di circolazione sanguigna. Mi spostai e cercai di mettere i piedi sul cornicione per stare più comodo. Ero seduto nella totale e completa oscurità, senza poter vedere nulla. La mia torcia era l'unica fonte di luce e doveva essere usata con parsimonia. Ero arrivato alle Seychelles quattro giorni prima, dopo aver preso un volo da Zara a Londra, con coincidenza per le Seychelles via Nairobi. Avevo smontato e smaltito il fucile da cecchino Dragunov a Zara e avevo preso altre attrezzature di sorveglianza a Londra prima del volo. Decisi di muovermi immediatamente piuttosto che aspettare informazioni da Tracey Jones. Ormai sapevo che tipo di uomo era Volkov. Sebbene fosse in uno stato di paranoia totale, sapevo che non avrebbe mai abbandonato l'immensa fortuna in oro che giaceva sul fondo dell'oceano. Sapevo che sarebbe tornato e avevo osservato il suo ritorno. Avevo preso una pensione nel centro della pittoresca città di Victoria, non lontano dalla torre dell'orologio. Da lì era stato facile entrare nel porto e sorvegliare gli uffici della Pillay Salvage Co. L'avevo fatto nel cuore della notte e ne avevo approfittato per piazzare delle minuscole telecamere stenopeiche, sia negli uffici che all'interno e intorno al ponte della nave di salvataggio.

Alimentati da batterie al litio compatte, inviavano audio e video di alta qualità ogni volta che venivano attivati da un movimento o da un suono. Con una durata delle batterie lunga settimane, non c'era alcun timore che si guastassero. Non c'era stato bisogno di metterle negli uffici, perché c'era una vecchia lavagna rotta con su scritto sia la prenotazione cancellata che quella nuova di Volkov. Sulla lavagna erano state scarabocchiate solo tre parole. "Russo, La Digue". Volkov era arrivato due giorni prima e aveva preso alloggio in un nuovo appartamento a nord di Victoria. Mi stavo rilassando nella mia stanza quando notai il suo arrivo nel tardo pomeriggio alla Pillay Salvage Co. Come immaginavo, nella mia telecamera appariva nervoso e sembrava piuttosto malato a vederlo. La conversazione era stata registrata e confermava quanto avevo visto sulla lavagna.

Ormai a corto dei due uomini, Volkov aveva chiesto solo un sommozzatore e un marinaio oltre al capitano, il signor Pillay in persona. Aveva ripetuto questa richiesta due volte in un inglese stentato prima di consegnare una mazzetta di denaro. Avevo pensato a lungo di informare semplicemente le autorità della scoperta della Perla di Alessandria e di permettere che il suo prezioso carico venisse recuperato agli occhi del mondo. Non c'era dubbio sul fatto che, data la sua importanza storica, avrebbe fatto notizia a livello mondiale e sarebbe stato svolto in modo trasparente. Ma così facendo Volkov si sarebbe allertato e ciò gli avrebbe quasi certamente permesso di sfuggire alla giustizia. L'assassino sarebbe semplicemente tornato in Russia e sarebbe scomparso. Non avrei permesso che ciò accadesse. Anche se aveva perso due dei suoi uomini, dovevo presumere che fosse armato. Il fatto che fosse pericoloso era scontato. Soprattutto nel suo stato attuale. Il mio piano era di aspettare che fosse al massimo della sua vulnerabilità prima di prenderlo. Gli avrei permesso di pensare che l'oro fosse finalmente a portata di mano prima di arrestarlo e consegnarlo alla polizia delle Seychelles. L'accusa sarebbe stata quella di omicidio e sarebbe stata una degna conclusione sapere che avrebbe marcito in prigione in un paradiso tropicale, mentre l'oro, che tanto bramava, veniva recuperato dalle autorità. Avrei aspettato che la nave da recupero fosse ormeggiata sopra il relitto della Perla di Alessandria e che il sommozzatore fosse sceso per recuperare la prima cassa. In questo modo ci sarebbero stati solo tre uomini a bordo quando avrei fatto la mia apparizione a sorpresa. Avrei sottomesso e arrestato Volkov e avrei riportato la nave da recupero al porto di Mahe, dove la polizia mi avrebbe aspettato. Avevo piazzato delle telecamere a foro stenopeico all'interno e intorno al ponte della nave di salvataggio e sapevo benissimo che Volkov sarebbe rimasto lì per la maggior parte dell'operazione. Essendo un'imbarcazione strettamente utilitaria, a bordo non c'era nessun altro posto dove sedersi, se non su pezzi di macchinari arrugginiti, sotto la luce del sole cocente.

Dal mio nascondiglio nelle profondità dello scafo, avrei osservato gli uomini che sarebbero saliti a bordo e avrei seguito i progressi della nave, fino a quando non avrebbe raggiunto le coordinate della nave affondata. Avrei ascoltato le loro conversazioni e avrei scrutato il ponte mentre gettavano l'ancora e si preparavano all'immersione. Il capitano avrebbe senza dubbio manovrato la gru, mentre il marinaio si sarebbe occupato del sartiame per il sommozzatore. Avrei aspettato che tutti gli uomini fossero occupati e poi sarei uscito dalla sala macchine per sorprenderli. O almeno, questo era il piano.

Sentii per la prima volta segni di vita sul ponte sopra di me alle 6:03 esatte. Sapevo che il charter di salvataggio sarebbe iniziato a quell'ora, quindi non fu una sorpresa. Presi il telefono dalla tasca e aspettai che la telecamera spia in plancia si attivasse e iniziasse a trasmettere. La trasmissione avvenne pochi secondi dopo. La prima persona a comparire fu Pillay. Un uomo alto e magro, di razza mista, con i capelli afro ingrigiti e cespugliosi e l'aria assonnata. Il mio telefono proiettava una luce bluastra nello spazio stretto e buio intorno a me mentre lo osservavo e vedevo il marinaio porgergli una tazza di caffè. Ci fu una breve conversazione in creolo e poi entrambi gli uomini scomparvero dal ponte. 3 minuti dopo i due uomini tornarono. Guardai Pillay che entrava seguito da Volkov. Indossava una copia cinese a basso costo di un cappello Panama per proteggersi dal sole cocente.

"Buongiorno...", sussurrai tra me e me mentre studiavo il suo viso.

L'uomo appariva pallido e nervoso. *C'era da aspettarselo, Green. Ma sarà eccitato allo stesso tempo, perché pensa di essere vicino al premio finale. È una distrazione che andrà a tuo vantaggio. Bene.* Ci fu un breve movimento sul ponte e poi vidi e sentii Pillay accendere il motore. L'enorme diesel gemeva e si affannava, ma alla fine si accese e scoprii allora perché il mio nascondiglio era così buono. Lo scafo vibrava e il rumore era assordante. Per qualche istante temetti che lo spazio si riempisse di monossido di carbonio ma, fortunatamente, il condotto di scarico era in ordine. Un minuto dopo percepii che ci stavamo muovendo e ciò fu confermato dai giri del motore e dal rumore dell'acqua sullo scafo.

Controllai ancora una volta le telecamere e vidi che la nave di recupero stava trainando un'imbarcazione più piccola. La barca sportiva in vetroresina aveva uno scafo a V profondo e la osservai mentre si muoveva sulla scia. Potevo solo supporre che l'imbarcazione più piccola fosse utilizzata per lavori di recupero in cui era necessario effettuare manovre più complesse. Sapevo che la nave da recupero sarebbe stata lenta e che il viaggio verso il sito del relitto sarebbe stato lungo e faticoso. Ma nulla avrebbe potuto prepararmi al viaggio da incubo che ho affrontato. Ci sono volute sei ore intere di ronzio, e ad ansimare, prima di sentire i motori rallentare e, infine, fermarsi. A quel punto ero mezzo delirante per il caldo, grondante di sudore e coperto da una spessa pellicola arancione di ruggine. Tirai fuori la bottiglia d'acqua dalla piccola borsa sulla schiena e mi sciacquai il viso dopo averne bevuta un po'. Un rapido controllo dell'orologio mi disse che erano le 12:15. *Sei fottute ore!* Per essere sicuro, controllai le coordinate sul mio dispositivo GPS. Non c'erano dubbi, eravamo arrivati. Fu allora che sentii il marinaio gettare l'ancora di prua. Il compartimento della catena doveva essere nelle vicinanze perché, lo sferragliamento, fu assordante al punto che ero sicuro che i timpani delle mie orecchie si sarebbero danneggiati. Seguì il lontano sferragliare dell'ancora di poppa. Le due ancore sono una caratteristica delle barche da recupero, essenziali per la loro stabilità durante il lavoro. Finalmente ci fu un po' di silenzio nel calore puzzolente della mia bara d'acciaio e tirai un sospiro di sollievo. *È ora di darsi da fare, Green.* Presi il telefono dalla tasca e diedi un'occhiata a ciò che stava accadendo in plancia. Volkov era ancora seduto sulla panca imbottita in plancia, mentre Pillay si era avventurato sul ponte di poppa. Cambiai telecamera per controllare il ponte e vidi Pillay e il sommozzatore che preparavano l'attrezzatura. Il sommozzatore indossava già la muta ed era in piedi alla luce del sole dietro il ponte. In quel momento vidi Volkov che si era avvicinato per osservare la procedura. Ancora una volta notai che quell'uomo sembrava malato. *Forse non è in grado di affrontare le acque libere? Mal di mare?* La cosa positiva era che, in quel momento, sembrava concentrato e un po' meno paranoico di quando l'avevo visto prima. Notai l'enorme macchia di sudore sul retro della sua camicia di cotone blu. *Sempre meglio che essere bloccati qui sotto,* pensai. Ma fu allora che notai il rigonfiamento in vita. Il sudore lo aveva reso più pronunciato. Non si poteva sbagliare, era la sagoma di una fondina. Quell'uomo era armato. Anche se questo non era inaspettato, rappresentava un ulteriore pericolo per me e avrei dovuto affrontarlo con attenzione e tempestività. Il marinaio apparve e iniziò ad assistere il sommozzatore con la sua attrezzatura, mentre Volkov lo guardava.

Il suono era attutito dal vento, ma riuscii comunque a distinguere una conversazione sommessa.

Guardai Pillay mentre si spostava a poppa e iniziava a lavorare sui comandi della gru. Era una buona notizia poiché confermava che, i tre uomini che sarebbero rimasti sul ponte dopo che il sommozzatore fosse sceso, avrebbero lavorato alle spalle del ponte. Questo mi avrebbe permesso di avere un po' di copertura quando sarei uscito dalla sala macchine, dato che la loro attenzione si sarebbe concentrata sulla poppa della nave, intorno alla gru. *Bene*. Aprii la borsa e presi il potente taser che avevo portato da Londra. Tolsi la sicura e premetti il grilletto. Immediatamente, l'interno buio del mio nascondiglio fu illuminato da una luce blu brillante e l'aria fu riempita da un forte crepitio elettrico. Il dispositivo era completamente carico e pronto. Avrebbe reso incapace di agire chiunque fosse entrato in contatto con i rebbi per almeno cinque minuti. *Bene*. Alla fine, allungai le gambe irrigidite dai crampi e mi alzai poggiando i piedi su una costola d'acciaio che sporgeva dall'acqua nera e puzzolente. Rimanendo in quella posizione, afferrai il telefono e continuai a guardare come procedevano le cose sul ponte sovrastante. Il sommozzatore aveva allacciato il compensatore di assetto e l'autorespiratore e stava per indossare il cappuccio di neoprene, quando vidi Volkov estrarre alcuni fogli dalla tasca superiore. Li spiegò e si avvicinò al subacqueo per parlargli. Anche se non riuscivo a sentire quello che diceva, sapevo che stava mostrando al sommozzatore le fotografie della cassa d'acciaio che voleva fosse sollevata dal fondale. Come previsto, aveva messo le carte in tavola solo all'ultimo momento. Tutto si stava svolgendo come sapevo che sarebbe andato. *Bene*. La conversazione durò alcuni minuti e osservai Volkov che indicava ripetutamente la fotografia per sottolineare le sue valutazioni. Il giovane sommozzatore annuì con attenzione e poi continuò con il suo cappuccio e la sua maschera. Fu allora che vidi Pillay far ruotare la gru. Poi scese dalla cabina operativa e sollevò un pesante moschettone a occhiello girevole che era attaccato al cavo. Volkov si avvicinò e lo ispezionò annuendo con entusiasmo. Ebbi modo di constatare che il moschettone e il cavo erano in grado di gestire carichi fino a cinque tonnellate, quindi non ci sarebbero stati problemi a sollevare una cassa d'acciaio compatta del peso di una sola tonnellata. Il moschettone si sarebbe inserito facilmente su una delle maniglie della cassa e da lì sarebbe stato semplice sollevarla e portarla a bordo. Potevo quasi sentire l'eccitazione che cresceva sul ponte sopra di me. Con l'attrezzatura pronta, guardai Pillay che gettava il moschettone di lato e rilasciava il cavo della gru. Sentii lo sferragliare del tamburo avvolgicavo che ruotava, rilasciando il cavo e il gancio nelle profondità sottostanti. Ci volle meno di un minuto prima che l'avvolgicavo smettesse di girare.

Il gancio aveva raggiunto il fondale marino. In seguito Pillay si avvicinò al sommozzatore, che aveva già indossato la maschera ed era seduto sulla parte del trincarino all'estrema destra del ponte. Volkov si trovava lì vicino con le mani sui fianchi. La pistola e la fondina trasparivano dal cotone della camicia.

Dopo una breve conversazione e un ultimo controllo dell'attrezzatura, il subacqueo mise l'erogatore in bocca, diede il segnale di "ok" e cadde all'indietro, fuori dalla mia visuale, nell'oceano. Il lavoro di recupero era iniziato. Guardai i tre uomini rimasti che si riunivano intorno al punto in cui il sommozzatore era entrato in acqua. Sapevo che i sommozzatori professionisti indossavano caschi con videocamere a circuito chiuso. Questo per consentire alle squadre di superficie di vedere cosa stava facendo il sommozzatore e di partecipare alle operazioni di ispezione. Ma in questo caso non c'erano attrezzature così tecnologiche e restava da vedere come gli addetti al ponte avrebbero saputo quando sollevare il cavo. Si poteva solo supporre che il sommozzatore sarebbe emerso quando il moschettone fosse stato attaccato alla prima cassa e avrebbe dato il segnale di sollevamento. C'era anche la possibilità che il sommozzatore inviasse delle boe di segnalazione in superficie per dare il via libera. Ad ogni modo, era arrivato il momento di muoversi e agganciai il taser alla cintura, preparandomi all'azione. Le ossa mi facevano male mentre attraversavo la piccola porta ovale della prima paratia. Le orecchie mi fischiavano ancora per le ore di rumore assordante del motore. Una volta attraversata, mi fermai a controllare l'attività sul ponte. Gli uomini erano ancora riuniti intorno al punto in cui il sommozzatore si era immerso. Sapevo che il sommozzatore avrebbe impiegato un po' di tempo per scendere fino al relitto. Arrivato laggiù, avrebbe dovuto individuare la prima cassa. Sarebbe stato facile, visto che Volkov gli aveva mostrato numerose fotografie del sito del relitto. Se tutto fosse andato bene, la prima cassa sarebbe stata pronta per essere sollevata entro i successivi 20 minuti. Questo sarebbe stato il momento più snervante per Volkov e la sua attenzione si sarebbe concentrata sull'acqua. Fu allora che vidi Pillay allontanarsi e prendere posizione vicino ai comandi della gru. Volkov e il marinaio stavano ancora vicino al trincarino, con l'attenzione rivolta all'acqua. *È ora di muoversi, Green.* Misi in tasca il telefono e aprii silenziosamente la piccola porta d'acciaio della paratia successiva. Finalmente c'era un po' di luce naturale che entrava nella sala macchine dal portello allentato sul ponte superiore. Spensi la torcia frontale, la tolsi e la misi nella borsa.

L'accesso alla sala macchine avveniva da un portello vicino alla parte anteriore del ponte. Per raggiungere il portello dovevo salire su una scala d'acciaio, lunga poco più di 3 metri e mezzo, e poi su una piccola piattaforma. La sala macchine era unta, buia, senza aria e incredibilmente calda. Feci una pausa per asciugarmi il sudore sul viso e bere dalla bottiglia d'acqua prima di salire la scala. I pioli d'acciaio scivolosi mi bruciavano le mani ma l'aria diventava più fresca man mano che salivo. Finalmente potevo respirare un po' d'aria fresca e questo fu un sollievo dopo le ore d'inferno che avevo sopportato nelle buie viscere della nave. Una volta raggiunta la piattaforma mi fermai e bevvi un altro sorso d'acqua, nel frattempo tenevo sotto controllo il telefono per vedere cosa stava succedendo sul ponte.

Pillay si era spostato dai comandi della gru e si era riparato dal sole cocente sul ponte. Lo guardai mentre beveva da una lattina di Coca Cola, con l'attenzione rivolta agli altri due uomini che si trovavano ancora nella posizione in cui era sceso il sommozzatore. Sapevo che tutti a bordo sarebbero stati presi dal momento. La loro attenzione sarebbe stata tutta rivolta al compito da svolgere e l'ultima cosa che si sarebbero aspettati sarebbe stata l'improvvisa comparsa di un clandestino. Il sommozzatore era immerso da quasi 15 minuti e presto sarebbe arrivato un qualche segnale per sollevare la prima cassa. *È ora di muoversi, Green.* Il portello del motore che si trovava sopra di me era stato incastrato con uno spesso blocco di legno rettangolare. Potevo solo supporre che servisse a favorire la ventilazione mentre il motore era in funzione. Fu una fortuna per me, perché avrebbe permesso di accedere al ponte senza doverlo aprire. C'era abbastanza spazio per scivolare sul ponte a pancia in giù. Una volta lì sarei stato completamente esposto, a pochi metri dal ponte e, speravo, fuori dalla vista di Pillay che si stava rinfrescando all'interno.

Bevvi un ultimo sorso d'acqua e controllai il mio telefono per vedere se c'erano movimenti sul ponte. Tutti gli uomini erano nelle stesse posizioni. Feci un respiro profondo e mi alzai, facendo scivolare la parte superiore del mio corpo sotto il portello e alla luce del sole. Mi dimenai per uscire e strisciai silenziosamente verso la parte anteriore del ponte, dove sarei rimasto nascosto alla loro vista stando sul lato interno. Una volta lì, mi sedetti con la schiena appoggiata alla parete del ponte e tolsi il taser dalla cintura. Non abituato alla luce accecante, sbattei ripetutamente le palpebre mentre rallentavo il respiro e mi preparavo a muovermi. 20 secondi dopo mi girai e mi misi in posizione inginocchiata di fronte al ponte. Con il taser nella mano destra, mi alzai lentamente. Le finestre anteriori del ponte erano state aperte e sollevate su cardini arrugginiti per far entrare la brezza. Pillay si trovava accanto al timone, a pochi centimetri dalla finestra, completamente ignaro e con le spalle rivolte verso di me. I suoi capelli afro ingrigiti ondeggiavano nella brezza. Guardai a destra per vedere Volkov e il marinaio ancora in piedi sul trincarino vicino al cavo immerso. La loro attenzione era rivolta all'acqua e a nient'altro. Feci un respiro profondo e mi avvicinai alla finestra. Senza perdere tempo, premetti il grilletto e conficcai i rebbi nel collo magro e color caffè di Pillay. Ci fu un breve ronzio elettronico e una zaffata di capelli bruciati, seguiti da un tonfo sordo quando Pillay cadde a terra privo di sensi. Gli altri due uomini sul ponte erano completamente ignari di tutto ciò. *Bene.* Mi inginocchiai rapidamente e strisciai lungo la parte anteriore del ponte alla mia sinistra. L'acciaio del ponte mi bruciava le mani, ma in breve tempo girai l'angolo e mi avviai verso la parte posteriore sinistra del ponte.

Sapevo che sarebbe stato un momento pericoloso e feci una preghiera silenziosa, mentre mi sporgevo per dare un'occhiata. Volkov e il marinaio erano ancora in piedi e guardavano l'acqua nel punto in cui il sommozzatore si era gettato vicino al cavo immerso. La sua camicia di cotone era intrisa di sudore e la pelle pallida delle sue braccia era diventata rosa acceso per il sole cocente. Mi soffermai a cercare di capire la marca della pistola che aveva nella fondina attorno alla vita. *Sembra una pistola Makarov sovietica. Basso rinculo e buon potere d'arresto. A seconda della versione, contiene tra i 10 e i 12 colpi. È meglio che tu sia veloce, Green. Silenzioso e molto veloce!* In quel momento la porta sul retro del ponte oscillò leggermente nella brezza. Alzai lo sguardo su di essa e vidi che aveva una semplice serratura Brenton scorrevole, posta a metà altezza. Davanti a me c'era il ponte di coperta, con la gru sul retro. In piedi, messi di spalle, c'erano Volkov e il marinaio. Tra di noi c'era una pila di sartiame, un cestello porta bombole e una grande cassetta degli attrezzi in acciaio imbullonata al ponte. A parte il soffio della brezza e il leggero sciabordio dell'acqua sullo scafo, tutto era tranquillo. Mi allungai in avanti e chiusi lentamente la porta del ponte. La porta si mise a ruotare silenziosamente sui suoi cardini. Una volta chiusa, mi avvicinai e feci scorrere il chiavistello, bloccando di fatto l'incosciente Pillay in plancia. *Una persona in meno di cui occuparsi.*

L'aggrovigliato ammasso di sartiame era composto da pesanti cinghie, ganci e cavi. Si trovava a due metri da dove ero accovacciato io, vicino all'angolo del ponte. Se il mio piano avesse funzionato, avrei sferrato un attacco furtivo agli uomini mentre la loro attenzione era rivolta all'acqua. Avrei mandato il marinaio a nuotare mentre immobilizzavo e trattenevo Volkov. Per fare questo avrei dovuto raggiungere il sartiame, che mi avrebbe dato un po' di copertura, poi la cassetta degli attrezzi e infine gli uomini. *Finora tutto bene, Green. Continua così!* Rimanendo il più basso possibile, strisciai sul ponte sudicio verso la pila di sartiame. La raggiunsi senza problemi e rimasi col mio corpo abbassato sul ponte per restare nascosto mentre mi spostavo. Ora c'era solo uno spazio di 6 metri tra me e Volkov. Il marinaio stava con il piede sinistro sul trincarino e con la mano destra stringeva il cavo che scendeva dall'estremità del braccio della gru sovrastante. Un rivolo di sudore mi colò nell'occhio destro. Mescolato alla sporcizia delle profondità della nave, pungeva maledettamente e alzai la mano per pulirlo. Ma, giusto in quel momento, il marinaio si voltò a guardare il ponte. Con la coda dell'occhio doveva aver colto il mio movimento. Un'espressione corrucciata gli si formò sulla fronte e urlò immediatamente, con un misto di panico e paura nella voce. Per l'uomo grande e grosso che era, Volkov si mosse con una velocità sorprendente. Si girò di scatto e i suoi freddi occhi blu scrutarono il ponte dietro di lui.

A quel punto mi stavo già dirigendo verso la grande cassetta degli attrezzi che si trovava tra noi. Era l'unica struttura solida che avrebbe offerto una copertura se i proiettili avessero iniziato a volare. Il mio piano, elaborato in una frazione di secondo, era di raggiungere Volkov prima che avesse il tempo di estrarre l'arma. Mentre avanzavo, afferrai un mucchio di spesse cinghie di tela che lanciai contro gli uomini per distrarli. Attaccate a cricchetti e ganci d'acciaio, le cinghie aggrovigliate volarono verso gli uomini. Ma Volkov lo aveva previsto e si era rapidamente abbassato per evitare di essere travolto, con la mano destra che aveva istintivamente afferrato la pistola. Il sartiame colpì il marinaio, con un pesante gancio, al volto. Il giovane finì oltre il trincarino con un acuto stridore e cadde senza essere visto nell'acqua sottostante. Mi gettai in avanti con una capriola, sfiorando con i gomiti il ponte arrugginito. Ma fu così che persi il taser, che mi cadde dalla cintura e sferragliò sul ponte. *Cazzo!* Mi resi conto di aver fatto appena in tempo ché sentii il primo dei proiettili urtare contro l'acciaio dietro di me.

"Koyzol!" urlò Volkov, con la voce simile all'abbaiare rantolante di un animale selvatico. 'Figlio di puttana!'

Mi sedetti ansimando pesantemente con la schiena appoggiata al carrello mentre contavo i proiettili. 3, 4, 5 di essi si erano conficcati nel corpo della cassetta degli attrezzi. Ora ero in un mare di guai, con poco a portata di mano per recuperare la situazione. Ma fu allora che vidi l'autorespiratore alla mia destra. Fissato a una staffa sul retro della cassetta degli attrezzi, era ovviamente un ricambio che sarebbe stato utilizzato in caso di necessità. Immaginai che ce ne sarebbero stati altri e mi passò per la testa il pensiero che uno di essi potesse esplodere sotto i colpi di arma da fuoco. Ma non c'era tempo per pensare, lo allentai rapidamente dalla staffa e lo tirai verso di me usando la valvola a colonna.

"Koyzol!" urlò ancora Volkov e sentii lo scricchiolio dei suoi passi sul ponte.

A quel punto sapevo che mi rimaneva ben poca scelta. C'era solo un'arma a disposizione e dovevo usarla immediatamente.

Dando le spalle alla cassetta degli attrezzi, afferrai la valvola del pilastro con la mano destra e mi preparai. Il 6º, il 7º e l'8º proiettile si abbatterono sulla cassetta e sul ponte vicino a dove ero seduto. Un colpo di rimbalzo sferzante fece sollevare una nuvola di polvere rossa a pochi centimetri dalla mia testa. Mi avvicinai e mi appoggiai alla parte superiore della cassetta degli attrezzi con la mano sinistra, sollevando leggermente il corpo. Questo mi permise di sbirciare oltre la parte superiore della cassetta. Come previsto, Volkov si stava dirigendo verso di me, con la pistola alzata, il suo volto era una pallida maschera di rabbiosa ferocia. Mi abbassai mentre altri 2 proiettili si conficcavano nella parte superiore della cassetta sopra di me. *Ora sono dieci.* Era il momento di giocare la mia ultima carta. Feci oscillare l'autorespiratore con tutte le mie forze verso l'alto e oltre la cima della cassetta degli attrezzi. Nel farlo, i tendini della spalla mi si strapparono ma, nonostante ciò, il pesante colpo si scagliò con precisione e velocità. La base della bombola d'acciaio piena d'aria colpì Volkov in pieno petto e sentii che il suo respiro era come se gli fosse stato prosciugato via. A questo suono seguì lo sferragliare della pistola che gli era stata scagliata via dalla mano nell'urto. Mi alzai e vidi che Volkov era caduto in ginocchio sul ponte dietro di me, con le mani sul petto mentre lottava per respirare. Senza perdere tempo, mi lanciai oltre la cima della cassetta degli attrezzi e mi tuffai con le braccia tese verso l'uomo inginocchiato. I nostri corpi si scontrarono all'altezza delle spalle e la forza del mio tuffo fece stramazzare Volkov all'indietro verso il trincarino. Tuttavia, mentre cadeva, sentii l'aria tornare nei suoi polmoni con un grande rantolo. Come per magia, la forza tornò al grande uomo e sentii le sue braccia piegarsi intorno alla mia schiena come fossero bande d'acciaio. Con tutte le mie forze alzai le spalle e sferrai il pugno destro, colpendolo su un lato della testa. Fu come se avessi battuto su un blocco di legno e una scarica di dolore mi salì lungo il braccio fino alla spalla. Lo colpii ancora e ancora sempre nello stesso punto, ma i suoi occhi di ghiaccio non si spegnevano mai. A un certo punto, vidi l'uomo mettere a nudo i denti e capii cosa stava per succedere. Volkov iniziò a ringhiare come un animale selvaggio e si lanciò con la testa in avanti verso la mia. Quell'uomo stava cercando di mordermi. *Ma che cazzo?* Scostai la testa di lato per evitare i suoi denti, ma lui ringhiò e contrattaccò con un altro affondo, con i suoi freddi occhi blu che bruciavano di rabbia cieca. Poi vidi la sua testa girare alla sua destra. Quasi subito mi ritrovai a rotolare sulla schiena con il peso dell'uomo sopra di me. Mi fu chiaro che stava cercando di raggiungere la pistola che si trovava sul ponte a due metri di distanza da noi. Gli sferrai altri due colpi al lato della testa mentre cercavo disperatamente di tenere il suo volto lontano dal mio. Lui continuava a ringhiare e sbavare e cominciai a chiedermi se quell'uomo fosse dotato di una forza sovrumana. Prima che me ne rendessi conto, mi fece rotolare di nuovo e mi ritrovai sopra l'uomo. Il suo volto si girò ancora una volta verso destra e la sua mano destra si allungò per prendere la pistola.

Sentii le sue unghie stridere sul ponte mentre la sua mano si dirigeva verso la pistola, con me, apparentemente indifeso, ancora sopra di lui. *Non puoi permettergli di prenderla, Green! Mancano ancora 2 colpi!* Ma sembrava che l'uomo fosse inarrestabile e gli sferrai un altro colpo all'occhio destro mentre afferrava il calcio dell'arma. A quel punto si sentivano urla sia dall'oceano dietro il trincarino che dal ponte. Pillay si era svegliato dal sonno e urlava in creolo dalla finestra. La scena era diventata un caos totale, io mi stavo indebolendo e c'era la forte possibilità che venissi sopraffatto. Vedendo che la sua mano aveva trovato la pistola, gli puntai il gomito destro sulla mascella e lo pressai per fargli appoggiare la testa sul ponte. Mentre lo facevo, liberai la mano sinistra e gli afferrai il polso per impedirgli di portare la pistola verso di me. Ma il mio braccio sinistro non era all'altezza della forza del suo destro e, lentamente ed inesorabilmente, la sua mano armata strisciò sul ponte verso di me. *Ci hai provato, Green. Se finisce così, almeno ci hai provato.* Con il mio gomito e l'avambraccio premuti contro il suo viso, Volkov riuscì finalmente a portare la pistola sul fianco all'altezza dello stomaco. A quel punto stavo perdendo le forze e mi resi conto che il tempo trascorso nello scafo della nave da recupero aveva seriamente esaurito i miei livelli di energia. Mi trovavo tra l'incudine e il martello sapendo che, se avessi tolto il gomito, avrebbe morso e che, se non l'avessi fatto, avrebbe tirato fuori la pistola. Il borbottio iroso, l'ansimare e il ringhiare continuavano, così come le urla provenienti dal ponte e dall'acqua. Il mio cuore affondò quando sentii il suo polso torcersi e la mia mano sinistra scivolare dalla sua. Volkov portò la pistola all'altezza dello stomaco e la infilò tra i nostri due corpi. In un ultimo tentativo di evitare l'inevitabile, tolsi il braccio destro dal suo viso e lo spinsi giù tra di noi. In quel momento, l'omone girò la testa e si slanciò in avanti, affondando i denti nella carne della mia spalla destra. Urlai di agonia, mentre la mia mano destra trovava la pistola che ora era incastrata tra i nostri due corpi. Con tutte le mie forze, spinsi la canna verso il basso e lontano da me, aspettandomi di sentire e percepire lo sparo. Il colpo arrivò, ma il risultato fu inaspettato. Volkov ansimò forte nel mio orecchio mentre i suoi denti si ritiravano dalla mia pelle. Improvvisamente tutte le sue forze furono prosciugate e la sua presa si indebolì. Fu allora che sentii il calore di un liquido denso e appiccicoso pulsare intorno alla mia pancia. Volkov si bloccò e vidi i suoi occhi allargarsi mentre la sua bocca emetteva un lamento acuto. Il suono mi ricordava quello di un cantante d'opera. *Ma che cazzo?* Con la presa saldamente ferma sulla pistola, rotolai via dall'uomo e rimasi lì a guardarlo mentre fissava il sole sopra di lui, con il petto che ansimava in grandi rantoli affamati di ossigeno. Qualche tempo dopo mi alzai e mi voltai a guardare l'uomo che giaceva sul ponte alla mia sinistra. La sua bocca era aperta a forma di "O" e le sue mani tremanti si stringevano all'inguine.

Una chiazza di sangue sempre più grande si stava spargendo sui suoi pantaloni di cotone. Maxim Volkov si era sparato alle palle.

Lasciandolo dov'era, barcollai in piedi e rimasi a guardarlo dall'alto in basso, ondeggiando sui talloni. Non poteva andare da nessuna parte. Improvvisamente mi accorsi delle grida provenienti dall'oceano al di là del trincarino. Il sommozzatore era risalito e ora era aggrappato al cavo, ancora immerso, insieme al marinaio. Puntai la pistola contro di loro e parlai tra un respiro e l'altro.

"Salite a bordo", dissi. "Se provate a fare qualcosa, vi ammazzo, cazzo...".

Poi mi avvicinai al ponte e alzai la pistola per puntarla direttamente sul viso di Pillay. Il vecchio magro si rannicchiò e mugolò terrorizzato.

"Ora aprirò questa porta", dissi. "Tu andrai alla gru e rilascerai il cavo in mare. Se fai una mossa sbagliata ti sparo. Capito?".

Pillay annuiva freneticamente mentre io facevo scorrere il chiavistello della serratura Brenton. Rimasi lì a riprendere fiato mentre lo guardavo avvicinarsi alla gru e sganciare il cavo. Lo osservai mentre, con una chiave, allentava il bullone del cavo agganciato alla cassa. Con un rumore di frusta, l'estremità del cavo uscì dalla punta del braccio della gru e scomparve nell'oceano. *L'oro rimarrà al suo posto per il momento.* A quel punto il sommozzatore e il marinaio erano tornati sul ponte e si erano rannicchiati insieme vicino alla poppa. Volkov si era trascinato in posizione seduta ed era appoggiato al trincarino, con il volto pallido e tirato. Puntai ancora una volta la pistola contro Pillay e parlai.

"Sollevate le ancore e avviate il motore", dissi. "Ritorneremo al porto".

Pillay necessitò di diversi minuti, ma non perse tempo nel farlo.

Finalmente sentii la familiare vibrazione e il ronzio del motore e sentii la brezza sul viso mentre ci muovevamo. Mi voltai a guardare ancora una volta Volkov. Era seduto contro il trincarino in una pozza sempre più grande del suo stesso sangue. Il suo volto era prosciugato e la sua testa pendeva verso il basso. Improvvisamente il mio pensiero tornò al mio amico Joe Fonseca, a suo fratello Chris e al giovane Jimmy. Tutti morti. Assassinati da quest'uomo. *La prigione è abbastanza per lui? Sicuramente dovrebbe essere costretto a provare la stessa paura che hai provato tu, Green. Puoi fare di meglio.* Mi avvicinai alla cassetta degli attrezzi e mi sedetti a riflettere. Appeso a un gancio arrugginito sul trincarino vicino a Volkov c'era un vecchio salvagente. La sua marcatura bianca e arancione era sbiadita e scheggiata a causa dell'esposizione solare. Mi soffermai un attimo a pensare, ma la mia mente era già pronta. Alla mia sinistra, il sommozzatore e il marinaio sedevano tranquillamente sul ponte. Il sommozzatore si era tolto l'attrezzatura e indossava solo i pantaloncini. Alzai ancora una volta la pistola e la puntai verso di loro.

"Andate da lui", dissi, facendo un movimento verso Volkov con la testa. "Andate e sollevatelo sul lato della barca".

I due uomini si alzarono in piedi e si diressero verso il punto in cui Volkov era seduto appoggiato al trincarino. Una volta arrivati si fermarono e mi lanciarono un'occhiata nervosa.

"Fatelo!", gridai con la pistola ancora alzata. "Tiratelo su!".

I due uomini si abbassarono e sollevarono Volkov da sotto le braccia. Ancora una volta emise uno strano lamento acuto mentre gli posavano il sedere sul trincarino. Feci cenno ai due uomini di tornare a poppa mentre studiavo l'uomo che aveva causato tanto dolore e tanta morte. *Fallo, Green!* Girai la testa per guardare Pillay che era sul ponte e ci guardava. I suoi occhi erano spalancati e il suo volto era pieno di paura.

"Tu continua a far muovere questa barca!", gridai.

Pillay annuì cupamente mentre io mi alzavo in piedi e camminavo silenziosamente verso il punto in cui Volkov era seduto piagnucolando e stringendosi l'inguine intriso di sangue. Allungandomi sulla sinistra, tirai fuori il vecchio salvagente anulare dal suo supporto e glielo posai sopra la testa. Maxim Volkov sollevò lo sguardo e vidi nei suoi occhi l'odio più assoluto.

"Buona fortuna, signor Volkov...", dissi a bassa voce mentre mi allungavo in avanti e lo spingevo all'indietro oltre il trincarino.

Con il russo fuori bordo, tornai alla cassetta degli attrezzi e mi sedetti prima di chiamare Pillay per farmi portare dell'acqua. Il motore si era stabilizzato su un ritmo confortevole e la brezza era piacevole sulla mia pelle. Erano passati diversi minuti quando estrassi il binocolo dalla borsa e guardai verso poppa. Non fu una sorpresa vedere Volkov galleggiare in lontananza. Quello che non mi aspettavo era di sentire le urla strazianti quando vidi le due pinne triangolari nere e lucide che gli giravano lentamente intorno.

Capitolo Ottantaquattro. Londra. Tre settimane dopo.

Il sole primaverile del primo mattino splendeva sulla distesa del nord di Londra, dando nuova vita alla città dopo un inverno lungo e uggioso. Mi affacciai alla finestra aperta del mio appartamento al quinto piano e fumai la prima sigaretta della giornata sorseggiando una tazza di caffè fumante. Gli eventi che si erano susseguiti da quando avevo lasciato l'isola di Mahe, alle Seychelles, erano stati rapidi e, come previsto, avevano suscitato uno scalpore internazionale che ancora occupava le prime pagine dei giornali. Riflettendo su questi sviluppi, la mia mente era tornata agli eventi accaduti subito dopo aver mandato l'assassino russo, Maxim Volkov, a fare una nuotata pomeridiana. Avevo ordinato al capitano Pillay di fare rotta verso il porto dell'isola di Mahe e avevo immediatamente distrutto la sua radio di bordo. Avevo anche gettato nell'oceano i telefoni cellulari dell'equipaggio, in modo che non ci fosse alcuna comunicazione. Era l'imbrunire quando la nave di salvataggio aveva avvistato l'isola di Mahe in lontananza e avevo detto a Pillay di spegnere il motore e gettare l'ancora. Poi avevo tagliato i tubi del carburante al motore e avevo versato acqua di mare nel serbatoio principale. Questo per fare in modo che l'equipaggio della nave di salvataggio rimanesse bloccato in isolamento almeno per la notte, dandomi il tempo di sparire. Sapevo benissimo che una nave di passaggio li avrebbe visti e avrebbe effettuato un salvataggio il giorno successivo, quando io sarei stato già lontano. Avevo rifornito di carburante la piccola imbarcazione sportiva che era stata rimorchiata dietro la nave di salvataggio e tornai velocemente a Mahe, sbarcando dopo il tramonto su una spiaggia isolata a sud di Victoria. Una volta lì, mi ero ripulito al meglio e avevo preso un Uber per tornare al mio alloggio. Dopo aver curato le mie ferite, avevo prenotato un volo di prima mattina con la Qatar Airways per Abu Dhabi e poi per Londra. Una volta tornato, avevo inviato un comunicato stampa anonimo a tutti i principali canali di informazione per informarli della scoperta della famosa nave, la Perla di Alessandria. Una copia del comunicato era stata inviata all'Autorità Marittima delle Seychelles e a tutte le principali reti televisive, tra cui National Geographic e Discovery. Le mie foto del relitto erano diventate virali su Twitter e altri canali di social media e continuavano a essere fonte di curiosità ed eccitazione. Il fatto che il relitto fosse stato ritrovato in acque internazionali e che, le circostanze, fossero insolite e incerte su chi lo avesse effettivamente trovato, avevano suscitato un grande dibattito sulla proprietà. Dato che la fortuna in lingotti a bordo della nave affondata era costituita dall'oro nazista rubato agli ebrei durante la Seconda guerra mondiale, si pensava che la proprietà e gli eventuali proventi dell'oro sarebbero andati al Museo di Stato di Auschwitz-Birkenau in Polonia.

Per me questo era un risultato di gran lunga migliore rispetto a quello di cadere nelle mani dello Stato russo o, peggio ancora, di un folle aspirante oligarca. Una squadra internazionale di sommozzatori avrebbe presto recuperato l'oro, in diretta streaming e sotto il controllo di diverse agenzie che avrebbero garantito la totale trasparenza dell'intero processo. Erano in preparazione numerosi documentari e molto presto l'intero processo sarebbe stato trasmesso al mondo intero tramite Internet e vari canali televisivi. La mia mente tornò al breve momento di gioia e felicità in cui ero arrivato alle Seychelles con il mio amico Joe. Il suo ricongiungimento con il fratello, le risate e i bei momenti che avevamo condiviso. Momenti belli che erano stati interrotti in modo così brutale e inaspettato. C'era una certa soddisfazione nel sapere che i responsabili di quel periodo di orrore erano stati trattati di conseguenza. Anche se nel farlo avevo quasi perso la vita. Fu con una sensazione di sorda malinconia che spensi la sigaretta e mi avvicinai alla scrivania per controllare le e-mail e dare un'occhiata al mio programma di lavoro con la compagnia assicurativa per il resto della settimana. *Un altro giorno, un altro dollaro, Green. Un altro giorno, un altro dollaro...*

Fine

Caro Lettore, Cara Lettrice

Caro Lettore, cara Lettrice,

Immagino che, se stai leggendo questo messaggio, hai finito questo libro. Se è così, spero veramente che ti sia piaciuto.

Se hai un minuto libero, ti sarei molto grato se potessi lasciare una recensione su Amazon e Goodreads.

Le recensioni mi aiutano davvero a raggiungere nuovi lettori.

Ci sono molti altri libri della serie Jason Green che puoi trovare a questo link:

https://www.amazon.it/dp/B0D579ZZVL

Visita la mia pagina Facebook e restiamo in contatto. Mi piace sentire il parere dei lettori.

In questo modo saprai anche se ci sono nuovi libri della serie in uscita.

Questo è il link della mia pagina Facebook:

www.facebook.com/gordonwallisauthor

Grazie ancora e state tranquilli. Jason Green tornerà presto...

Gordon Wallis